마음 [길을] 걷다

펜 끝 타고 떠난 해피로드 산티아고

마음 [길을] 걷다

초판 1쇄 인쇄 2012년 2월 6일
초판 1쇄 발행 2012년 2월 13일

지은이 김수연
펴낸이 한익수
펴낸곳 도서출판 큰나무
등록 1993년 11월 30일(제5-396호)
주소 410-360 경기도 고양시 일산동구 백석동 1455-4, 1층
전화 (031) 903-1845
팩스 (031) 903-1854

이메일 btreepub@chol.com
블로그 blog.naver.com/btreepub

값 13,800원
ISBN 978-89-7891-270-9 (13810)

잘못 만들어진 책은 구입하신 서점에서 교환하여 드립니다.

펜 끝 타고 떠난 해피로드 산티아고

마음 [길을] 걷다

김수연 쓰고 그리다

망설이는 꿈으로 남겨둘 것이 아니다

일상이 그랬다. 무지갯빛 일탈을 좇다가 마음 부서지기 일쑤였다. 매번 후회라는 티끌을 달고 오늘을 다독이며 잠들어야 했다. 더 이상 삶이 자라지 않았다. 자유의지는 세상 틀에 갇혀 원치 않는 모난 꼴로 변형되어 갔고 그렇게 성장의 정체는 낯선 그림자의 누더기를 입고 심한 멀미를 하고 있었다.

"여행을 하지 않는 사람은 책을 한 페이지밖에 읽지 않은 것이다."라는 성인의 말을 따라 그동안 바쁜 시간을 쪼개 바지런히 다녔다. 그 후 여권엔 꽤 많은 나라의 출입 도장이 채워졌다. 그러나 그 경험치는 불충분한 것이었을까? 돌아보니 꽤 풍요로웠지만 그다지 특별하고 매혹적이지 못했다. 그렇게 무던했던 삶의 반 토막 세월이 시리고 딱한 모양으로 아련히 남았다.

더 이상 세상에 미혹된 모습은 나를 설레게 하지 못한다. 조금 늦었어도 비로소 용기 내어 이제 내가 되어보자 했다. 진정 삶을 뜨겁게 살가운 애정으로 끌어안아 보고 싶었다. 운명이든 우연이든 유독한 희망을 품어야 할 때가 온 것이다.

여행의 시작과 끝은 언제나 떠남의 과제다. 문턱을 넘고 여정에서 돌아와 비로소 삶으로 떠나는 과정이다. 때때로 시간은 조바심 내며 붉은 낯빛으로 나를 다그쳤다. '더 이상 꿈으로 남아선 안 된다'며 부추긴다. 여행은 삶과 닮았다. 어찌 보면 가장 궁극적 행함으로 얻어지는 인생의 필수과목인 셈이다.

지금은 안 되겠고, 한 2년 후에나.
이번 일이 끝나면 생각해 볼까?
지금 상황에 무슨… 무엇이든 정리된 후 그때.

보듬어주기도 했지만 뿌리치기엔 쉽지 않은 지친 일상에 미뤄진 시간은 닿을 수 없는 까만 밤의 꿈처럼 점점 멀어진다.
계획대로 술술 풀리는 것처럼 축복된 일이 세상 또 있을까? 그러나 꼼꼼히 준비해도 삶은 변수투성이다. 모든 것 정리되고 맘 편히 떠나도 좋겠지만, 안 그래도 좋다. 어리숙한 시간과 야무진 타협을 하고 낯선 체온 외 시간을 손잡아 보는 것이다.

여행은 우연한 발걸음이다. 열 번의 짐작보다 한 번 떠나보는 것이다. 삶이 그러한 것처럼….

El Camino de Santiago Santiago de Compostela

길이 있다.

스페인 북서부의 도시 '산티아고 데 콤포스텔라Santiago de Compostela'를 향해 걷는 800km의 순례길. 길은 스페인의 문화와 함께 예루살렘, 로마와 함께 기독교 3대 성지순례의 길이 되었다. 예수의 열두 제자 중 야고보(스페인어로 산티아고)의 유해가 있다고 알려진 이 길은 9세기 이후 종교적 성찰의 순례의 목적지가 되었다.

산티아고로 향하는 길은 프랑스에서 시작하는 길을 비롯해 '북쪽 길Camino Del Norte' 남쪽 세비야Sevilla에서 북으로 이어진 '은의 길Via de la Plata' '포르투갈 길Camino Portugues' 외에 마드리드, 발렌시아, 그라나다 등 스페인 전역이 카미노 길이라 해도 과언이 아니다. 그중 가장 대표적인 길이 프랑스 길이다.

사람들은 순례길의 이정표 가리비 조개와 노란 화살표를 따라 걷는다. 각자 길을 걷는 목적도 속도도 다르지만 출발 지점에서 발급받은 크레덴시알Credential-순례자 여권에 매일 지나게 되는 도시와 마을의 성당, 알베르게Albergue-순례자 숙소, 바Bar 등 다양한 곳에서 스탬프를 찍게 된다. 이 스탬프는 최후 도착지인 산티아고에서 콤포스텔라_{순례 증명서}를 발급받을 수 있는 준비 과정으로 개개인이 걸어온 순례의 흔적을 알 수 있다. 걷기는 최소 100km, 자전거는 200km를 완주 후 산티아고에 도착하면 '콤포스텔라'를 받게 된다.

성 야고보의 유해가 있는 산티아고로 향하는 발걸음은 12~15세기 수많은 순례의 역사와 전설로 이어져 왔다. 레콘키스타 시절_{Reconquista, 8~15세기에 걸쳐 이슬람교도에게 점령당한 이베리아반도 지역 탈환을 위해 일어난 기독교도의 국토 회복 운동} 알폰소 2세는 스스로 순례자가 되어 오비에도_{Oviedo}부터 산티아고까지 걸었고, 1982년 교황 요한 바오로 2세의 산티아고 방문 이후 1993년 프랑스의 국경도시 생장피드포르_{St. Jean Pied Port}에서 스페인 산티아고로 향하는 프랑스 길_{Camino Frances}이 세계문화유산으로 등재되었다.

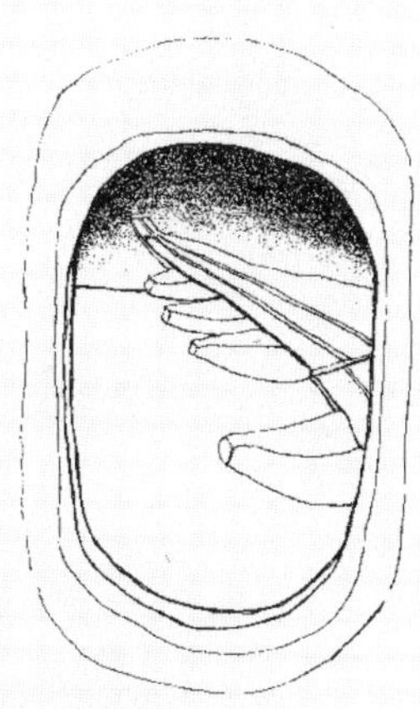

그날 이야기

"팔자 좋은 싱글이구나…."

맞다. 미쳐버릴지 몰라 팔자 좋은 싱글은 야반도주하련다. 꽤 오랫동안 낡은 숨이 드나들며 몸과 맘은 쓸모없이 부식된 채 시큼하게 녹슨 나날이었다. 내 속 몰라주는 얄미운 사람뿐이라고 사춘기처럼 침묵이 길어지고 있었다. 그렇게 원치 않던 감정이 켜켜이 쌓였다. 쉽게 속내를 털어놓는 내 편에게도 온전히 말할 수 없을 때 몸과 마음이 더부룩해져 편치 않은 날이 지속되었다. 파르르 타들어 가는 속병을 더부살이처럼 꺼내놓고 싶지 않았다. 그날 밤늦도록 다시는 돌아오지 않을 것처럼 굳은 입으로 짐을 쌌다.

처음 이 길을 꿈꾸었을 땐 준비해야 할 장비와 걷기에 대한 육체적 준비도 남달랐다. 산티아고까지 800km를 걸어야 하는 이 여정은 그간 많은 다짐을 세우고 또 부수게 했다. 언젠가 꼭 걸어보겠다는 작정이 섰을 땐 어설프게 장엄하기까지 했다.

굳은 각오를 다지며 틈만 나면 길로 나섰다. 등산화를 길들이려 약속 장소까지 미련하게 걸었고, 차츰 걸음에 자신이 생겨 겁 없이 배낭의 무게를 늘리며 걷기도 했다. 때론 걷기에 대한 열정이 지나쳐 병원 신세를 지는 무리수를 두기도 했었다. 차츰 몸에 맞는 걸음의 속도와 더불어 날씨의 상관관계까지 남다른 카미노 짝사랑이 시작된 것이다. 선뜻 그 앞에 나서지도 못하고 애달픈 연서는 일기장에 매년 미뤄진 꿈으로 그렇게 빼곡히 남아 있었다.

그렇게 몇 해가 지났다. 그리고 무작정(?) 길을 나서기까지 고작 일주일 남짓한 준비 기간과 그것도 모자라 침낭, 배낭, 우비까지 모두 빌려 떠나고 있다. 막상 이러고 보니 그동안 많은 준비의 시간과 다짐이 우스워졌다. 그 숱한 날 비장한 각오가 필요했을까? 몸도, 장비도 중요하지만 그저 마음의 향함이 더욱 간절해야 했나 보다.

매번 책상머리에 앉아 시간 없다며 미룬 것투성이었다. 바쁜 세상의 시간 속에서 그저 똑같은 모양새로 짜인 일상을 지루하게 성실히 보냈다. 현실 부적응자처럼 때론 깊은 숲 옹달샘으로 숨어들어가 적막하기를 속절없이 바라기도 하다가, 하루의 분주한 소음이 잦아든 밤이면 괜한 투정의 하루를 다독여 끌어안았다.

그동안 그릇된 자세로 허리 통증도 심해져 부주의한 생활 태도를 근본적으로 고쳐야 했다. 그저 바쁘다는 핑계로 몸뚱이 하나 나 몰라라 미뤄두고 방치했던 게으른 시간을 날카롭게 채근할 일이었다.

아직 최악의 상황이 아닌 이상 내 몸 스스로를 믿어보자 했다. 이 작은 몸속 어딘가 자연 치유의 우주적 신비로움이 있을 것 같았다. 길을 걸으며 투정 섞인 내 몸의 이야기 소리를 들어보고 싶었다. 그러나 어젯밤 마지막 짐을 넣고 10kg에 육박하는 배낭 무게는 길 끝까지 버틸 수 있을지 작은 염려의 한 부분이 되고 있다.

　인생이 호락하지 않다는 건, 지난 어머니 세대의 시대적 환란 같은 사건인 줄 알았다. 기복 없는 일상의 풍요로움은 나를 채근하지도, 격하고 위태롭게도 하지 않았다. 그저 타인의 삶처럼 나는 내게 안일했다. 그러던 어느 날 작은 시련의 얇은 담장 너머로 죽음을 넘보았다. 때때로 그것을 어리석다 탓하던 내가 그 모양으로 앓고 있었던 것이다. 스스로 희망을 꺾어버릴 만큼 딱한 모습에 손을 내밀 수 없이 삶이 아팠다.
　내게 모자람이 무엇인가 생각했을 때 "삶은 그렇게 호락하지 않아. 더욱 간절하고, 진지해야 한다."며 세상은 이미 내게 따끔한 가르침의 회초리를 들고 있었다. 악으로 소리쳐도 삭힐 수 없는 화가 내게서 큰 기운으로 빠져나가고 있었다. 그런 날 가운데 비스듬히 스며든 한 뼘 햇살이 푸르고 시리게 나를 다독였다. 목까지 차오른 불덩이를 뜨겁고 쓰리게 삼켰다. 뒤늦은 회한으로 혼란스러웠다. 서슬 퍼런 멍 자국을 바라보며 그동안 보지 못한 삶의 사각지대를 조심스럽게 살피게 되었다.

　상처를 자꾸 들추면 아물지 못한다. 세상이 내게서 등을 돌려 버렸다고 생각될 즈음 나쁜 기도를 하고 있었다. 용서는 힘들었고, 유난히 눈이 많이 내린 겨울이 지났다. 내게는 약속과 다짐의 시간이 필요했고 마음

의 온전한 기울임으로 따뜻한 가능성을 찾아야 했다. 용기만큼 희망으로

채울 수 있을 것이라 믿으며 길로 나섰다.

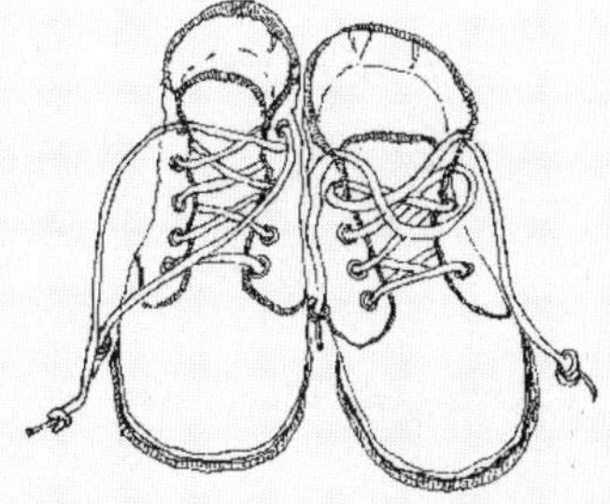

목차

오래전
길 위 소망의 빛이 바래지고 있을 즈음
나는 이곳에 있다.
미뤄진 일은 '그 언젠가….' 라는
미지의 날에 파묻혀 낯선 꿈이 되었다.
그렇게 익숙한 관성으로 표류하는 세월에
어리석게도 삶이 아프지 않았다.

서툰 걸음이었다
이제
…삶에게로.

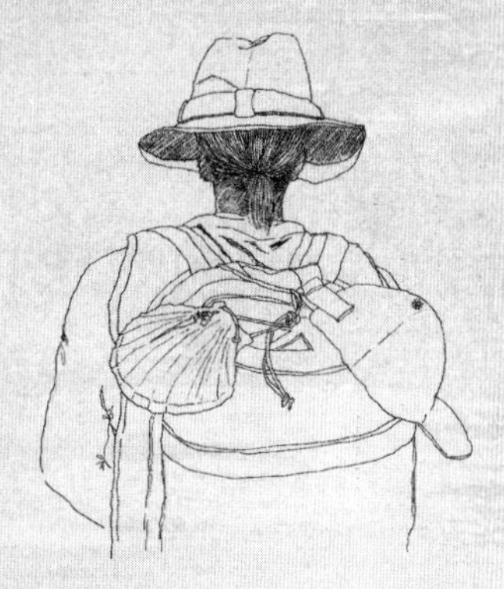

떠남…
설렘에 기대어

어긋난 여정

서울–파리

새벽 정류장 바람이 어두운 거리에 차고 시리다. 단지 넉넉한 시간과 길 끝까지 죽어도 걸어 보겠다는 생각 말고는 정해진 것이 없다. 그러나 지금 내가 어디로 가는지 모른다고 가지 못할 이유도 딱히 없었다. 살다 보면 삶이 나를 택하는 순간이 있기에 그렇게 내게 손짓하는 그때, 나는 오늘 ㄱ 시간 속으로 걸어간다.

'산티아고 순례길'

오래전 장바구니에 넣어두고 구매하지 못한 내 삶의 위시리스트다. 쉽지 않은 프로젝트다. 그러나 어처구니없이 그곳을 향해 나섰다. 이런 딱한 생각 때문인지 경칩도 지났건만 날선 바람이 오늘따라 서운하다. 갈팡질팡했지만 떠나는 여정에 감사하며 그저 살아오기를 기도한다.

탑승 게이트가 이렇게 멀 줄이야.

넉넉히 시간을 잡아두었다고 생각했는데 땀나게 뛰어야 하다니. 바삐 오른 기내 안은 모두 정리된 뒤였다. 나 때문에 이륙하지 못한 것처럼 빈자리 없이 빼곡히 앉아 있는 사람들. 찾아든 좌석 옆으로 덩치 큰 남정네 두 사람이 앉았고 잠시 소지품을 들고 일어나는 번거로움을 안겨주고 말았다.

아, 괜히 창가 쪽으로 했나? 화장실 가기 정말 곤란하겠는걸….

완전 꼼짝 마라다. 비행기를 타면 꼭 날개를 보게 되는 건 왜일까? 오늘도 날갯죽지에 앉아 간다. 요즘은 달라졌지만 과거 영화관의 원치 않은 좌석은 좀체 집중할 수 없는 어설픈 시작이 되어버리기 일쑤였다. 어쩌겠어! 비행기 뜬다.

브루스 윌리스를 빼닮은 이가 시계를 맞춘다. 먼저 날짜를 맞추니 시계 침이 빙그르 돌아 제 스스로 시간을 맞춰간다. 오우 신기해. 괜찮은 인공지능인걸. 내 관심의 시선을 느꼈는지 "어디 가냐." 묻는다. 그는 파리에 사는 피에르. 이제 막 여정을 시작하는 사람과 집으로 가는 사람이 인사를 나눈다.

피에르는 한 달간의 동남아 여행 중 마지막 여정인 한국을 떠나고 있다. 즐거웠지만 때론 힘든 여행자의 이야기가 흥미롭다. 그것이 대수롭지 않아도 여정의 에피소드는 바보처럼 웃게 만드는 논픽션이다. 라오스의 순한 풍경과 맨발이라도 좋았던 미얀마의 황금빛 파고다Pagoda를 권하는 그의 추천사를 수첩에 꼭꼭 적어둔다. 기내식을 후딱 해치우곤 깊은 잠으로 빠져든 그를 보며 어제까지 분주한 설렘과 긴장이 꿈속으로 나를 이끈다.

무사히 드골 공항 도착 후, 낯선 지하철까지 별 무리 없이 시내 입성을 마쳤다. 그러나 낮잠 같은 평온함으로 순조로울 줄 알았던 여정이 어긋났다. 생미셸 노트르담St. Michel Notre-Dame 역 계단을 오르는데, 한 동양인 여자가 "카미노?" 단 한마디의 물음으로 나를 세웠다.

파리 시내 민박을 하는 그녀의 직관에 제 키보다 큰 묵직한 배낭의 살림살이가 한눈에 들어왔나 보다. 게다가 낯선 도시에서 민족의 생김새는 그녀에게 더욱 눈에 띌 수밖에 없는 상황이다. 그리고 우려의 목소리로 건넨 말은 반갑지 않은 일방적 통보였다.

'파리는 현재 철도 파업 중이다. 운행하지 않는 기차가 많다. 방금 전 나와 같은 한국인 순례자 두 사람을 만났고, 그들은 미리 예약한 열차를 포기해야 했다. 게다가 6유로를 더 지불하고 티켓을 다시 구매한 후 자신의 민박집으로 갔다'는 것이다

설마 했는데 소문은 사실이었다. 게다가 왜 추가 요금까지 내야 하는 것인지? 이해할 수 없는 상황을 믿고 싶지 않았다. 티켓은 미리 예약되어 있는 것인데 이건 무슨 일이란 말인가?

오늘 일정은 파리 도착 후 23:00시 밤 기차를 타고 프랑스 국경 마을 바욘Bayonne으로 가는 것이었다. 그러나 그 열차가 사라졌다. 맙소사,

오늘 밤 잠자리도 함께 없어져버린 것이다. 그녀는 그들과 역에 가서 확인했고, 티켓도 내일로 모두 미뤄졌으며 어떻게 될지 모르니 받아두라며 자신의 민박집 전화번호를 내게 건넸다. 감사의 인사를 하고 돌아서며 막연한 긴장감에 배낭끈을 바짝 조였다.

실낱같은 희망 품고 내 티켓의 출발지 오스텔리츠d' Austerlitz 역으로 가 운행 확인을 하니 역시나 파업이란다. 원치 않게 일정이 틀어져버렸다.

'왜 하필 지금? 파리에서 하루 숙박을 해야 하나?' 예상치 않은 시나리오와 지출까지 발생하게 생겼다. 지끈 머리가 아파졌다. 카미노 여정만을 계획했기에 내게 파리는 스치는 간이역에 불과했다.

어쩜 이렇게 무성의한 경우가 있을까 싶게 나 몰라라 하는 금발 역무원의 행동이 서운했다. '너는 운이 좋지 않아!'라며 그녀는 무심한 태도로 일관하고 있었다. 대체 이 추운데 어디 가서 자라고! 스스로 그르친 잘못도 아닌데 현재의 상황을 용납할 수 없었다.

잠시 후 손짓 발짓으로 애원하는 낯선 이방인의 애달픈 동정이 통한 것인지, 고객 보호 규정인 건지 오늘 밤 열차 숙박이 가능해졌다. 내일 오후로 미뤄진 기차 티켓을 받아들고 예약된 침대에 짐을 내려놓으니 밀려오는 허기와 피곤함이 천근만근이다. 앞으로 이런 변수가 얼마나 더 있을지… 집 떠난 설움이 바짝 다가온다.

낯선 땅, 여정의 첫날 기차에서 숙박이라니. 진정 길 위의 '순례자'로서 시작임을 실감한다. 파리는 춥다. 너무 춥다.

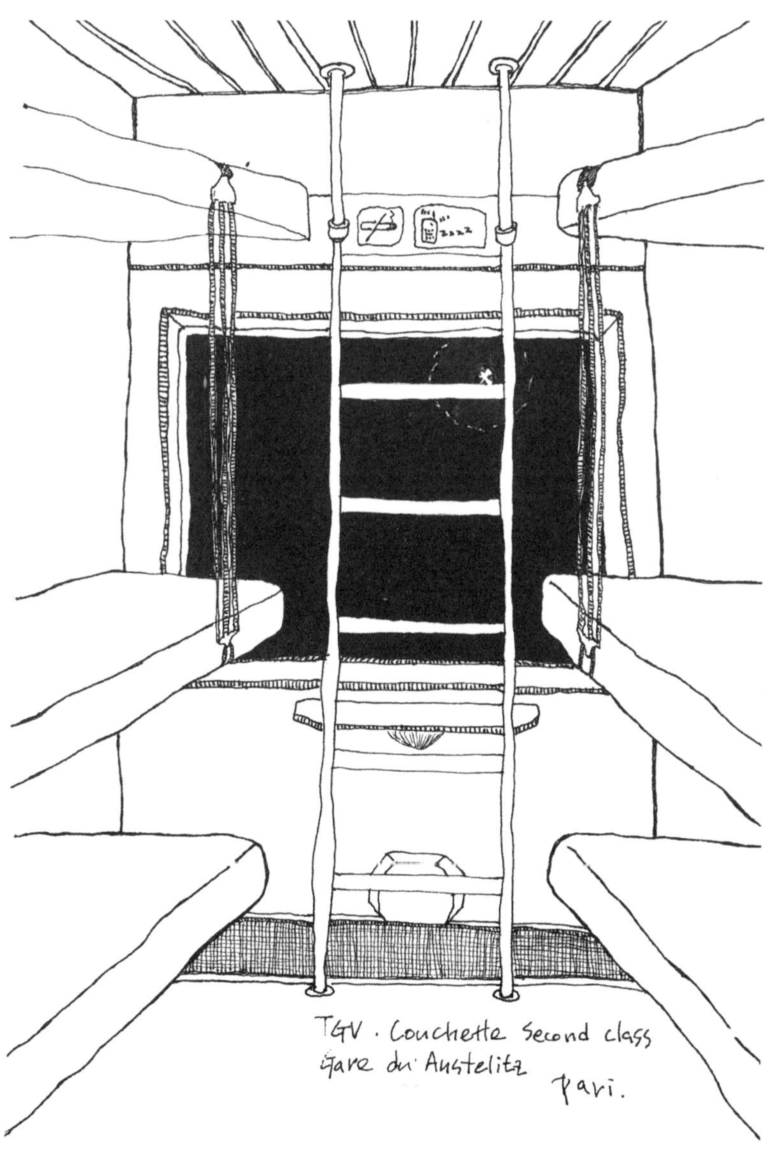

TGV . Couchette Second class
Gare d'Austelitz
Pari.

내가 여기에

파리—생장피드포르

네 마음을 따라가

인생이 주는 기회
그것이 삶이다

파리는 지금 봄이 오는 중인가요?

아침나절 견디기 힘든 추위를 침낭 안에 체온을 꼬물꼬물 부비며
견디고 있었다. 늦장을 부릴 수 없는 잠자리인 만큼 짐을 꾸려
화장실에서 고양이 세수를 했다. 점점 따뜻해질 날씨에 괜스레 챙겼나
고민했던 파카를 꺼내 입는다. 기차는 정오에 몽파르나스 Montparnasse
역에서 바욘으로 출발한다. 햇살은 눈부신데 끼니를 챙겨먹어도 부르르
몸은 오한으로 떨고 있다. 밥과 국이 짠하게 그리운 아침이다.

길가에 즐비한 빵 가게마다 풍기는 고소한 향기가 페로몬처럼
사람들을 유혹했다. 파리를 가로질러 몽파르나스 역에 도착하니
사람들이 가득하다. 이제 바욘! 바욘으로 간다. 계획에 없던 파리 일정이

내게는 그렇게 흥미롭지 못했던 것일까. 짧은 시간이지만 쌀쌀한 날씨만큼 정 주기 힘들었다.

열차에 오르니 슈트를 말끔히 차려입은 신사와 나란히 앉게 되었다. 이윽고 파리지앵의 친절한 미소가 '어제의 악몽일랑 잊어줘~' 하듯 따뜻하다. 후딱 미소를 건네던 그가 열차가 출발하기도 전에 종이 가득 빼곡한 데이터를 보며 계산기를 바삐 눌러댄다. 낯설지 않은 도시인의 일상이다.

그를 보며, 문득 얼마 전 퇴근 시간 지하철의 분주한 풍경이 떠올랐다. 그 안에 내 모습은 왜 그리 이방인 같던지…. 세상에 어디에 소속되지 않아 모국어로도 소통은 어색할 듯했다. 내겐 보편의 모습과 멀어진 날이 적지 않게 쌓이고 있었다.

직장을 그만두고 보편과 다른 일과를 살았다. 그것은 축복이며 때론 긴장이었다. 모두 100km로 달린다 하여 굳이 속도를 맞출 필요는 없다. 각자 나름의 속도로 살면 된다고 위로했다.

그렇게 스스로의 위안은 보편에서 멀어지고 차츰 세상에 숙제가 많아진 사람이 되었다. 또래 친구들은 하나둘 아이를 낳았고, 대다수 사람의 집은 거주의 목적이 아닌 게 확실해졌다. 내겐 세상과 어설픈 거래를 나눌 무엇 하나 남아 있지 않았다. 나는 지금 보편에서 얼마나 벗어나 있는 것일까? 차창 밖으로 지나는 이국적 풍경에 푸념이 뒤섞였다. 지난 시간의 깊은 자책은 약이 되지 않는다며 한 뼘 기운 햇살이 낯 붉히며 나를 흔든다.

바욘에 도착하니 생장으로 가는 버스가 믿음직스럽게 기다리고
있었다. 첫날 어긋난 여정으로 아직 긴장이 늦춰지지 않았고 버스
옆구리에 배낭을 넣으려니 키 큰 배낭들이 짐칸 가득하다. 아, 이제야 제
길로 왔구나 싶은 안도감이 낯선 사람들과 눈빛을 나누며 무언의
의기투합을 해 본다.

반갑다, 친구들!

버스는 굽이굽이 평온한 풍경 속을 달리며 간간이 마을에 들러 현지
사람들을 하나둘 내려놓았다. 한 시간 반을 달려 도착한 생장엔
지역민보다 이방인이 눈에 띄게 많았다. 맑은 풍경 속에 자리한 마을이
더없이 청명한 빛으로 자리 잡고 있었다. 순례자의 기본 절차를 밟으려
사무소에 가니 저녁 시간이라 문은 닫혀 있었다. 그 앞에 서넛이 줄 맞춰
앉아 설레는 인사와 함께 반가운 손을 잡는다.

햇살이 마을 뒤쪽으로 어둑하니 도망치고 있을 즈음 연세 지긋한
할아버지가 우리를 반겼다. 순례자 여권 크레덴시알을 만들고 친절히
내일 길에 대한 안내도 더해준다. 말이 통하면 그와 밤새 이야기하고
싶단 생각이 현재의 흥분과 설렘을 드러내고 있었다. 이제 나는 한 명의
순례자가 되었다.

오늘 숙소는 2층 침대 5개가 놓인 방이다. 돌아보니 아무도 없다
생각했는데 문득 들리는 소리 "봉주르~" 어둠과 같은 색의 흑인 남자가
인사를 한다. 아직 프랑스에 있다는 것을 새삼 그가 인식시켜 주었다.

박자를 놓쳐버리고 뒤늦게 '하이'도 아닌 '올라Hola~'를 했다. 순간 생각한다. '내가 아는 스페인어가 몇 개지?' 겨우 인사 몇 마디만 줄곧 연습한 게 다인데 낯설고 웃긴다.

까만 밤 같은 흑인은 앙리(프랑스)라고 했다. 앙리는 바로 침낭 속으로 들어갔고, 나는 내일 피레네pireneos를 넘기 위한 식량 준비로 마을 수색에 나선다.

어둑해진 마을에 불 켜진 상점에 들어서니 주인과 농담을 건네는 동네 사람들이 오순도순 정겨운 저녁이다. 요구르트, 사과, 낱개의 바나나를 챙겨 들고 내일 아침 가야 할 빵집을 돌아 숙소에 도착하니 그새 방이 꽉 찼다. 올라, 봉주르, 히이… 방 안에 만국기가 펄럭인다.

어제 하루 씻지 못해 순서를 기다려 욕실로 들어서니 손에 닿는 물의 온도가 참을 만하다. 그러나 샤워기를 틀어보니 웬걸 아뿔싸, 몸이 얼어버리겠다! 머리까지 감고 나니 오들오들 한기가 느껴진다. 괜한 부지런을 떨었다며 늦은 후회가 뒤통수를 친다. 한동안 깔끔 떨지 말자고 스스로를 따끔하게 다그쳤다.

이제 내일이면 걷기 시작이다. 오래전 꿈꿔온 길 위에 서게 되는
것이다. 이런 설렘으로 데워진 기운을 모아 침낭 속에 몸을 누인다.
언젠가는 가겠지. 막연한 꿈. 그 속에 내가 와 있다.

나는 랄랄라 우주선을 타고
달나라 관광단에 당첨된
운 좋은 달팽이
내일이면 전설의 방아 찧는
토끼도 만날 수 있을 거야

몸도 맘도 공중 부양해
알약 하나로도 견딜 수 있는 곳
시간이 존재하지 않아
조바심도 없고
달의 시를 품으면
술술 풀어지는 오! 해피데이

이제 달 보고
소원하는 일도 없을 거야
난 지금…
달나라에 와 있거든!

프랑스 국경마을 -
St. jean pied port ._

올라, 에스파냐!

생장피드포르 −25km− 론세스바예스

아까부터 침낭 속에서 꼬물대며 누군가 불 켜기를 기다린다. 아직 일어날 때가 안 된 것인가? 모두 나처럼 기다리고 있는 건가? 아직 밖은 어둑하다. 이제 막 시작되는 길을 무한 상상하다가 10여 분 지났을까? 그림자처럼 누군가 부산히 움직인다. 앙리다. 사뿐히 2층 침대에서 내려와 어렴풋 주저함도 없이 어둠 속에서 어쩜 저렇게 익숙한 몸짓을 하는지 놀랍기만 하다.

　이때다 싶게 빼꼼 일어났다. 뚝딱 준비를 마친 그가 이내 "부엔 카미노Buen Camino-행운의 길이 되길."라 하고 출발한다. 맙소사, 불 꺼진 방에서 매일 짐 싸기 연습이라도 한 것인가! 한석봉 어머니도 감탄하겠다. 까만 밤에 만난 까만 앙리는 그 어둠 속 이별 후 한 번도 마주치지 못했다.

아디오스Adios, 앙리.

　몇몇이 부스럭대는 소리에 주섬주섬 사람들이 일어나고 두서없이 배낭을 챙겨들고 나왔다. 경사진 마을 끝자락에 보랏빛 새벽이 맑고 시리다.

　참 예쁘네. 후후… 달나라의 새벽은 이런 빛깔이었군. 아침 산책 나온 할아버지가 "부엔 카미노." 응원해 준다.

　매일 아침 세계 각국의 순례자에게 인사를 건네는 일상은 어떤 느낌일까? 이건 정말 달나라 토끼만 아는 기분이겠군….

　카미노가 시작되는 곳, 설렘의 기운이 가득한 곳 생장. 안녕!

　오늘의 여정은 프랑스를 떠나 스페인으로 간다. 카미노 프랑스 길 위에 제일 높은 1450m의 피레네산맥을 넘어야 한다. 과연 그 모습은 어떠할지. 이제 막 흥분된 발걸음이 시작되었다. 다른 순례자 구경도 즐겁고 예쁜 집과 넓은 들판에 모여 있는 복슬복슬 양 떼도 반갑다.

　탁 트인 풍경의 굽이굽이 능선을 오르니 추운 날씨로 그다지 사람이 많지 않다. 조금씩 숨 가쁜 언덕이 시작되어도 숲이 아닌 초록 들판의 향연이다. 한 고비의 언덕이 지나면 또 한 번 방향을 틀어 나타나는 오르막이 이어졌다. 산자락을 따라 곱이곱이 드러난 길의 힘겨움도 첫날의 설렘이 극한의 에너지가 되고 있었다. 하지만 그 기세를 꺾어버린 것은 날씨였다.

　거친 숨소리로 올라도 떨쳐버릴 수 없는 추위다. 출발 후 한 시간이

론세스바예스를 향해
피레네를 오르다 ·—

지나 스페인과 프랑스 국경에 머물 수 있는 단 하나의 숙소,
오리손Orrison에 다다랐다. 알베르게에 도착하니 사람들이 식사도 하고
물통도 가득 채운다.

길 초입에 인사를 나눈 롱다리 커플 자크와 이사벨(프랑스)이 야외
테이블에서 생맥주를 마시고 있다. 꿀꺽! 탐나는 풍경이지만 이 추위에
속이 얼어버릴 것 같아 다음을 기약한다. 그들을 뒤로하고 한참을 앞서
걸었다 생각했는데, 이내 왁자지껄한 소리에 뒤돌아보니 이 추위에
롱다리 커플이 반바지로 갈아입고 나타났다. 드러난 그들의 보폭이 성큼
저만치 앞서간다. 철마다 챙겨먹은 보약도 무색하구나. 진정 나는 저질
체력인 거야… 길 끝까지 무사히 마칠 수 있을까… 끙.

가파른 깔딱 고개 없이 꾸준한 오르막의 피레네. 앞서거니 뒤서거니
하며 걷는 사람들이 어느새 아무도 보이지 않는다. 잠시 설상가상 이
추위에 비가 내린다. 많이! 많이도 내린다.

우비를 입으니 그 안에 잠시 따뜻한 기운이 머문다. 그러나 그것도
잠시, 이내 굵어지는 빗줄기와 찢을 듯한 비바람을 고스란히 안고 가야
하는 악천후의 상황이 되고 말았다. 모든 게 거추장스럽다. 저 푸른 초원
위에 어디 비를 피할 곳도 없으니 배가 고파도 무엇 하나 꺼내 먹을
엄두가 나지 않는다.

내리는 비를 고스란히 맞고 있어야 하다니. 급하고 답답한 후회
보따리가 맘을 무겁게 한다. 쉽지 않으리라 생각했었다. 그래도 명색이

피레네 산을 넘는 것이니 말이다. 막무가내, 퍼붓는 빗줄기 속에 나는 얼마 전 속수무책으로 삶의 뭇매를 맞았던 모습과 다름없었다.

생면부지의 땅을 밟고 비 맞은 생쥐 모양으로 바들바들 오한이 왔다. 허기진 배 속엔 천둥소리 가득하고, 이래저래 불편한 심기가 날카롭게 자라고 있다. 이 상황에 자전거를 끌고 오르는 사람들을 보니 딱하고 안쓰럽다. 저들에겐 내 모습도 그러할 것이다.

사과를 꺼내 얼어버린 입으로 한입 베어무니 달나라에서 먹는 사과 맛이 기가 막힌다.

달다. 달다. 대체 이 사과 종자가 뭐지?

피레네가 만든 사과 맛이렷다. 행복감도 잠시 태산 같은 배낭 무게와 이제 막 흩날리는 눈발이 나를 현실의 피레네로 털썩 끌어내렸다.

눈비가 내린다. 짐덩이라도 벗어버리고 싶다. 이거 정말 버릴 수도 없고, 선택의 여지가 딱히 없는 상황에 머릿속이 지끈거린다. 일찍이 론세스바예스Roncesvalles로 짐을 부친 사람이 부럽고 부럽다.

아, 이 폭풍의 언덕에 진정 내가 와 있구나… 왜?

지팡이도 될 수 없는 푸념을 흩날리며 국경에 도착했다. 그런데 '국경'이란 말이 무색하게도 참 대수롭지 않은 곳이다. 의미심장한 표시나 긴장된 문구도 찾을 수가 없다.

문득 예전 엄마와 떠난 금강산 여행이 떠올랐다. 시선과 행동도 함부로 할 수 없었고 어깨가 뻐근하게 긴장하며 넘어야 했던 우리네 국경이 숙연하고 안타깝게 스친다.

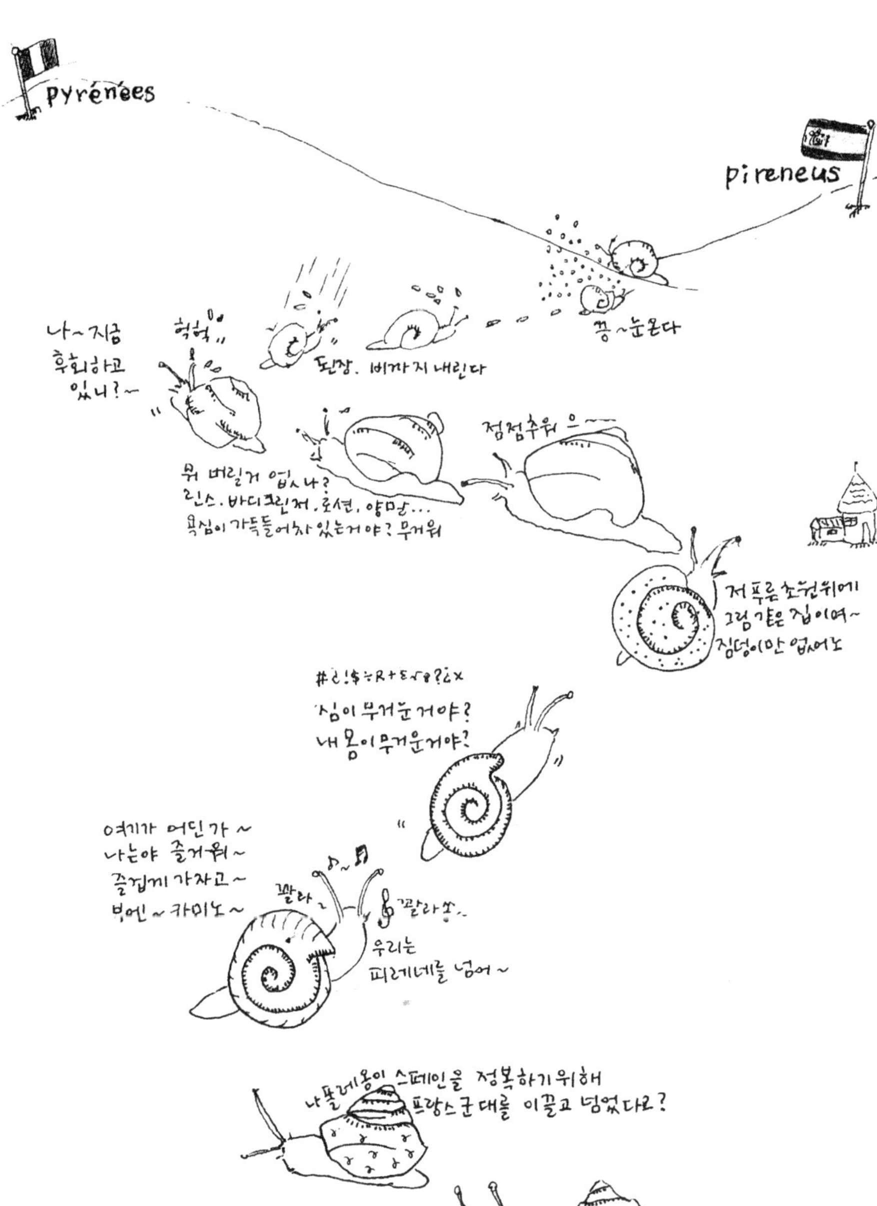
pyrénées
pireneus
나~지금 후회하고 있니?~
헉헉..
된장. 비까지 내린다
꽁~눈온다
점점추워으~~
뭘 버릴거 없나?
린스.바디크린저.호션.양말...
욕심이 가득들어차 있는거야? 무거워
거 푸른 초원위에
그림같은 집이여~
집녕이(만 없어노
#&!$≒R+&×8?&×
심이 무거운거야?
내 몽이무거운거야?
여기가 어딘가~
나는야 즐거워~
즐겁게 가자고~
부엔~카미노~
꽐라
꽐라쏭..
우리는
피레네를 넘어~
♪~♬
나폴레옹이 스페인을 정복하기위해
프랑스군대를 이끌고 넘었다고?
카미노을 선택한 이유
1. ...
2. ...
3. ...

이곳의 국경이란 인적 드문 숲 속 깊숙이 들어온 느낌뿐이다. 오랜 시간을 거슬러 나뭇잎이 켜켜이 쌓여 있다. 아직 녹지 않은 눈과 내리는 비가 늪처럼 기운 빠지게 한다. 탄광촌 느낌의 이어진 길은 나를 재투성이로 만들었다. 그 모양이 심하게 누추하다. 앞도 제대로 보이지 않게 내리는 비가 우비 속으로 한없이 젖어 들어오고 있다.

나는 비를 좋아했는데… 좋아하는데… 아직 난 너를 좋아하고! 좋아하려고… 긍정의 주문을 걸어보지만 이 상황에 넘치는 애정 따위가 무슨 소용일까.

아침부터 제대로 된 밥 한 끼 못 먹고 이 굵은 빗줄기가 나를 때리고 있으니, 새삼 삶에 헛된 시간의 체벌이라도 되는 듯 울컥 서러움이 몰려온다. 용서해주세요. 그리고 조금만 내려주세요. 조금만.

꾹꾹 참아가며 길을 재촉하지만 어제부터 계속 꼬이는 듯한 나의 여정이 까칠하게 거슬린다. 예상했지만 묵묵히 견뎌야 하는 이 시간이 속상하고 서운한 맘은 왜 이리 커지는지 모르겠다.

첫날부터 만만치 않구나. 휴, 꼴이 말이 아니다.

국경을 넘으니 카미노 길을 나타내는 화살표가 자주 보인다. 조금씩 내리막길이 시작되고 있다. 꼬불꼬불 산길을 지나고 빗줄기가 잦아들 즈음 도착한 곳은 론세스바예스. 드디어 스페인이다.

"올라, 에스파냐!"

숙소 절차를 받고 들어선 곳은 이층 침대 100여 개가 빼곡히 놓여 있다. 입구 신발장에는 피레네의 비바람에 한바탕 고전을 치른 신들이 오늘의 무용담을 어수선하게 이야기하고 있었다. 떠나오기 전, 2개의 등산화를 들고 잠시 고민하던 시간이 떠올랐다. 그래도 한 달이 넘는 기간인데 이 길을 너무 가볍게 여기는 것 같아 집어든 중등산화가 고마운 날이다.

짐을 풀고 더운물로 샤워하니 비로소 몸과 맘이 빨갛게 충전되는 느낌이다. 순례자 저녁 미사를 드리기 전 기념품 상점에서 순례자의 상징 가리비 조개 하나를 배낭에 묶었다. 이 길 위에서 끊임없이 온전히 나를 응원할 것이다.

어제 생장에서 나눠준 한 장의 카미노 정보를 보니 앞으로 지나게 될 도시와 마을의 이름이 산티아고까지 빼곡한데 모두 낯선 느낌뿐이다. 내일부터 하루하루 그 길을 걷다 보면 친숙함으로 다가오겠지….

오후 8시에 시작된 순례자를 위한 미사에서 오늘 모인 각국 나라의 이름이 호명되었다. 이제 길은 모두에게 선택되었다. 많은 이를 만나고 서로 다른 사연을 나누고 헤어지겠지. 그렇게 하루하루 다독이며 저마다 성실한 발걸음으로 많은 이야기를 만들 것이다.

나는 기도한다.

순응하며 온전히 집중할 수 있게 해달라고.

더 많은 것을 원하고 바라는 것보다

길을 택하고 걸을 수 있음에 감사함을 잊지 말자고.

그리고 길 끝까지 건강하기를….

Iglesia de
Ronces Valles
Navarra España

날개 달다

론세스바예스 -23km- 수비리

숙소에 일제히 불이 켜지고 주섬주섬 일어나는 사람들. 어제 피레네를
넘은 이들이 이렇게 많았단 말인가? 산 중턱에선 참 외롭게 넘었는데….
미사 때보다 많은 사람이 숙소 가득하고, 어제 내린 비로 아침 공기가
파스처럼 싸하다.

출발은 순조롭지 못했다. 알베르게를 나와 도로길로 무턱대고 걷다
보니 가도 가도 이정표가 보이지 않는다. 마을을 빠져나오기 전까지 주의
집중을 늦추면 안 되는 것이었는데 이내 도로길에 어리둥절 멈춰 섰다.
순례자의 모습은 찾을 수가 없다. 몇 걸음 조바심으로 걷고 주변을
둘러보니 몇 개의 집이 보인다. 지금 막 일어난 듯한 남자가 창문을 열고
있다.

달려가 길을 묻자 그에겐 일상인 듯 친절하고 자세히 가르쳐준다.
이런, 왼쪽 산길을 두고 엉뚱하게 오른쪽 도로길을 걷고 있었다. 조용한
길로 들어서니 노란색의 이정표가 눈에 자주 띈다. 바람도 없고 포근한
숲길에서 맘이 평온해진다.

한적한 길. 지천에서 들리는 새소리와 때때로 가파른 길 위에 숨 가쁜
심장 소리만 귀에 가득하고 멀리 보이는 숲 위로 하늘이 높다. 넉넉한
햇살을 따라 나무가 깊은 빛으로 자라고 있었다. 이어 한 걸음마다
다가오는 마을 풍경이 평화롭게 스친다.

좁은 숲길에 나뭇가지가 자주 눈에 띈다. 순례자를 위한 지팡이용인가
싶을 정도로 잘린 나무가 지천이다. 적당히 하나를 집어들었다. 어제
피레네를 넘으며 지팡이의 필요성을 적잖이 느꼈다. 내리막길도 그렇고
짐의 무게도 덜 수 있어 그 무엇보다 절실했다.

지팡이 하나 생겼을 뿐인데 배낭을 같이 짊어질 동반자라도 생긴
것처럼 고맙고 뿌듯하다. 조금 걷다 보니 누군가 땅을 울리며 다가왔다.
180cm은 넘어 보이는 남자가 인사를 건넨다.

"헬로, 하이, 올라~"
"올라~"
그는 영국 신사 폴이다. 자신도 방금 전에 지팡이 하나를 구했다며 쿵
쿵 소리를 내며 도사처럼 땅을 찌른다.
"너무 크지 않아?"

— AKERRETA — 아케레따

"길 끝까지 가려면 큰 게 좋아!"

그의 말에 따라 다시 지팡이를 찾는다. 이쪽저쪽 지팡이 재료가 많다.
적당한 길이에 무겁지 않은 것으로 골라잡으니 이것이다 싶은 지팡이가
찾아졌다.

'이제 나와 길 끝까지 함께 하는 거다. 반갑다, 지팡이! 네 이름은…
날개다.'

이제 날개와 함께 걷는다. 곧게 뻗은 녀석의 자태가 볼수록 맘에 든다.
잠시 걷다가 길가에 쉬고 있는 폴을 다시 만났다.

폴이 나의 지팡이가 보기 좋다고 한다. 이름이 '날개'라 하니
재미있다고 자신의 지팡이에도 이름을 붙여 달라는데, 내 이름을 붙여줄
수도 없고 갑자기 난감해졌다.

"네가 좋아하는 게 뭐야?"

"판타지!"

자기는 판타지를 좋아한다며 그에 대한 이야기를 하는데, 내가
알아듣든 말든 상관없는 듯 정말 끝없이 이야기한다. 환상적 수다맨.
쿠쿠쿠 이상한 나라의 폴이다. 그에게 판타지 소설을 써 보는 게
어떠냐고 묻자 자신의 소망이고 인생의 꿈이라 말한다.

"폴, 네 지팡이 이름을 매직이라고 하자."

"magic?"

"너의 여정에 마술 같은 일이 일어나길 바라며! 어때?"

"고마워, 넌 천재다."

참, 고작 그것 갖고 천재라는 말을 듣다니… 네가 좋아하니 난 그걸로 좋다. 폴, 이젠 꿈으로 상상하던 판타지가 네 길 위에 가득하길 바랄게!

앞서 간 폴과 헤어지고 시원한 푸른 들판에 자리를 잡고 누웠다. 신발과 양말까지 벗고 햇살에 기대앉으니 저 멀리 양 떼 모습이 목화솜처럼 따뜻하다. 잠시 후 마야(캐나다)가 왔고, 그녀도 햇살 아래 낮잠을 청했다. 우리는 그렇게 한참을 유유자적 이리저리 부는 바람을 만지고 끌어안았다.

넉넉한 휴식을 뒤로하고 길을 나서니 오롯이 혼자만을 위한 좁은 길이 계속되었다. 길옆으로 사유지임을 알리는 철조망이 있고 그 너머에 휴지 조각이 이리저리 나뒹굴어 아쉽고 불편한 풍경이 이어졌다. 이 길을 지나는 우리가 버려놓은 것이 아닌가 싶었다. 무엇이든 인간의 그릇된 행동은 아름답지 못하다. 누군가 버린 휴지를 보며 죄업을 생각했다.

만약 아무리 작은 죄를 짓더라도 하루 혹은 얼마간 죗값을 치러야 한다면 세상은 어떻게 될까? 가령 휴지를 버린 사람의 새끼손가락이 이틀 동안 펴지지 않는 것이다. 남을 속인 사람은 그 사람에게 진정한 사과를 하기 전까지 입에 들어가는 모든 음식이 쓴맛으로 느껴지거나, 부정한 일을 했을 때는 눈이 시려 계속 눈물을 흘려야 한다면? 이렇게 자신의 죄를 스스로 정화시켜 깨달을 수 있도록 가슴 쓰린 자체 형벌 시스템이 가동되는 것이다.

우리 주변엔 타인에 상처를 주고도 법적으로 벌받지 않는 죄가 너무

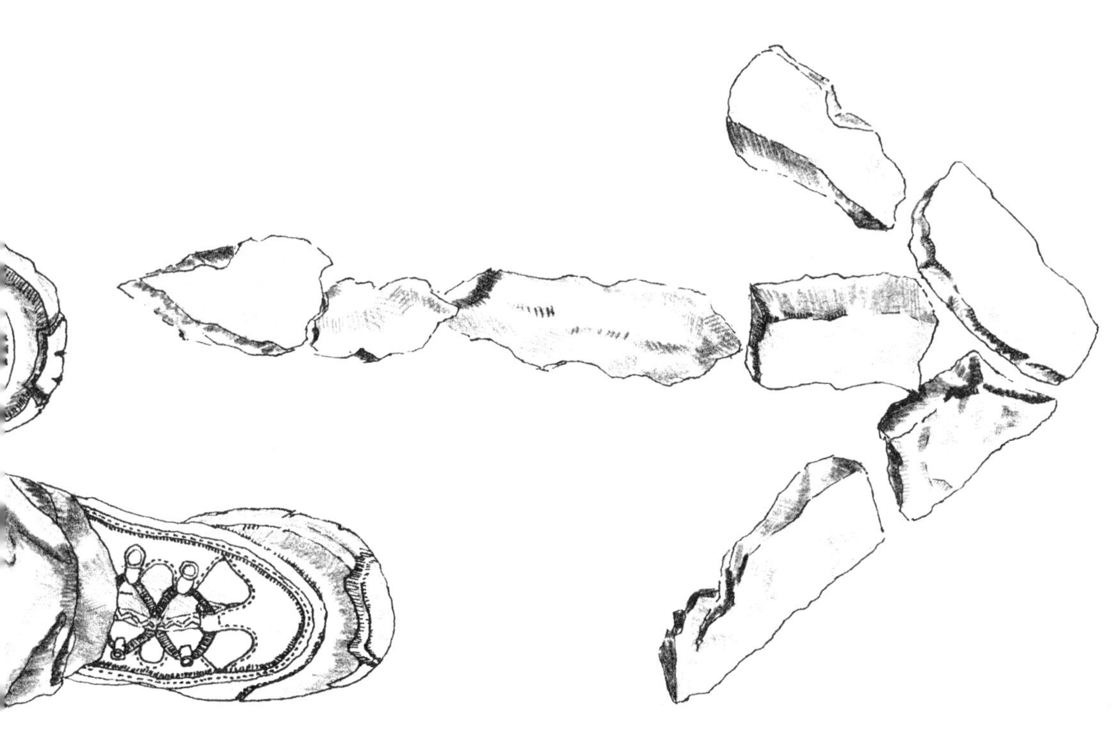

많다. 아무렇지 않게 선한 인간의 가면을 쓰고 사는 사람들. 그들은 진정 사과하고 용서를 구함도 없다. 상대를 기만하며 간과하고 무뎌지고 내성이 생겨 좀체 죄라고 느끼지 않는 부도덕한 사람들. 그들에게 그러한 죗값이 몸에 드러난다면 잘못을 깨닫고 세상은 조금 더 진실해질 수 있을까? 어느새 세상의 도덕이 너무나 대수롭지 않게 무뎌지는 쉬운 일이 되어버린 게 씁쓸하다.

잠시, 길가에 벼려진 휴지 조각으로부터 불타오른 뾰족한 생각이 너무 웃자랐다. 이런저런 생각에 좁은 숲길을 빠져나오니 눈앞에 마을이 깜짝 나타난다. 오늘의 목적지 수비리Zubiri다.

마을 입구엔 강물이 흐르고 먼저 도착한 순례자의 넉넉한 모습이 여럿 보인다. 공립 알베르게로 들어서니 숙소보다 햇살 가득한 마당이 넓고 좋다. 빨래를 널고 오후 햇살을 즐기는 그들처럼 일과를 정리하니 무척 허기진다. 슈퍼에 들러 사온 치즈와 파스타를 가지고 양파를 듬뿍 넣은 스파게티를 만들고, 일본에서 온 미노리와 가와무라상 부부와 인사를 나눈다.

오늘은 침대 위층을 배정받았다. 내 침대 아래엔 빅토르(스페인)가 잔다. 저녁 찬 공기에 핫팩을 감싸쥐고 침낭 속으로 파고드니 엄마 품처럼 포근하다. 빨래도 뽀송뽀송, 등 따습고 배부르니 이보다 더 좋을 순 없다.

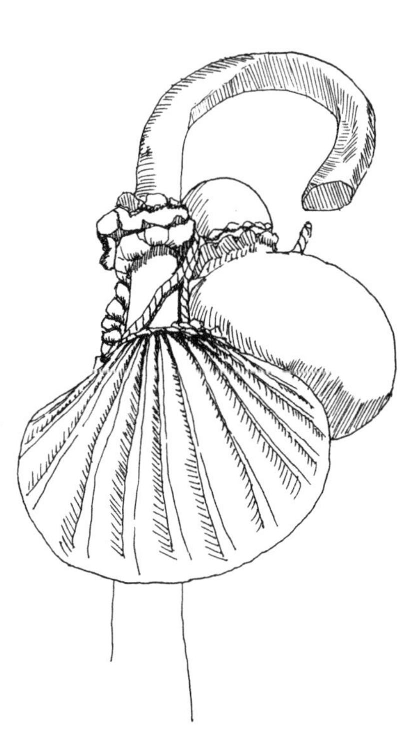

팜플로나와 헤밍웨이

수비리 –20.5km– 팜플로나

누구를 위하여
꿈이 될까

파랑새는
우리 가슴에 있다

침대 위층에서 잔다는 것이 이렇게 멀미 나는 일이었어!

아래쪽에서 잘 때는 크게 느끼지 못했는데, 지난밤 침대 위층의 움직임이 심하게 느껴졌다. 밤새 빅토르가 쿨럭거리며 이리저리 얼마나 몸을 뒤척이던지 덜컹대는 열차를 탄 느낌이었다. 날이 밝아도 그의 잦은 기침 소리가 예사롭지 않다. 뭔가 단단히 탈이 난 모양이다. 아직 온기 남은 핫팩을 그에게 꾹꾹 찔러 건네주니 이내 받아들고 다시 침낭 속으로 파고든다. 우린 아직 갈 길이 먼데… 아프지 말아야지.

　얕은 잠으로 정신도 맑지가 않다. 진통이 느껴져 어깨를 들춰보니 배낭 자국이 벌겋게 돋아났다. 매일 길을 나서고 얼마 지나지 않아 매번 찾아오는 딜레마가 있었으니, 그것은 마음 정리하고 버릴 짐을 생각하는 것이다. 침낭과 세면도구를 빼면 하루 생활에 더 이상 필요한 물품은 딱히 없었다. 그러나 막상 짐을 펼쳐놓고 고민해도 버릴 것이라곤 찾을 수가 없다. 아, 떼어낼 수 없는 곤혹스런 삶의 무게여.

고된 흔적이 안쓰럽다. 잠시라도 내려놓았던 배낭을 메고 나면 수월한 느낌이 들다가도 한 시간이 지난 후엔 어김없이 통증이 밀려온다. 여분의 양말을 꺼내 어깨에 대어 봐도 잠시뿐이다. 이 길 끝까지 싫든 좋든 메고 가야 하지만 그래도 아직까지 어수선한 내 마음보다 훨씬 가벼운 배낭이다.

주말 피크닉을 나온 사람들이 공원 벽난로에 고기를 굽고 있다. 가족의 웃음이 햇살처럼 환하다. 북적북적 정겨운 모습에 집 생각, 엄마 생각, 천사 같은 조카도 보고 싶다. 입천장이 까지는 딱딱한 바게트보다 잊고 있던 엄마표 김치찌개도 마구 그립다.

정오를 지나 도착한 아레Arre는 마을이라 하기엔 조금 큰 느낌이다. 주말이라 문을 닫았지만 상점이 크고 많다. 결혼식이 있었는지 꽃을 든 여인들과 말끔한 옷차림의 하객이 봄처럼 환하다. 그 앞에 나타난 신부는 초미니스커트! 파격 웨딩드레스다. 사람들이 축하하며 뿌려주는 쌀이 바닥에 지천으로 밟힌다.

오늘은 그나마 완만한 길이고 날씨도 좋은데 왜 이리 힘겨운지 모르겠다. 저질 체력 초반 이틀의 강행군이 아무래도 무리수를 둔 모양이다. 팜플로나에 도착하면 욱신거리는 근육에 파스라도 처방해야겠다.

　길을 걷기 시작하고 제일 먼저 만나는 대도시 팜플로나Pamplona가
오늘의 목적지이다. '산 페르민San Fermin'이란 이름의 세계적 축제로
유명한 도시이다. 매년 7월 6일이면 도시 한가운데 소몰이 축제Encierro가
시작된다. 산토도밍고Santodomingo부터 팜플로나 투우장까지 800m를 성난
소 떼가 거친 본능으로 질주하면 도시 전체가 출렁이는 곳이다.
　축제 때가 되면 사망자와 부상자가 속출하고, 해외 뉴스에서나 보던
팜플로나. 7월이면 18만 명의 주민보다 3~4배에 이르는 대규모 관광객,
이리저리 날뛰는 소까지! 도시는 한마디로 '레드 썬!' 자유로운 최면
상태가 된다. 사람들은 소와 함께 흥분하고 달리고, 스페인의 뜨거운
햇살에 마음껏 취한다.
　이 도시를 걷다 보면 헤밍웨이 동상을 만나게 된다. 산 페르민 축제는
그의 작품《태양은 다시 떠오른다》에서 광란의 소몰이 현장이 생생하게
묘사되어 더욱 유명해졌다 한다. 헤밍웨이의 스페인 방문 이유가 산
페르민 축제를 보기 위해서였다고 하니 투우에 대한 그의 애정이 무척
각별함을 알 수 있다.
　그가 스페인 내전 참여 후《누구를 위하여 종은 울리나》가 탄생된 것은
너무도 유명하다. 여기에 그로 인해 이름난 또 하나의 명소는 '카페
이루냐Cafe Iruna'다. 카스티요 광장Plaza del Castillo에 자리한 카페는 헤밍웨이
명성만큼이나 세계적이다. 이러한 모습으로 스페인 사랑이 유독 남달라

팜플로나 Encierro-소몰이 축제 기념동상

이곳에 남겨진 헤밍웨이 동상. 비록 자살이라는 죽음을 안타까워하기 전에 그의 삶은 이곳 팜플로나의 축제 '산 페르민'의 역동적 모습과 닮았다.

큰 축제를 소화하기엔 조금 버거운 느낌의 좁고 비슷한 골목을 지나면 마치 대형 갤러리를 연상시키는 순례자 숙소가 자리하고 있다. 팜플로나의 공립 알베르게는 100개가 넘는 침대에 주방도 크다.

짐을 풀고 보니 옆 침대에 마리아(미국)가 몸이 아파 이곳에서 이틀째 머물고 있었다. 굳이 사람도 없는데 아픈 사람 옆에 있으니 조심스러워 풀어놓은 짐을 2층으로 옮기니 내 방처럼 아늑하다. 그다지 많지 않은 사람들로 오늘은 편한 잠자리가 될 것 같다. 허기진 배를 달래며 슈퍼에서 장을 보고 주방에 도착하니 이미 프랑코(이탈리아)가 콧노래를 부르며 토마토소스를 만들고 있다.

이탈리아 원조 파스타를 만들고 있었다. 향긋한 음식 냄새가 허기를 한껏 부추긴다. 작은 냄비에 올려놓은 물에 파스타를 삶고 어영부영 해 먹으려던 저녁에 그가 제동을 걸었다.

먼저 파스타를 팬에 담자 프랑코가 황급히 내게 달려들었다. 순서가 뒤바뀌었다는 것이다. 이후 프랑코가 본격적으로 요리를 주도하고 나섰다. 그에겐 한 끼 식사도 아무렇게 먹는 것이 용납되지 않나 보다. 앞 식탁에 앉아 있던 마르코(포르투갈)가 우리의 모습을 싱글벙글 재밌어한다.

"나는 너무 배고파요. 그냥 대충 먹자고요. 아저씨!"

배고픈 자의 절규도 아랑곳 않고 진지한 쉐프 프랑코! 옆에서 허기진

모습으로 있으니 그 모습이 안쓰러운지 마르코가 자신의 계란 프라이를
먹으라며 건넨다. 고맙단 말과 함께 한 번의 사양도 없이 먹어버렸다.
어쩜 이렇게 예쁜 계란 프라이를 만들 수 있는지… 노른자가 탐스럽게
반숙으로 부쳐진 데다 보름달처럼 동그란 모양 위로 얇게 하얀 막이 살짝
덮고 있었다. 그 솜씨가 요리사다. 양쪽 엄지손가락을 들어 감사의
마음을 전하니 그의 미소가 참 수줍다.

　아직 프랑코의 파스타 소스는 진행 중이다. 대체 오늘 안에 그것을
먹을 수 있을까 싶다. 이탈리아 파스타를 맛보기 위해 꾹꾹 인내의
시간을 견뎌 본다. 그 후 반 시간이 지나 완성된 원조 파스타!

　토마토 향이 진한 여운을 주는 맛이다. 오호! 맛있다! 왠지 고집스런
그의 모습이 사뭇 남달라 보였다. 혹시 그는 이탈리아 마피아 조직의
수석 주방장일지도 모른다. 훗~

　그렇게 그의 솜씨로 꽤 많은 양의 파스타가 만들어져 고된 순례자들의
풍요로운 저녁이 되었다. 73세의 일본인 가와무라상 부부는 피클을
나누었고, 쉐프 프랑코는 끝까지 대충이 없었다. 와인까지 세팅하고
카미노 축복의 건배를 제창했다. 뒤늦게 저녁 장바구니를 들고 도착한
마야도 함께 앉아 맛있는 시간을 나누었다. 일본어, 포르투갈어, 라틴어,
한국어에 영어까지 뒤죽박죽 두서없어도 우린 오늘 한솥밥을 나누며
따사롭다.

우린 서로 다른 곳에서

현재를 꿈꾸며 살았는지 모른다.

오늘 너와 만나

힘겹지 않았던 날이 고맙다.

그 언젠가 이별이 되어도

그곳까지 돈독한 기운이 될 것이다.

때론 길을 잊어도

서로를 격려했던

그리운 우정이라 기억하며….

바람 속을 걷다

팜플로나 -25km- 푸엔테 라 레이나

계란과 햄으로 아침을 먹고 점심에 먹을 보까디요Bocadillo-바게트 샌드위치까지 챙겨넣고 나니 뿌듯한 기운으로 출발이 가볍다.

도시를 벗어나기 전부터 낡고 습한 기운이 느껴지더니 이내 비가 내린다. 피레네를 넘고 처음 만나는 비다. 꺼내 입은 우비들이 동트는 길 위에 형형색색 반짝인다. 이제 막 피어난 꽃 무리처럼 진하고 예쁘다.

한 시간도 되지 않아 굵어지는 빗줄기를 따라 앞서 가는 가와무라상 부부가 보인다. 한 걸음 물러나 아내의 걸음을 뒤따르는 남편의 모습에서 참 유연한 삶을 살아온 듯 차분함이 느껴진다. 배낭도 모자라 이 빗속에 손가방까지 들고 가신다. 어젯밤 그에게 나이를 물으니 수줍게 귀엣말로 속삭였다. 일흔이 넘은 발걸음이라 생각되지 않을 만큼 그 걸음은

우려스럽지 않다. 흐트러짐 없이 나이 듦이 쉬운 일이 아니다. 건강한
사고의 폭으로 삶을 걷는 평온하고 넉넉한 그들의 모습이 아름답다.

낮은 하늘 저 멀리 페르돈Alto del Perdon 고개가 넓고 긴 능선길 뒤로
좌우로 넓게 누워 있다. 스페인은 세계 51번째, 유럽에서는 프랑스
다음으로 영토가 넓은 나라이니 그 광활함을 자주 느끼게 될 것이다.
길을 따라 점점이 박힌 풍경이 아득해진다.

얼마쯤 고개를 향해 걷고 있을 즈음 한 남자가 나뭇가지에서 무언가를
열심히 채취하고 있다. 무슨 열매라도 따는 것인가 싶어 다가가니
달팽이를 열심히 주워 담고 있다. 주위를 둘러보니 길옆 나뭇잎과 가지
위에 온통 달팽이 천지다.

비가 좋아 산책 나온 달팽이가 봉투 안에 가득! 가득! 그 모습이
흥미로워 나도 잠시 달팽이 줍기에 빠졌다. 끈끈히 묻어오는 물컹한
느낌과 함께 그 크기가 엄청나고 묵직하다. 게다가 노란 빛깔이
선명한 것이 예쁘기까지….

얼마 되지 않아 많은 수확을 했다. 그가 달팽이 하나를 집어 입에 넣는
시늉을 하며 다른 한 손의 엄지손가락을 들어 맛있다! 맛있다! 강조한다.
그리고 달팽이를 나눠 담고 내게 건넨다.

"노 노 노 그라시아스! 그라시아스!"

정중히 손사래를 하자 그가 쭈뼛하더니 주머니에서 부스럭 사탕을
꺼내준다. 그 덕분에 잠시 재미난 놀이처럼 빠져들었는데 무엇이라도

나누려는 그의 마음이 더 고맙고 기분 좋다.

페르돈 고개 정상에 이르니 이동식 간이 카페에 사람들이 모여 있다.
작은 차 안에 유명인으로 보이는 몇몇의 사진이 붙어 있는데 그중
영화배우 마틴 쉰의 사진이 제일 눈에 띈다. 카미노를 주제로 한 영화를
찍으며 카페의 주인과 한 컷 사진을 남겼나 보다. 주인장의 자부심이
한층 높아지며 유쾌한 웃음을 짓는다.

둥글고 무딘 능선의 페르돈 고개 위엔 순례자들의 형상을 만들어
놓았다. 그 옆으로 하얗고 거대한 풍력발전기가 위풍당당 돌고 있다.
역시 바람 부는 언덕의 위상답다. 방금 전까지도 그리 크게 느끼지
못했던 바람이 정상을 딛자마자 가슴으로 한껏 들어와 묵직하게 안긴다.

그대 어디로부터 와서 여기 바람의 언덕에 닿았는가.

길을 따랐던 영혼의 노래가 몸을 휘감아 안는다.

삶의 호된 바람에 휘청대던 지난날.

주저앉지 않아 다행이다. 앞으로 걸어나와 다행이다.

아프게 울었어도 삶이 준심을 놓지 않고 스러지지 않아 다행이다.

고맙고 고맙다. 지금 여기에….

오르막이 끝나고 시작된 내리막의 돌부리 때문에 무척이나
조심스러웠다. 어느새 도착한 유쾌한 쉐프 프랑코와 잔느(이탈리아)와
함께 걷는다. 잔느는 다리가 많이 불편한지 얼굴도 몸도 기운 없어

보인다.

프랑코가 몸 개그로 한바탕 분위기를 띄운다. 평탄치 않은 돌무더기의
호된 길이지만, 안부를 나누고 따듯한 서로의 응원이 고맙다. 때로 길
위에서뿐만 아니라 세상을 살아가며 누군가로부터 관심과 애정은
무엇보다 귀한 보약일 것이다.

비가 와도 힘들고 햇살도 힘들다. 아까부터 왼발이 수상하다. 계속
불편한 기운에 신경이 곤두선다. 벤치에 앉아 양말을 벗고 살피니 물집
2개가 자리 잡았다. 몇 번을 주저하다 바늘을 물집에 과감히 찔렀다. 까만
실을 물집에 걸어두고 길을 나서니 많이 편안하다.

점심시간이 훌쩍 넘어 도착한 푸엔테 라 레이나 Puente la Reina 는 넓은
잔디 마당에 햇살 가득한 숙소가 싸다. 축복의 가격과 함께 주방도 있다.
하지만 오늘은 휴일이라 상점은 닫혔을 것이다. 짐 풀고, 빨래와 샤워
끝내고 1층에 내려오니 동양인 여자가 순례자를 맞고 있다. 찌릿하며
민족의 주파수가 느껴진다.

"혹시 한국분?"

"네."

웃는 그녀는 아람 씨다. 영국에서 공부 중인 그녀는 카미노를 걷다가
이곳 오스피탈레로와 인연이 되었고 평온함이 좋아 자주 찾는다고 한다.
그녀의 도움으로 상점을 찾고 마을도 돌아본다. 마을이 중세 영화의
세트장에 온 것 같이 아담하고 고풍스럽다.

마을 끝자락 아르가Arga 강 위에 놓인 유명한 다리가 있다. 마을 이름 그대로 '여왕Reina의 다리Puente'가 있는 마을이다. 스페인의 길을 지나오며 느껴지는 것은 풍경 자체만으로도 평온한 느낌의 마을이 많다는 것이다.

누구라도 마음 쉴 곳으로 숨겨놓고 싶은 피안의 장소. 그래서인지 아람 씨는 낯선 이방인의 모습이 아닌 익숙함에서 현지인처럼 넉넉함이 느껴진다.

작은 주방이 바빠지기 전에 일찍 저녁을 짓는다. 계란 프라이와 아스파라거스 샐러드가 제법 맛이 좋다. 식사 정리를 할 즈음 수비리에서 만난 빅토르가 커다란 솥에 물을 끓이고 있다. 그 양을 보니 돼지라도 잡을 모양이다. 수비리에서 잔기침이 심했는데 어떠냐 물으니

"무이비엔! 무이비엔! 그라시아스~" 너무 좋다, 고맙다며 내가 건네준 핫팩에 대해 꼬치꼬치 묻는다.

"미안, 빅토르. 원리는 나도 모름이야!"

빅토르는 동양인은 재밌는 사람들이라며 웃는다. 나는 핫팩을 그렇게 흥겨워하는 네가 더 재밌다. 여하튼 다행이다. 건강한 웃음이 보기 좋다.

"뭘 만드는 거야?"

"빠에야."

스페인식 볶음밥을 한다는데 저걸 어쩌나 싶다.

"빅토르 오늘 무슨 날이야? 생일?"

큰 솥에 쌀을 모두 부어버리다니. 평소에 요리를 해 보기나 한 건지.

"알베르게 사람들 모두 불러 잔치를 해도 되겠다."

깔깔 웃는 빅토르의 모습이 덩치 큰 악동 같다.

저녁을 먹어도 햇살이 마당 한가득이다. 매일 길어지는 햇살이 봄을
말하고 있다. 파릇한 잔디 마당에 나란히 광합성 중인 현정, 용선 씨를
만났다. 용선 씨는 회사 일을 손 놓을 수 없는 상황이라 노트북을 갖고
왔다. 그녀의 모습이 업무와 순례를 함께 하는 철인 경기 선수 같다.

핸드폰도 없이 세상과 고립된 상태의 내 모습과 사뭇 다른 그녀,
떠나온 느낌이나 들까 싶다. 그 배낭의 무게도 그렇지만 일손을 놓지
못하는 그녀의 맘은 배낭 무게 못지않을 것이다.

더욱 안타까운 사연은 파리에 도착해 지하철에서 카미노 노잣돈을
모두 소매치기 당했다는 것. 나도 첫날 열차 파업으로 일이 꼬인다
생각했는데 용선 씨는 그 난감한 상황을 어떻게 다독이며 잊었을까?
그래도 어쩌랴, 한없이 부여잡고 끙끙댈 수도 없는 일. 스스로를
다독이며 긍정의 에너지를 택하는 것이 최선의 처방인 것이다.

두런두런 용선 씨와 현정 씨의 카미노 이야기를 들으며 처음으로
'산볼Arroyo SanBol'에 대해 듣게 되었다. 작지만 숲 속 마당을 품은 숙소가
무척 아름다운 곳이라며 적극 추천한다!

생장에서 나눠준 알베르게 정보지엔 없는 곳. 그곳이 어디쯤인지도
모른 채 수첩에 꾹꾹 적어둔다. 산볼! 산볼!

밤이면 어김없이 떨어지는 기온에 몸은 잔뜩 긴장된다. 따뜻한 물을

가득 넣은 페트병 하나를 끼고 자야 그나마 추위를 잊을 수 있다. 늦은 시간까지 식당 안은 사람들의 대화로 시끌벅적하다.

까르르까르르~ 빅토르다. 세 명의 친구가 그 큰 솥의 빠에야를 모두 먹었다고! 맛있어서? 배고파서? 까르르까르르~ 악동 웃음이 천진난만하다.

주전자에 찻물을 끓이고 있는데 굵은 목소리로 주방에 들어서며 누군가 인사를 한다. 그는 막스(독일)라고 했다.

"안녕, 따뜻한 물 좀 얻을 수 있을까?"

"물론, 그게 뭐 어려운 일이라고. 물 많아, 물 많아."

그가 조그만 가방의 지퍼를 열고 내게 차를 권한다. 흔히 여자들이 백 속에 넣고 다니는 작은 화장품 파우치다. 그 속에 향긋한 차가 가득하다. 모양도 매우 예쁘다.

사과 향이 나는 티백을 하나 집어드니 더 가지라 내민다. 몇 개를 덥석 챙겨주는데 맹물 값치고 너무 비싼 거 아닌가 싶어 손사래를 했다. 그가 오늘 밤 수면을 도와줄 거라며 허브티 몇 개를 손에 쥐어주었다.

사과꽃 향기가 차오른다. 사과로 유명한 아빠의 고향 사과밭이 그립게 떠올랐다. 그 꽃나무 아래 서면 마을도 사람도 모두 하얀 사과꽃처럼 눈부시게 수줍고 고운 풍경으로 향긋했다.

이 작은 나눔에 감사함이라니, 따뜻함이라니, 그리고 행복이라니….

PUENTE la REINA · NAVARRA · ESPAÑA

일상을 벗어놓은 시간, 삶이 가볍다

푸엔테 라 레이나 ~13km~ 로르카

이제
다시 배운다

기꺼이 그리운
심장의 보폭을

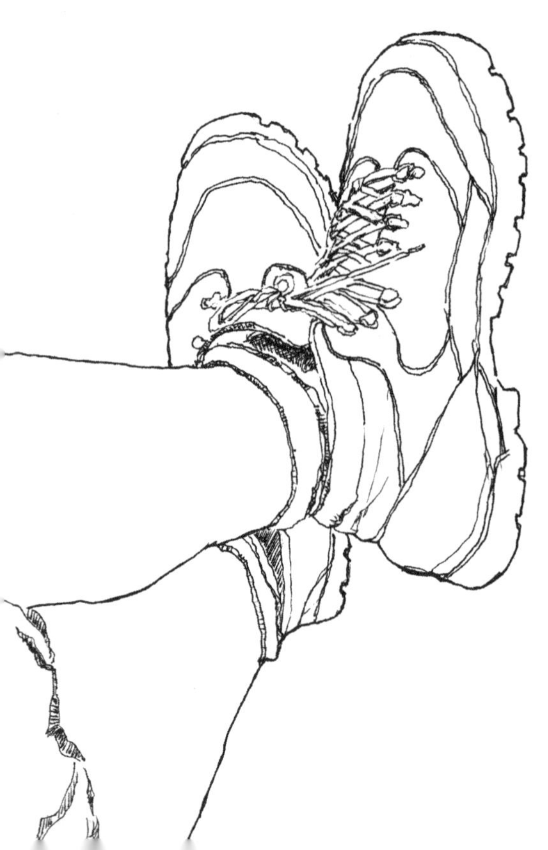

"대체 누구야!"

"끄응~"

귓전에 울리는 알람 소리가 일찍부터 거슬렸다. 이윽고 참지 못한 분노의 1인이 버럭 한다. 잠시 멈추나 싶더니 일정 간격으로 더욱 커진다.

새벽 4시. 사랑에 애달픈 이가 버선발로 야반도주라도 하려는지, 대체 이 시간에 어딜 가려고 알람을 맞춰둔 것일까….

잠은 애초에 달아났다. 어느새 알람의 반복된 리듬이 나를 길들이고 있다.

'알람의 주인님! 어서 일어나세요. 제발, 제발!'

나의 기도가 통했다? 아니 잠들지 못한 우리 모두의 기도가 통했다. 어둠 속으로 재빠르게 검은 그림자가 나타났다. 이로써 알람 사건 종료.

오늘은 많이 걷지 않겠다 맘먹었다. 며칠 강행군에 쉼표도 찍고 겸사겸사 늦잠도 자고 싶었다. 모두 부지런한 순례자만 있는 건 아니니까. 굳이 일반적 카미노 속도와 거리에 내 여정을 맞출 필요도 없었다. 게다가 산티아고까지 간다 해도 내겐 많은 날이 남아 있었다 부산히 움직이는 사람들 모습에도 아랑곳 않고 침낭을 끌어 올렸다.

지난밤 우리 방엔 유난히 자전거 순례자가 많았다. 8시가 되어도 몇몇이 여유롭다. 그 덕분에 나의 늦장도 어색하지가 않다.

새벽 알람에 잠을 설친 탓인지 몇몇의 얼굴이 피곤해 보인다. 뒤늦게 아침까지 챙겨먹고 나서니 낮은 하늘에 햇살도 없고 걷기 좋은 날씨다.

여왕님의 다리를 사뿐 밟고 돌아보니 마을 풍경이 곱고 우아하다.

얼마쯤 지났을까. 마네루Maneru에 도착하니 독일에서 온 넬라와 괴르트 부부가 어제오늘 잦은 만남에 인사를 건넨다.

오래전 넬라(이탈리아)는 독일 여행 중 지금의 남편 괴르트의 끊임없는 애정 공세에 만난 지 6주 만에 결혼에 골인했다. 남자에게 어떻게 아내를 얻었느냐 물으니 "그저 끝까지 그녀에게서 눈을 떼지 않았다."며 사랑을 가득 담아 아내를 바라보는 괴르트.

그 시절 가슴 벅찬 사랑에 충격으로 심장이 좋지 않아졌다는 그의 너스레에 크게 웃는다. 의사는 그에게 식이요법으로 체중 조절을 요구했다. 그러나 그것은 이방인을 사랑하는 일보다 어려운 것이라고 말하는 그는 멋진 수염과 풍채를 가진 할리우드 배우 숀 코네리를 꼭 빼닮았다. 시원한 성품만큼 그는 단호한 성량을 가졌다. 카미노만큼은 지난 삶처럼 바쁘고 싶지 않다는 그의 말에 나도 적극 응원을 외친다.

마네루를 지나 완만한 오르막 산길로 접어드니 숨이 거칠어진다. 길 중턱에 배낭을 내팽개치고 앉으니 엄청난 덩치에 한 남자가 큰 숨을 후~ 뱉으며 올라온다.

그는 독일 자신의 집부터 차를 운전해 생장에 차를 세우고 카미노를 시작한 니코(독일)라고 했다. 정말 산이 움직이는 것 같다. 그의 웃음이 무척 해맑다. 반가워, 덩치 스머프!

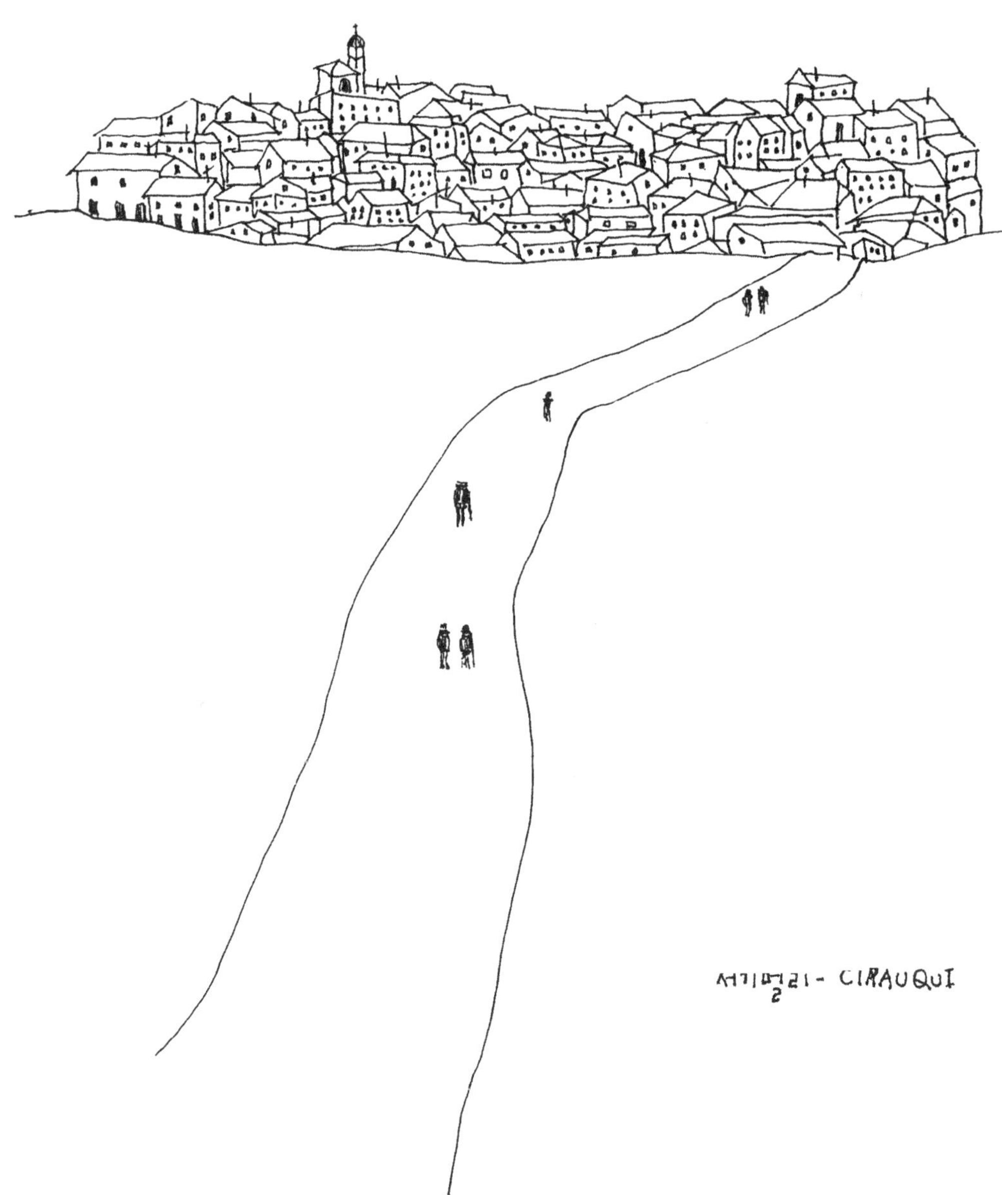
비야마요르 - CIRAUQUI

시라우키Cirauqui를 지나며 한낮 햇살이 정수리를 파고든다. 늦장을 부린 탓인지 유난히 사람이 없다 할 즈음 급한 걸음이 다가왔다. 깡마른 체구의 토미(일본)다. 인사를 나누면서도 그의 바쁜 기색에 긴말 붙일 여유를 찾지 못하겠다. 그는 오늘 40km를 넘게 걸어 로스 아르코스Los Arcos까지 가야 한다며 잰걸음으로 이내 앞서 나갔다. 발끝만 보고 부지런히 걷는 그가 어느새 저만치 훌쩍 멀어지고 있다.

정오가 지나 도착한 로르카Lorca는 작고 아담하다. 토미가 마을 입구 알베르게 정보가 붙어 있는 벽보를 유심히 보고 있다. 꽤 앞서 간 줄 알았는데 정작 이곳에서 만났다. 작고 마른 그의 모습에 피곤이 가득하다.

토미와 인사를 나누고 고민도 없이 바로 옆, 바를 겸한 알베르게에 여장을 푼다. 1층에서 반갑게 맞이하는 남자는 오스피탈레로 호세(스페인)다. 아이 같은 순한 미소를 계속 지어주니 다른 생각 없이 결정이 쉬웠다.

3층 구조로 된 숙소는 2층은 남자, 3층은 여자, 작은 주방까지 이용할 수 있었다. 햇살 가득한 발코니가 있는 넓은 방이다. 빨랫줄도 넉넉해 침낭도 햇살에 소독하려고 널어놓으니 기분이 말끔하다.

'헬로, 하이!'

건너편 발코니에 잔느가 웃으며 손을 흔들고 있다. 대체 언제부터 저러고 있었던 거야? 잔느의 모습은 외로워도 슬퍼도 절대 안 우는 캔디

곁의 안소니 같고, 소리 없이 다정한 미소는 키다리 아저씨의 저비스처럼 신비로운 설렘을 준다. 그만큼 꽁꽁 숨은 이야기가 많을 것 같은 잔느다.

그가 손가락으로 하늘을 가리키며 조금 있다 비가 올 거라며 널어놓은 내 빨래를 걱정한다. 이 맑은 하늘에 비가 온다고?

프랑코랑 함께 있느냐고 묻자 그는 에스테야Estella로 떠났고, 자신은 다리가 아파 더 걷지 못했다 한다. 그의 말에 괜히 나의 저비스가 된 양 맘이 짠해진다.

잔느의 말대로 한바탕 소나기가 지났다. 스페인의 낮잠 시간인 시에스타로 문을 닫은 상점 덕에 호세가 만들어준 보까디요랑 카페콘 레체로 점심을 먹었다. 그리고 애써 인터넷 전화도 연결해주는 그의 친절 덕분에 엄마와 통화까지 하게 되었다.

"엄마, 건강은? 별일 없죠?

"냉장고가 멈췄다!"

"…끄응."

떠나오기 며칠 전부터 심상치 않은 소리를 냈던 냉장고가 그새 멈춰버렸다고 푸념하신다. 집 짓고 15년을 써 온 냉장고니 바꿀 때도 됐다 싶었는데. 엄마는 주저 없이 보석 박힌 최신의 양문형 냉장고를 널찍이 들여놓았나 보다. 그동안 엄마의 안부는 없고 고스란히 냉장고 안부가 저편에서 들려왔다.

살림을 살아보지 않아 그런지 내겐 냉장고에 대한 로망이 없다. 갈수록 용량이 어마어마하게 커지고 있다는 것뿐. 내게 냉장고 구매 요령을

묻는다면 실용적 활용과 음식 보관의 상관성 따위는 생각지 않을 만큼
아주 먼 얘기다.

예전보다 먹거리가 풍족해진 것도 있지만, 때론 냉동실 검은 봉지에
화석화된 생선처럼 미처 넣어두고 잊고 사는 것이 가득하기도 하다.
소유와 소비의 르네상스! 물질적 풍요로움의 욕망은 우리를 끝없는
소유의 순환 속에서 지치게 한다. 문득 오늘 새벽 단잠을 깨운 핸드폰
알람의 멜로디 리듬이 익숙하게 귓전에 파고든다.

세상엔 공짜가 없다

로르카 ~18.4km~ 비야마요르 데 몬하르딘

발코니 창에 블라인드를 내리고 동이 튼지도 모르게 자버렸다. 호세는
아침 일찍부터 콧노래 부르며 청소 중이다. 어제오늘 순박한 미소를 짓는
그와 서로의 모국어도 없이 어설픈 언어로 낯선 소통이었다. 서로가 어쩔
수 없는 언어의 망명이었다. 유창하진 않지만 작은 것도 소홀치 않고
세심히 챙겨준 호세에게 친절한 미소가 그리울 거라며 작별의 뺨 키스를
한다.

마을을 벗어나기 전 누군가의 집 앞 텃밭에 이제 막 상추가 뽀송하게
자라나고 있었다. 쌈장 넣고 한입 싸 먹으면 참 맛나겠다. 이맘때 우리 집
옥상 텃밭도 상추와 고추 모종으로 가득하겠지. 그와 함께 뺨을 스치는
바람이 어제보다 한결 보드랍다.

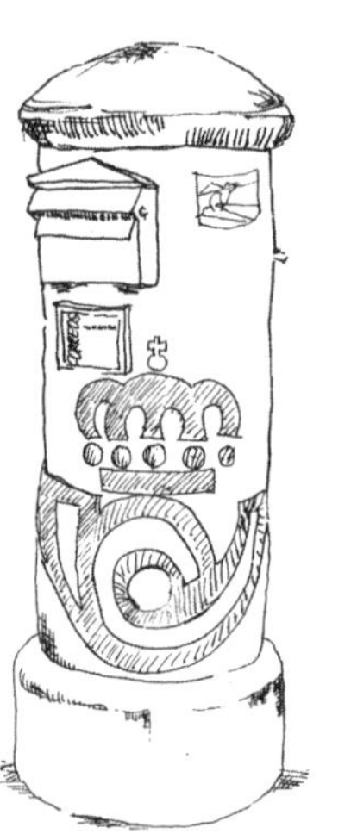

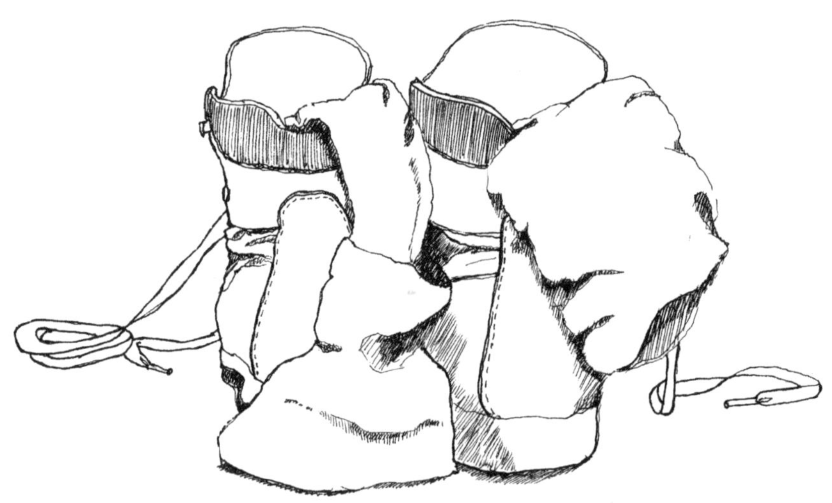

햇살이 따끈해지며 10시가 훌쩍 넘었다. 이것이 진정 순례자의
모습인가 싶다. 저만치 뒤따라오는 순례자가 보인다. 그는 일찌감치 지난
마을을 떠나온 부지런한 순례자일 것이다. "올라, 부엔 카미노!"

에스테야에 도착했을 땐 식사 때가 되어 곳곳에서 맛있는 냄새가
허기를 재촉했다. 우리네 소읍 규모의 에스테야. 마을을 가로지르는
에가Ega 강 옆으로 일광욕을 즐기는 사람들의 모습을 보니 봄, 여름, 가을,
겨울을 하루 속에서 온통 느낄 수 있는 나라다.

재밌는 자판기도 있다. 순례자의 상징 조가비를 자판기에서 판매한다.
지나는 순례자가 재미처럼 동전을 자판기에 넣고 흥미롭게 조가비를
꺼내든다. 햇살 아래 드러난 사람들의 표정이 평안히 드러난 오후다.

남은 엽서 한 장을 채워 들고 우체국을 찾으니 서울까지 0.78유로.
여행객에게 안성맞춤인 우표는 스티커 우표다. 사람들의 여유로운
풍경은 휴일의 오후 풍경처럼 긴장감이 느껴지지 않는 평온함 속이다.
에스테야를 빠져나오니 오후 햇살이 얼굴을 붉히며 오늘도 따갑게
쪼아댄다.

얼마 지나지 않아 순례자에게 공짜 와인을 선물하는 보데가스
이라체Bodegas Irache에 도착했다. 먼저 도착한 자전거 순례자가 와인 잔을
들어 "브라보!"를 외치며 기념사진을 찍고 있다. 맙소사, 여기까지 와인
잔을 가져왔단 말인가?

그들이 유쾌한 포즈로 사진을 찍고 와인 잔을 놓아두고 간다. 한쪽에는

물과 한쪽에는 와인을 순례자에게 제공하며 기분 좋은 와인 한 잔을
권하는 배려가 예쁘다. 그러나 세상에 공짜가 어디 있으랴. 와인은 쉽게
얻어지지 않았다. 오래오래 펌프질하며 바삐 움직여야 했다. 뽐뿌뽐뿌!
세상에서 가장 비싼 것! 그것이 공짜인 셈이다. 사람들에게 와인을
손쉽게 수돗물처럼 먹게 했으면 어땠을까? 우리는 적당히 자제했을까?

와인 한 잔에 뜨겁게 달아오른 몸을 이끌자니 오후 햇살이 너무
가혹하다. 화끈화끈! 두근두근! 와인 때문인지, 햇살 때문인지 발걸음은
더디고 급한 체온 상승에 몸 둘 바를 모르겠다. 스페인의 태양 아래 음주
도보는 위험천만한 일이다. 그리고 이어지는 벌판길에서 나는 다짐한다.
오후 2시 이전에 부지런히 걸음을 마쳐야 한다고!

이라체를 지나 아스케타Azqueta까지 조금씩 오르는 언덕에 햇살을 피할
곳이 없다. 이 순간 돌아가고 싶지 않은 피레네의 무자비한 빗줄기가
간절히 그리운 건 대체 뭔지….

사람 맘이 참 얄팍하다. 목적지 비야마요르 데 몬하르딘Villamayor de
Monjardin을 앞두고 좁다란 산길 나무 그늘 아래 주저앉아버렸다. 게으른
순례자의 모습을 반성하고 있을 즈음 저 멀리서 다가오는 까만 머리가
낯설지 않다. 햇살 아래 이제 헛것이 보이는구나! 그러나 그 모습이 앗,
아는 사람이다!

이틀 전 묵은 푸엔테 라 레이나 알베르게 오스피탈레로와 아람 씨다.
지치고 더딘 길 위에서 왜 이리 반가운지, 모국어는 더 반갑다. 그들은
6유로에 버블 마사지까지 할 수 있는 좋은 스파 시설이 있다며

에스테야에 목욕하러 가는 중이라 한다. 나도 이곳 사람 된 건가? 길을
가다 아는 사람을 만나다니 말이야. 그들과 잠시 발그레 달아오른
몸뚱이를 냉탕이든 온탕이든 상상 속으로 풍덩 빠져본다.

햇살 아래 발버둥치며 몬하르딘에 도착했다. 숙소까지 이어지는
마지막 언덕을 끙끙 오른다. 마을 꼭대기에 위치한 알베르게 앞에 나란한
사람들의 모습이 1, 2, 3, 4 도착 순서대로 앉으라는 무언의 서열 같다.
모두 열심히 걸었구나… 내가 꼴찌인가? 장난처럼 몇몇이 박수치며
나의 힘겨운 오름을 응원한다. 관중석을 지나자니 지각생처럼 민망하다.
그 가운데 어서 오라며 잔느가 반긴다. 다리는 좀 어떠냐 물으니 안 좋다
말하는 그의 눈빛이 짠하다. 일과를 마친 사람들의 모습 뒤로 오후
햇살이 아직 기세등등하다.
엘리자베스와 마타(독일) 두 명의 오스피탈레라가 2주 동안 돌보고
있는 이곳 알베르게는 기부 숙소다. 처음 만난 기부 숙소. 소박한
야생화를 꽂은 테이블에 스탬프와 기부함이 나란하다. 그런데 이 기부
숙소가 감동이다. 천근만근 지친 몸에 멍 잡고 있으니 주스, 비스킷, 차와
커피를 무한 제공해준다. 그 바람에 몸과 맘이 살갑게 이완된다.
샤워 시설이며 작은 주방과 순서 없이 놓여 있는 매트리스.
임시방편으로 만들어놓은 피난처 같은 어설픈 규모지만 인간미 넘치는
아늑한 숙소에 많은 별점을 주고 싶다.
담장과 벤치에 빨래를 널어놓고 하루를 기록한다. 새끼발가락에

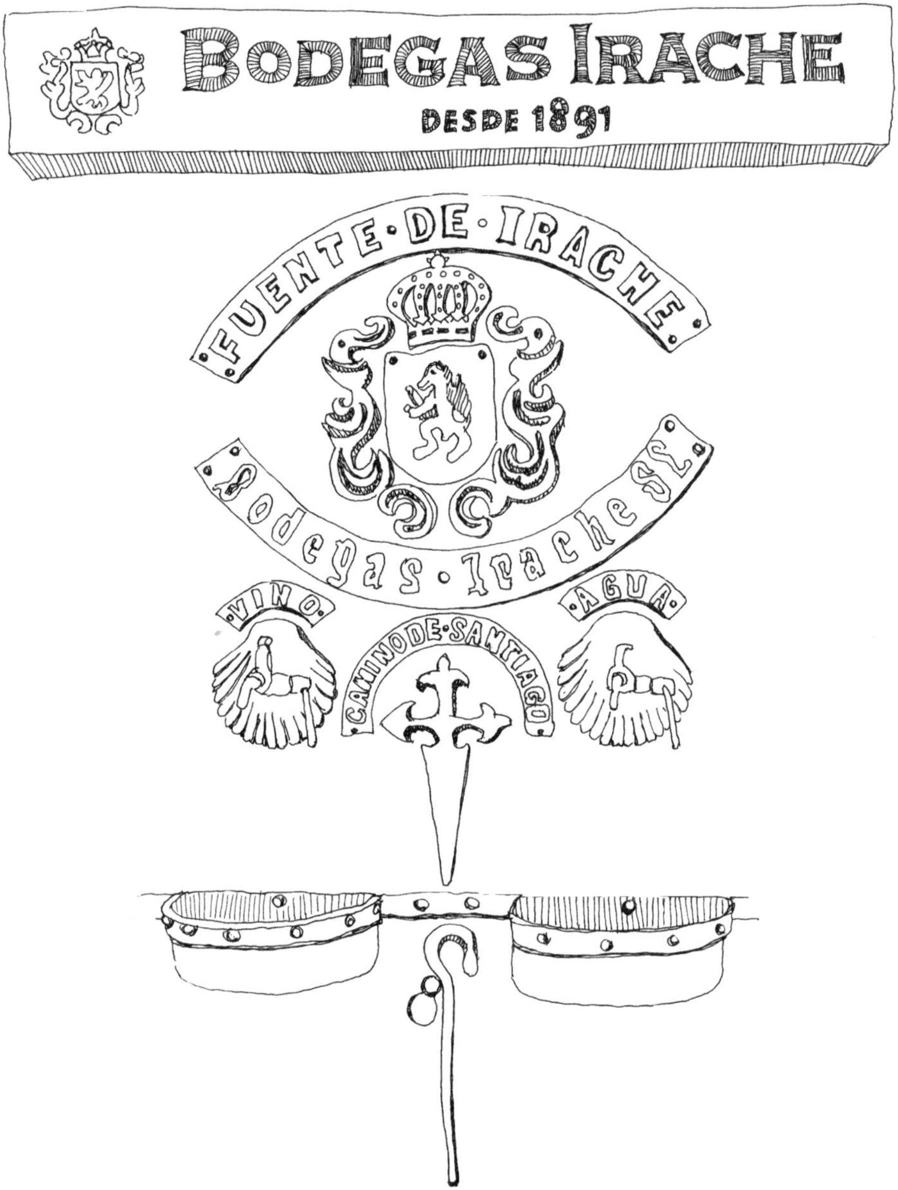

왼쪽에는 와인, 오른쪽엔 물을 순례자에게 제공하는 곳.
BODEGAS IRACHE. 뿜뿜! 뿜뿜!

새롭게 잡힌 물집이 아려서 꽤 많이 절뚝거린 하루였지만 무사히 일정을
마칠 수 있음에 그저 감사하다. 건너편 벤치에서 사람들의 수다가 오후를
채운다. 끊임없이 이어지는 그들의 수다를 보는 것도 흥미롭다.

신기한 것은 딱히 통하는 언어가 없어도 그 이상의 눈빛과 마음은
귀하게 통하는 것이다. 그러고 보면 언어는 소통을 수월케 하지만 조금
모자라도 괜찮다. 서로에게 조금 더 신중히 귀 기울이게 하니까. 그저
당신의 마음을 내가 어찌어찌하여 파고 들어가고 있으니 말이다.

지친 몸도 아랑곳 않고 하나의 길 위에서 우리는 만났기에 가능한
것일까? 함께 가는 길. 나누고 보태는 벅찬 응원들. 그 깊은 배려는
서로의 에너지를 더할 수 있는 소중한 삶의 행보이기에 가능할 것이다.

하루 일교차가 무척 심하다. 쌀쌀한 저녁이면 따뜻한 것이 또
그리워진다. 엘리자베스가 음식 창고에서 수프 한 봉지를 챙겨줬다. 허한
속에 따뜻한 기운만 넣고 자자며 쌀과 함께 죽을 만들기에 도전. 한참
마늘을 다지고 있자니 곁을 지나는 모든 사람이 이구동성으로 "무쵸
무츄(많다 많다)." 한다.

어젯밤 같은 숙소에서 지냈던 레나(독일)에게 함께 먹자고 하니
고맙다며 앉았다. 좀체 말이 없는 그녀를 여자 잔느라 해야 할까? 묵묵한
남자 잔느와 그녀가 만나면 어떨까? 때론 침묵도 상대방의 언어라는 걸
발견하기도 한다. 한 그릇의 수프를 모두 비운 후 두 손을 모으고
"고맙다."며 오리엔탈풍의 깍듯한 인사를 건네는 그녀가 따뜻이 웃는다.

저녁을 먹고 차를 마시며 호돌프(프랑스)와 음식 이야기를 나눈다.
나는 김치 이야기를, 호돌프는 코코바 이야기를 한다. 문화에 대한
홍미로움은 모두 같은 것일까? 호돌프는 한국 음식에 대해 묻고 또
물었다. 많은 곳을 여행한 그는 알고 싶은 것, 느끼고 싶은 것도 참 많은
모양이다.

배추를 반으로 갈라 소금에 절이고, 씻고, 무를 썰어 그리고 풀을 쑤고
새우젓에 고춧가루를 어쩌고저쩌고 아휴. 백문이 불여일식食! 한국에
와서 꼭 느껴보길 바랄게, 호돌프!

아까부터 건너편에서 허허 웃던 나일(프랑스)이 우리 모습을 카메라에
담는다. 흰 눈 같은 머리와 수염을 한 나일의 모습은 영화 〈반지의
제왕〉에 나오는 마법사 간달프를 빼닮았다.

별처럼 총총히 모인 이들이 옹기종기 따뜻이 빛나는 밤이다. 그들의
온기로 오렌지빛 평온이 깃든다.

IGLESIA DE ANDRÉS
VILLAMAYOR DE MONJARDIN

기도하라, 지극히 염원을 담아

비야마요르 데 몬하르딘 ~20.5km~ 토레스 델 리오

과거는
불분명한 태도로
세상이 울렁거렸다

그래서 슬픈 게다
꿈이 떠나버린 날

'딸각딸각' 휴일 아침이면 나른한 잠에 빠져 내 방에서 듣는 엄마의 아침 준비 소리는 늘 평안했었다. 조심스럽게 가족의 잠을 깨우지 않는 배려의 평온한 리듬이었다. 엘리자베스와 마타의 아침 준비가 한창인가 보다. 5시가 조금 넘은 시간이지만 모두 곤한 잠 속이다. 아직도 쌀쌀한 아침 기온은 이부자리를 떨치기 힘들게 한다. 돌아보니 어젯밤 옆에서 잠든 간달프님! 나일이 안 보인다. 벌써 떠난 건가?

어젯밤 나일은 실크 천 하나만 덮고 잤다. 딱! 스카프 한 장이랄까. 농담처럼 건네는 우리네 말처럼 혹시나 입 돌아가면 어쩌나 걱정도 했다. 끙, 유럽 사람들 체력은 남다르다? 그런가 보다! 아직도 밤 추위는 매서운데 속옷만 입고 자는 이가 허다하다. 마침 잔느도 팬티 바람으로

침낭에서 나온다. 이런, 이런!

아직 잠결에 멍하니 식탁에 앉아 가는 이들을 배웅한다. 준비를 마친 나일이 내 머리를 쓰다듬고는 볼에 키스를 한다.

"부엔 카미노"

"헉(쭈뼛)."

급한 아침 인사에 어수룩하게 남은 잠이 몽땅 달아났다. 상황 수습도 없이 님은 가셨다.

"간달프님도 부.엔.카.미.노!"

집처럼 편안했던 몬하르딘을 뒤로하고 걷는 길목에 갓 나온 잎이 투명하게 반짝인다. 한 계절 지나고 대지의 한편에 계절이 싹트고 자라나고 있었다. 한낮의 바람은 아지랑이처럼 간지럽다. 햇살을 가르고 한 무리의 자전거 순례자가 지나면 후딱 그들을 따라 작은 바람이 휘몰아친다.

어느새 저만치 앞서 잔느가 절뚝이며 느릿한 걸음을 끌고 간다. 그는 지금 무리수를 두고 있는 건 아닐까? 때론 그와 이런저런 말을 나누고 싶다가도 언제부턴가 이만큼의 거리, 이런 묵묵함이 우리의 대화가 된 것 같다. 그와 나름 이 편한 간격이 나쁘지 않다.

로스 아르코스Los Arcos를 지나 들판길에 접어들자 멀리 보이는 마을이 반갑다. 확연히 드러난 마을은 손에 잡힐 듯 가깝게 느껴진다. 그렇게 단박에 갈 수 있다 생각하니 휴식은 길어졌다. 뭐, 금방 가겠는걸….

그러나 다시 걸음을 시작하고 나니 가까이 보이는 마을길을 에둘러

가는 이정표가 대체 뭐란 말인가. 왼쪽 길로 가면 바로 산솔Sansol일 것 같은데 왜 화살표는 오른쪽을 가리키고 있는 걸까?

20년 넘게 살아온 우리 동네도 아니니 섣불리 느껴지는 나의 주파수를 따를 수 없는 상황이다. 게다가 스페인의 태양은 쉽게 맞짱 뜰 수 없는 상대란 걸 알아버렸으니 행여 길이라도 잃을까 그저 고분고분 따를 수밖에 없다.

내딛는 발걸음이 점점 무거워진다. 가도 가도 돌아가는 길의 느낌을 지울 수가 없다. 아니나 다를까 길은 두 갈래 길이었다. 차도와 도보길. 두 개로 나눠진 길의 이정표를 보자니 커다란 도로 표지판이 노란 화살표보다 더 눈에 띈다. 위험을 감수하고라도 차도로 갔으면 이렇게 돌아가지 않았을까?

산솔을 지나니 낮은 언덕에 아기자기 이웃들이 모여 사는 토레스 델 리오Trres del Rio가 보인다. 작은 교회를 지나 아이들이 길목에서 반긴다.

"올라!(안녕)"

"…"

"아이들이 다 그렇지 뭐!"

작은 상점 옆에 사설 알베르게에 들어서니 남미 계통의 젊은 주인이 환한 미소로 살갑게 반긴다.

그런데 이 아저씨가 영어를 전혀 안 한다. 100% 친절 미소만으로 승부하는가 보다. 그 앞에서 백발의 독일 할머니가 숙소 정보를 짧게 말하고, 그를 따라 안내된 방을 둘러보니 작은 공간에 가득한 2층 침대가 숨이 막힐 지경이다.

"맙소사, 여긴 침대를 위한 방일세."

가뜩이나 햇살 아래 먼 길을 돌아왔는데 이건 너무하다 싶은 생각에 의지가 불타올랐다. 다른 방을 알아보러 씩씩 내려가니 팜플로나에서 만난 마리아가 막 도착했다. 아픈 다리 때문에 이틀이나 그곳에 머물렀던 마리아다. 다리는 그럭저럭 괜찮은데 햇살이 너무 힘들게 한다고 지친 손사래를 한다.

볼리비아 태생인 그녀 덕에 옆방으로 짐을 옮겨 자리를 잡았다. 햇살도 넉넉하고 공간도 훨씬 넓다. 아무리 순례자라지만 돈을 지불하고 부당한 느낌의 서비스를 받는다는 건 썩 내키지 않는 일이다. 워낙 짧게 머무는 숙소이다 보니 그냥 머물고 가자고 맘먹을 수 있으나, 잠시라도 가장 편히 쉬어야 할 시간을 이렇게 침해받을 수 없었다. 이후 뒤늦게 도착한 호돌프와 다른 사람들이 그 작은 방에서 덩치 큰 몸을 숙이며 어깨를 부딪고 있었다.

오후 햇살이 좋아 마리아와 마을을 돌아보기로 했다. 작은 집들 사이로 만들어진 골목길을 몇 걸음 걷고 나니 금방 동네 한 바퀴다. 그 위로 까만 제비 떼가 부산하게 날고 있다. 언제부턴가 한국에선 좀체 볼 수 없었는데 모두 여기로 이민 왔나 보다. 제비들이 낮게 날며 비를 재촉하더니 후드득 비가 내린다.

캘리포니아에 사는 마리아는 두 아들의 엄마다. 그림 그리기 좋아하는 그녀와 그림 이야기, 사는 이야기로 수다가 오후 햇살처럼 길어진다.
항상 가족을 위해 멈추지 않는 그녀가 기도의 기적을 이야기한다.

　그녀의 요점은 늘 꾸준하라는 것이다. 그녀는 남편을 만나기 전 아주
상세히 이상형의 모습을 하나님께 기도했다며 추억을 회상했다.
배우자를 위한 기도의 모습으로 지금의 남편을 얻게 되었다며, 자상하고
멋진 수염을 가진 남편의 사진을 보여준다. 그리고 지금도 항상 잊지
않고 기도문을 꾸준히 적어 기도한다고 했다. 최근 그녀의 기도는 오랜
지병을 앓고 있는 어머니의 건강과 함께 세상에 조금 더 나눌 것을 찾아
베푸는 것이라 한다. 매번 서두르지 않고 꾸준한 기도처럼 흔들림 없이
지속되기를 바란다 했다.

　영혼의 기도는 삶을 정성껏 살게 한다. 그녀의 이야기에 낮잠처럼
빠져든다. 살면서 내 편이 되어주는 든든한 사람이 있다는 것, 세상을
이길 수 있는 스스로의 다짐을 다시 곧추세우며 스러지지 않는 영혼의
힘이 된다. 그녀의 기도가 기적이 된 것은 믿음으로 이뤄진 평안이었다.

기도는

염원을 담아 지극히 이루어지기를 바라는 영적 호흡.

끝없이 간절해야 하고 몸과 마음이 온통 그것이어야 하며

모든 바람과 정진의 뜻이 응집되어 하나의 에너지가 되는 것.

비로소 자신의 선택과 함께 의지의 길로 들어서는 것.

온전히 믿음 안에서 소원해야 하며 시작은 감사함으로부터

감사는 평안이며 선한 결과의 출발이다.

오늘도 내게 주신 모든 것에 감사합니다. 고맙습니다. 사랑합니다.

Iglesia del Santo Sepulcro - Torres del Rio

따뜻함이 그리운, 비요일

토레스 델 리오 -20.5km- 로그로뇨

먹구름 두꺼운 하늘에 비가 내릴 듯싶었다. 이제 막 숲으로 들어서니 내리는 빗줄기. 춥고 배고프고… 바나나, 초콜릿, 따뜻한 카페콘레체 한 잔이 간절하니 몸도 맘도 서럽고 기운 빠진다.

허기진 배에서 우르르 쾅쾅 천둥소리가 요란하다. 비아나Viana까지 너무 멀다. 10km 넘게 걸어야 하는데 딸랑 남은 사과를 먹고 나니 공복감은 더욱 커졌다. 왜 이렇게 사람도 없는지 길을 잘못 왔나 싶어 자꾸 뒤돌아본다. 비 때문인지 주변의 나무가 어둑하니 사방으로 에워싸고 있다.

"아, 이 캄캄하고 쓸쓸한 풍경… 대체 모두 어디 간 거야!"

"올라, 뻬레그리노Peregrino-순례자!"

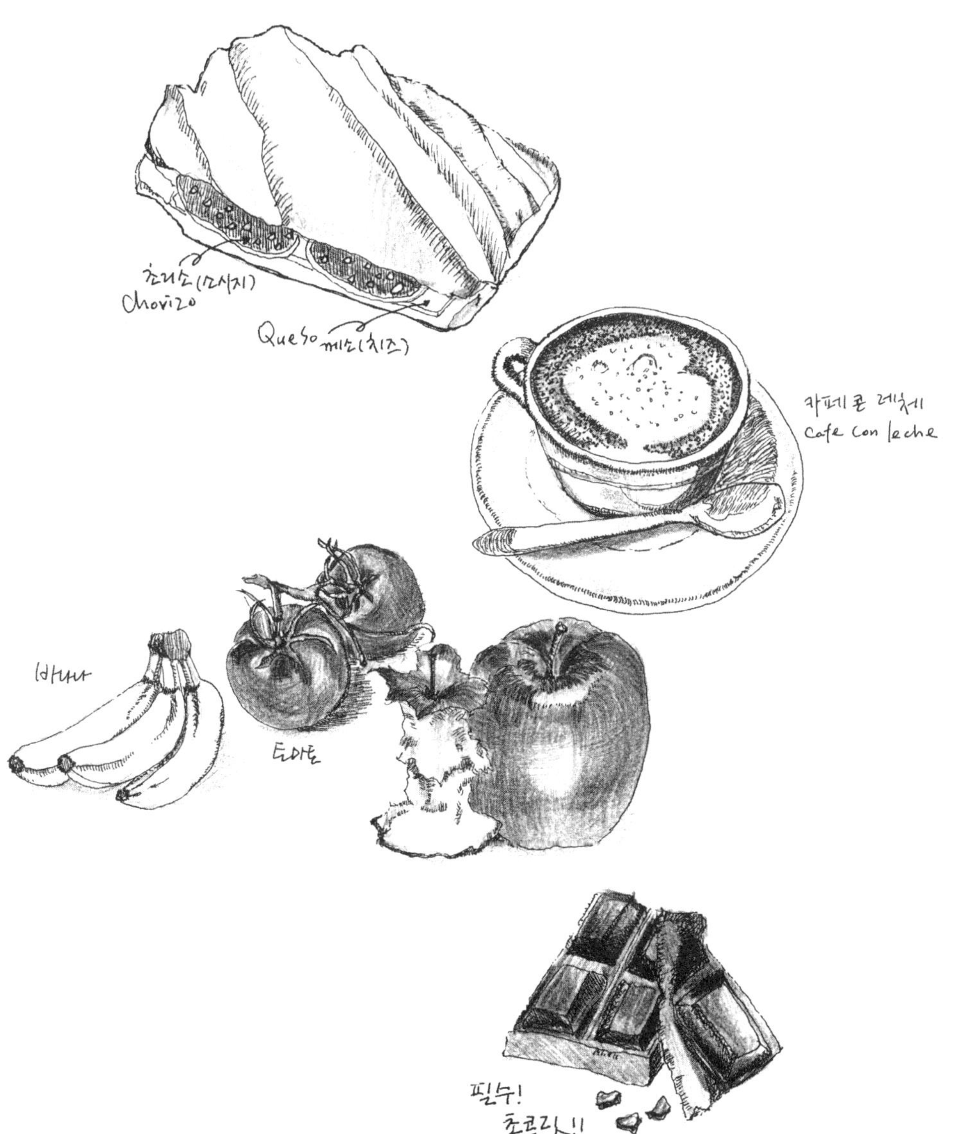
초리소(소시지)
Chorizo
Queso 께소(치즈)
카페 콘 레체
Cafe Con leche
바나나
토마토
필수!
초콜라!!

함께 걷는 동반자가 그리운 시간이다. 오르락내리락 길의 모양새를 따라 걸으니 반가운 이정표가 나타났다. 반짝반짝 코팅된 순례자 아침 식사 벽보가 감개무량하다.

카페와 보까디요 2.8유로! 착하다! 일단 접수!

밥을 향해 앞으로! 오아시스처럼 발길을 재촉하게 만든다. 비아나에 들어서니 우비 위로 빗방울이 더욱 굵어졌다. 마을 끝에 위치한 식당까지 너무 멀다. 더 이상 참지 못하고 들어선 빵 가게는 각각의 바구니에 향긋한 빵이 가득했다. 바게트의 종류도 10가지는 넘나 보다. 제법 크고 맛난 크루아상이 허기를 달래고 남았다. 비를 피해 성당에 들어서니 반가운 그녀 마리아가 있다.

"마리아! 다리 아프다며 빨리 도착했네."

"버스 타고 왔어!"

"….(예, 예, *끄덕끄덕*)"

나도 참 천천히 걷는 달팽이 순례자인데, 마리아는 스스로 버스 애용 순례자라 말한다. 아픈 몸에 무리수를 두는 것보다 그녀가 현명한 것이다. 무리하지 말고 자기 속도로 걸으면 그게 최고다.

함께 걸으면 좋겠다는 아쉬움을 뒤로하고 버스 정류장에서 그녀와 이별한다. 다시 혼자 남으니 기운 빠지고 걸음도 무겁다. 이런 날엔 부침개 부쳐 타다닥 창문 때리는 빗소리 들으며, 배 깔고 누워 책이나 보면 딱 좋겠다.

빗방울이 잦아든 숲길에 한낮의 어둠이 길게 따라온다. 추적추적 비는 내리고 사람도 없고… 사람도 없고… 정말! 정말! 사람도 없다. 음악을 듣고 목청껏 노래도 하고, 엄마도 불러보고, 친구도 불러본다. 불러본다. 야호!

어느덧 블랙홀 같은 나무숲을 빠져나왔다. 한 발 내딛고 보니 사방이 탁 트인 길 위에 서 있다. 이상한 나라의 앨리스가 된 기분이다. 그때 누군가 내 어깨를 두드린다. 나흘 전 푸엔테 라 레이나에서 향긋한 차 티백을 나눠준 막스다. 어디를 둘러봐도 없던 그가 화들짝 나타났다.

"사람이 이렇게 없을 수 있을까? 아침부터 내내 혼자 걸었어."

"6월만 되도 이렇게 한산하지 않을 거야."

"오늘은 네가 준 과일 향 가득한 따뜻한 차가 그리운 날씨다."

그와 함께 두런두런 이야기를 하며 걷는다. 2년 전에 다리에 심한 물집으로 포기했었다며 올해는 꼭 완주를 하고 싶다고 그는 굳은 의지를 보인다.

길 끝까지 못 가면 어떤가… 잠시라도 달나라 여행을 나름 즐기고 가면 되지. 부엔 카미노! 그를 보내고 그가 주고 간 초코바와 바나나를 먹는다. 벌써 두 번째 고마운 나눔의 천사 막스다.

잠시 허기를 달래려 기대앉은 동산 저편으로부터 한 여자가 내려왔다.

저분은 왜 저기서 오시는가? 그녀가 내게 비아나 가는 길을 묻는다.

"비아나? 산티아고가 아니고?"

"생장! 생장!"

"왜? 거꾸로 걸어?"

SANTA MARIA de la REDonDA · LoGROÑO

그녀는 로그로뇨Logroño 친구 집부터 카미노를 거꾸로 걸어간다고
한다. 나의 카미노 출발 지점이었던 생장에 그녀의 집이 있다는 거다. 참
독특하다. 이런 순례자도 있구나! 서로 다른 방향이라도 그녀의 발걸음이
외롭지 않길 바라며… 부엔 카미노!

그녀를 보내고 나니 빗줄기가 더욱 굵어졌다. 으슬으슬 한기가 느껴져
춥다. 바짝 속도를 내고 도착한 로그로뇨에도 역시나 많은 비가 내린다.
지금 간절히 원하는 건 비바람 맞지 않는 처마 밑뿐이다. 그러나 16:00
이후에 베드를 지정한다는 숙소 방침에 따라, 오스피탈레로는 어쩔 수
없다는 듯 도착한 순례자들을 비 오는 거리로 내몰고 문을 잠가버렸다.
규칙이 싫구나. 망할 놈의 규칙. 모두 젖은 우비를 입고 다시 길로
나선다. 나처럼 거리의 모든 사람이 원치 않는 걸음으로 도시를 맴돌고
있는 것 같다. 태엽 풀린 인형처럼 나도 도시도 느리다. 한낮 시에스타로
묵묵한 도시를 걷고 또 걸었다.
그렇게 2시간을 넘게 도시 순례를 마쳤다. 길을 걸은 지 일주일이
지났다. 어제부터 유난히 무릎 통증이 심하다. 숙소 문이 열리기까지
그렇게 무던한 걸음을 멈추지 않았다.
돌아온 숙소에서 배정받은 침대가 계단도 없는 침대 2층이다. 무조건
배정받은 침대만 사용하라는 완곡함에 또 한 번 마음이 서운해진다. 오늘
이들이 나를 기운 빼기로 작정한 것 같다. 지금 다리 상태가 좋지 않다고
엄살을 보태고 1층으로 달라 했지만 그래도 어쩔 수 없다는 듯 고개를

가로젓는다. 그의 야속함에 울컥 목이
멘다.

　배낭 들고 멍하니 침대 모퉁이
걸터앉으니 그 모습이 안쓰러웠는지 그냥
사용하라며 어깨를 두드리고 가는
오스피탈레로. 참을 새도 없이 왈칵 눈물이
흐른다. 몸도 맘도 어수선하고 하루의
긴장이 급하게 밀려왔다. 신발도 벗지 않고 구부정 엎드려 누우니 서럽고
먹먹한 눈물이 하염없이 흘렀다.

　더 이상 불필요한 상념을 만류하듯 옆 침대를 사용하게 된
안젤라(미국)가 인사한다. 첫 만남의 이 어글리한 모습도 아랑곳 않고
그녀는 내게 초콜릿을 묵묵히 건넨다.

　집시풍의 패치워크 수를 놓은 장식과 함께 인디언 스타일의 빨간 튜닉
원피스가 독특한 패션이다. 게다가 베레모까지 챙겨 쓰고 제대로 외출
준비를 마친 그녀가 함께 저녁을 하자 한다. 미안, 고맙지만 다음에…
지금은 너무 지친다.

　오늘은 더 이상 꼼짝하고 싶지 않다. 팔을 괴고 누우니 안젤라의
배낭에 주근깨 가득한 남자, 여자 인형이 환하게 웃고 있다. 함께 순례
중인 인형 친구들인가 보다. 그들에게 나도 입꼬리를 한껏 올려본다.

　꼬박 성실했던 하루를 품어도 한없이 허전한 날이다.

Catedral de Santa Maria
la Redonda (Logroño)
산타 마리아 라 레돈다 대성당
EL CAMINO DE SANTIAGO
EN LA RIOJA
라리오하 자치주

하루의 약속

로그로뇨 -13km- 나바레테

꼬박 걷기만 집중한 탓일까. 요일 개념이 사라졌다. 가끔 스페인의
국경일이나, 주말을 앞두고 미리 먹을거리를 장만해야 할 때를 제외하고
요일도 날짜도 딱히 필요치 않은 이 무중력의 달나라 여행.

집 떠나온 지 열흘. 들쑥날쑥한 아침밥 때문인지 비틀어진 날들은 편치
않았다. 요 며칠 같아선 삼시 세끼 한꺼번에 먹어두고 야금야금 에너지로
썼으면 딱 좋겠다. 사 먹기도, 만들어 먹기도, 굶기도 쉽지 않은 세끼가
어렵다.

밥이란 새날을 귀하게 살겠다는 약속이고, 꼭꼭 씹어 삶을 다짐하는
것이며… 때때로 엉킨 삶의 실타래를 풀 수 있는 기운이었고, 절망의
상처에 따뜻한 소염제였다.

호락하지 않은 밥벌이를 위해 발버둥치며, 하루 세 번의 밥상 앞에
꼬박꼬박 경건한 인사를 잊지 말아야 했다. 하루 한시도 잊을 수 없는
삶의 신성함… 그것이 아무것도 아니라 생각해도 세상은 온통
밥! 밥이기에 꾸역꾸역 살아내야 했다.

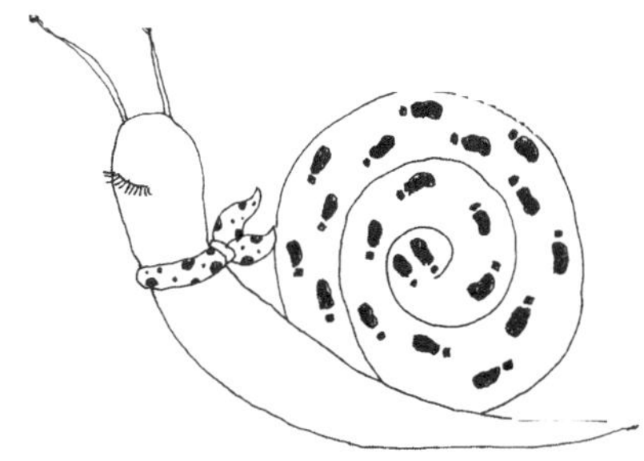

어제 저녁을 굶은 탓인지 허기로 잠을 깼다. 입천장 까지는 바게트를
잘라 꾹꾹 눌러 팬에 데우니 바삭바삭 따뜻하다. "좋은 생각이야."
떠나는 몇몇 순례자가 팬에 데운 바게트를 맛보며 호감을 건넨다. 식사를
즐기는 또 하나의 요령을 나름 터득해 가고 있다.

오늘 하루 성실히 살아보자! 아니 걸어 보자며 밥의 기운을 빌어 본다.
계란도 삶고, 양파와 초리소Chorizo를 넣은 오믈렛에 따뜻한 수프까지…
끓이고 지지고 볶고 거창한 아침을 먹었다. 역시나 비요일 아침에.

로그로뇨 도시를 빠져나가는 시간이 꽤 길었다. 도시를 벗어나기까지
내리는 굵은 빗줄기를 고스란히 다 맞으니 우비도 한계다. 어느새 배낭과
옷에 축축하게 젖어든 우비가 불편하다. 앞서 가는 순례자의 모습이 내
모습처럼 안쓰럽다.

밥에 대한 감사함이 삶에 대한 굳건한 애착으로 다가왔다. 기운 내자.
어제처럼 아침을 거르진 않았으니 한기도 없고 견딜 만하잖아!

로그로뇨 도시 끝에는 그라헤라Pqrque de la Grajera 공원이 넓고 넉넉히
자리하고 있었다. 공원이라 믿기 힘들 만큼 인공의 모습이 배제된
자연림에 들어온 듯하다. 든든한 속이 세상을 조금 더 여유로운 시선으로
바라보게 한다.

한참을 걸으니 비구름이 지나고 햇살이 가득해졌다. 마른 우비를
정리하고 있을 즈음 저 멀리 호돌프가 온다. 한쪽 다리를 절룩거리며
걸어오는 그의 모습이 안타깝다.

"총 맞은 모습이네. 괜찮아, 호돌프? 어디까지 가는 거야?"

"난 오늘 나헤라Najera까지 갈 건데 같이 가자."

"그 다리로? 너무 무리하지 마."

"어쩔 수 없어. 난 괜찮아. 그러니 너도 가자."

"난 안 가요. 오늘 일정은 나바레테Navarrete까지!"

"왜? 조금 더 걸어. 거긴 너무 짧아."

"내겐 남은 날이 많아. 천천히 가려고…. 호돌프! 시간이 없어도 무리하지 마. 우린 지금 긴 여정의 시작이잖아."

이내 못 볼 사람처럼 이메일을 적어주는 호돌프.

"나는 네게 편지를 한다면 온통 한글로 쓸게."라고 하며 열심히 한국어를 배우겠단다. 스페인어, 영어, 프랑스, 독일어까지 4개 언어도 모자라 한국어도 배우겠다는 호돌프. 그는 참 타 문화에 관대하고 예의 바르다.

배고플 때 참치 캔도 나눠주고, 도움이 필요할 때 서슴없이 먼저 손을 내밀어준 그의 모습이 다시 고마움으로 스친다. 그런 배려가 조금 더 서로에게 고운 추억이 되고 있다. 언젠가 한국 여행을 약속하는 그와 이제 작별이다.

"다음엔 한국어로 수다하고 한껏 자랑하던 코코바 맛도 좀 보자. 호돌프, 부엔 카미노!"

짧은 거리만큼 나바레테에 일찍 도착했다. 닫힌 숙소 문 앞으로 배낭 하나가 놓여 있었다. 두 번째로 배낭을 세워두고 성당과 마을을

나바레네 성당
Iglesia de la Asunción

돌아본다.

화려하지 않은 십자가를 지나 작은 박물관이 연상되는 성당 안으로 들어서니 피 흘린 모습이 생생하게 표현되어 관에 안치된 예수님 형상이 숙연함을 갖게 한다.

국민의 94%가 가톨릭 종교를 갖고 있는 스페인의 성당은 마을의 규모를 간접적으로 알려주는 것 같다. 그리 크지도 작지도 않은 나바레테의 교회는 그 앞에 광장을 안고 있었다.

나는 성당 앞 광장에서 엘리자베스(독일)와 햇살 아래 점심을 나눈다. 우리 엄마와 나이가 같은 엘리자베스. 어제 처음 로그로뇨 숙소에서 만난 엘리자베스의 발은 물집이 말 그대로 장난이 아니다.

대체 저 발을 하고 어떻게 걸어왔을까? 존경심과 함께 또 새로운 의지가 솟는다. 물집 하나도 거슬리고, 쓰리고 아파 맘 가누기도 힘든 순례자. 우리네 발은 온몸을 이고 지고 가장 큰 일등 공신이었다. 묵묵히 우리는 걷고 걸었다. 지금 내 발에도 두 개의 물집이 말라가며, 또 새롭게 물집이 잡히고 있었다.

숙소 문이 열리고 줄 세운 배낭의 주인들이 하나둘씩 나타났다. 첫 번째 배낭의 주인공은 훌리오(스페인), 나는 두 번째. 안내되어 배정받은 방에 훌리오, 엘리자베스, 프랑스 아저씨 미셸과 덩치 스머프 니코도 뒤늦게 도착했다. 순례자의 하루 숙제, 빨래와 샤워를 마치고 저녁을 먹고 오늘은 이메일 체크도 할 겸 인터넷 컴퓨터를 찾아 나섰다.

오스피탈레로가 교회 옆에 있다는 호텔을 알려주었지만 쉽게 찾을 수가 없다. 그 시간 교회 앞 광장에 룸메이트 훌리오가 보인다.

"올라~ (샤방샤방)"

"올라~ (호기심)"

"인터넷 사용할 수 있는 호텔 아시나요?(영어)"

"…?(뭐라고?)"

"인터넷!"

"…???(허허허 뭐라는지 모르겠네!)"

"요(나) 끼에로(원해요) 유자르(사용하려고) 인터넷…!(막무가내
스페인어)"

"…????(뭘 원한다고?)"

그에게 인터넷이란 단어를 이해시키기 위해 손짓 발짓하다 결국에
수첩을 꺼내 'Internet'이라 적어 보이니 그제야 "오호, 인떼르~넷!"
한다. "맙소사! 인떼르~넷이었어!"

그때부터 우리는 그림과 텍스트의 모호한 짜깁기 소통을 시작했다. 그
불편한 소통을 번거롭게 생각지 않고 그가 즐거워한다.

"Julio Garcia Gallego 훌리오 가르시아 가예고."

이름을 적고 따라 읽고, 스페인 지도를 그리고, 그가 자신의 고향과
가족과 집을 이야기한다. 그런 무언의 수다로 순식간에 수첩의 한
페이지가 가득해졌다. 유쾌한 웃음에 호탕한 기운이 넘친다. 어느새 산책
나온 엘리자베스가 우리 곁으로 와 하하 호호 하루가 저문다.

두 어르신을 만났다.

독일에서 온 엘리자베스와 말라가에 사는 훌리오.

새삼…

청춘을 이르는 말은 나이가 아닌걸.

마음 저편에,

열정이란 이름으로 웅크리고 있었을 뿐.

삶에 대한 뜨겁고 유독한 애정

그것이야말로

청춘!

꿈속을 걷는 사람들

나바레테 -24km- 아소프라

네가
눈부신 이유를 알겠어
호된 바람 지난 자리
흔들려 피었으니

조심스럽게 짐을 챙겨 어둔 방을 빠져나가는 미셸을 따라 일어났다. 주방 식탁 위에 짐을 놓고 보니 뻐근하게 어깨 통증이 몰려온다. 이리저리 살피고 고민 끝에 과감히 샴푸, 린스를 버리자 맘먹었다. 샤워 젤 하나로 머리 감고 몸 닦고 큰 문제가 없다 싶다. 주섬주섬 짐을 정리한다.

미셸이 자신의 캠핑용 버너와 코펠을 꺼내 물을 끓이고 있다. 내겐 세면도구와 같은 가장 기본적 짐도 버거운데 주방 장비까지 챙겨 다니는 그의 열의와 체력이 존경스럽기만 하다.

그는 지금까지 이 길을 3번째 걷고 있다. 건강 악화로 몸이 좋지 않아 시작한 카미노를 매년 걷게 되었고 짧은 일정이라도 꼭 시간 내어 걷는다고 한다.

(세번째재
이것은 순례중인
Michel (FRANCE)

많은 이가 이 길에 서기까지 나름의 깊은 사연을 차곡차곡 가슴에 담고
있다. 설레고 혹은 아픔을 안고 많은 날의 주저함 속에 선택한 길일지도
모른다. 딱히 드러내지 않아도 묵묵히 느껴지는 이 동질감을 응원하고
나 또한 응원받고 싶다.

산토도밍고 데 라 칼사다Santodomingo de la Calzada까지 37km를 걷겠다는
미셸. 그에 반해 나는 고작 나헤라Najera까지 16km를 예정했다. 그런 내게
조금 더 걸어 아소프라Azofra에 머물 것을 그가 권한다. 지난해 그곳에
머물렀는데 조용한 마을 숙소가 좋다고 추천한다.

카미노 선배의 말에 따라 오늘은 아소프라까지 걸어 보자! 그사이
마무리를 마친 미셸이 떠나고, 떠날 채비를 하고 사람들이 하나둘
주방으로 들어왔다.

매일 서쪽으로 걷고 있는 순례자의 등 뒤로 동이 터오면 길을 따라
나타난 그림자가 길어진다. 지나는 길옆으로 온통 키 작은 포도밭이
이어진다. 와인으로 유명한 라 리오하La Rioja 지역. 스페인산 와인에 많이
보았던 원산지. 우리네 포도밭과는 달리 무릎 아래까지 앉은뱅이 모양을
한 포도나무가 길 끝까지 장관이다.

나무의 키가 너무 작아 주렁주렁 포도가 열리는 풍경이 좀체 상상되지
않는다. 그 넓은 밭길을 따라 낯익은 사람의 뒷모습이 보인다. 덩치
스머프 니코다. 큰 몸집에서 얼마나 많은 땀을 쏟아내는지 목에 두른
세수수건이 무척 인상적이다.

어젯밤 니코는 침대 위층을 사용했는데 그가 침대에 오르니

NICO - GERMANY

JULIO GARCIA GALLEGO - ESPAÑA

매트리스가 아래로 불룩해졌다. 그 모습이 내심 불안하기도 하고 우습기도 했다. 침대를 오르내림도 불편했을 법한데 그는 거북한 기색 없이 맑게 웃었다.

나헤라에 도착 전 존(영국)과 마델라(벨기에)를 만났다. 그리고 어제 나바레테에서 처음 만난 훌리오와 함께 걷는다. 길을 지날 때마다 나무를 가리키며 호두나무, 무화과, 밤나무… 이름을 알려주는데 소통 불가 상황에서 그림까지 친절히 그려준다.

호두나무는 우리 뇌 속과 같고… 무화과는 꽃이 없고 열매가… 등등. 그는 고등학교에서 스페인어를 가르치고 지금은 은퇴했다.

훌리오 선생님의 학창 시절만 해도 영어보다 프랑스어를 배웠다고 한다. 모국어와 프랑스어는 가능한데 영어는 전무후무다. 그리고 지금 이 카미노가 무려 6번째. 이제 카미노는 매년 그의 연례행사가 된 것이다.

나헤라에 이르자 훌리오 선생님이 생맥주를 샀다. 깡마른 벨기에 처자 마델라는 수줍은 미소로 고마움을 답한다. 영화 〈러브 어페어〉의 아네트 베닝을 닮은 다소곳한 그녀의 맵시가 참한 새색시 같다. 존은 카미노 다큐멘터리를 제작해 자신이 가르치는 학생들에게 보여줄 기라 한다.

그의 지팡이가 묵직하고 커서 좋아 보인다. 그에게 지팡이 칭찬을 하니 대뜸 내게 건네며 가지라고 한다. 고맙지만 내겐 과분한 크기다. 아니 너무 무거워 엄두가 안 난다. 비록 길에서 주웠지만 내겐 정든 지팡이 '날개'가 부담스럽지 않았다. 며칠 전 지나온 성당에서 얻은 기도문을 실로 꽁꽁 매달아놓은 내 지팡이가 좋다. 작지만 이젠 믿음직한 여정의 정든 동반자가 되고 있기 때문이다.

이른 출발로 일찌감치 아소프라 숙소에 도착할 수 있었다. 숙소에 들어서니 넓은 마당에 작은 풀장이 보인다. 수영까지는 아니더라도 물장구는 칠 수 있겠다. 빨랫줄도 넉넉하고 집게까지 대롱거린다. 아직 이른 시간이라 사람보다 햇빛이 가득하다.

아소프라 숙소는 햇살의 집이다. 숙소 가득히 바싹 마른 햇살이 조목조목 스며들고 있었다. 그리고 가장 좋은 건 2인 1실의 구조로 2층 침대도 아니고 각자의 침대다. 내 방 같은 느낌의 공간이다. 숙소를 추천해준 미셸이 떠올랐다. 고마워요, 미셸!

한낮 햇살 좋은 마당 풀에 발을 담고 앉으니 어디서 들려오는 바이올린 소리. 열두 살 꼬마 아가씨의 바이올린 독주회가 시작되었다. 사람들은 담소를 나누고, 일기를 쓰고, 늦은 식사를 하고, 나름의 일상을 정리하고 있는 평안한 오후다. 이런 여유롭고 행복한 풍경 속에서 엄마 생각이 마구 난다.

처음 이 길을 걸으며 소망하던 것도 엄마와 함께 할 수 있기를 바랐다. 그러나 엄마의 건강에 무리수를 둘 수는 없었다. 전후 어려운 시대를 살아 그런지 엄마는 항상 짠하다. 참고 견디며 그저 먹여주고, 입혀주고, 호호 살펴주었다. 그리고 당신은 스스로 벗고, 아프고, 모질어졌다.

그런 엄마의 묵묵한 희생으로 내겐 더 좋은 세상과, 더 좋은 편리와 먹을거리를⋯ 묵묵하고 조건 없는 희생으로 세상을 더 많이 보고 배우는 풍요를 주었다. 그러나 세월이 흐르고 엄마의 날카로운 꾸지람은 한 해, 두 해 줄어들었고 발걸음도 점점 더뎌졌다.

더 늦기 전에 엄마의 눈이 되어 더 좋은 것을 보여주고, 좋은 세상 축제처럼 살아야 할 텐데… 이따금 생각한다. 엄마의 삶이 이 좋은 시절을 만났더라면 어땠을까. 누구보다 삶을 귀하게 여기는 당신은 더욱 큰 꿈과 기적으로 빛나지 않았을까? 엄마! 당신의 삶을 존경하고, 사랑해요.

훌쩍 엄마 생각에 집이 그립다. 게다가 어제 밤늦게까지 훌리오 선생님의 카미노 책을 빌려 여정의 정보를 꼼꼼히 기록하느라 밤새 산티아고까지 다녀온 터였다.

순간 나의 모든 여정이 끝난 듯한 허전함이 바이올린 선율과 범벅되었다. 목표를 상실한 맘처럼 멍하다. 사라진 의욕은 식욕도 앗아갔다. 오늘 왜 이러지? 가라앉는 기분 대체 뭔지….

어느새 마주 앉은 안젤라에게 이런 푸념을 꺼내놓으니 그녀가 내 손을 잡아 이끈다. 차라도 마시자, 와인이라도 하자, 산책하자, 맛있는 걸 먹어 보자. 무지개색 달콤한 사탕 봉지를 건네며 언니처럼 나를 다독이며 달랜다. 괜히 신경 쓰이게 하는 것 같아 미안해진다.

그녀와 숙소 문을 나서는데 동네 할아버지 한 분이 우리를 이끌어 길목에 위치한 자신의 집에 대문을 열며 구경을 하란다. 깔끔히 정돈된 집 안은 동굴 속처럼 싸늘하고 어둡다. 온통 돌이 드러나 보이는 집. 바닥도 올록볼록 지압 돌을 박아놓은 것 같다. 집 안 가득한 허브 향

내음이 좋다.

안젤라와 감사의 인사를 하고 노천카페에 앉았다. 숀 코네리를 닮은 괴르트와 그의 아내 넬라와 함께 운명적 사랑의 이야기에 꽃을 피운다. 결혼한 지 서른여섯 해가 되었다는 부부를 보며 안젤라와 함께 부러움을 드러내고 있다.

시카고의 남자 친구가 그리운 안젤라, 그리고 엄마가 그리운 내가 아직 낮달이 환한 길을 걷는다.

ANGELA · AMERICA

Albergue de peregrinos
Municipal de Azofra

다락방 만찬

아소프라 -22km- 그라논

얼마나 더
우회할 것인가

아무렴 어때
삶은 사소한 배움으로부터

"후, 다락방이네!"

삐거덕거리는 계단을 오르니 얇은 매트리스 몇 장이 다락방 한구석에 줄 맞춰 놓여 있다. 하루하루 날이 지나며 순례자란 직분에 많은 것을 바라고 구하지도 않게 된다.

때론 전형적 때우기식 잠자리가 있는가 하면 이따금씩 내 집처럼 오래 머물고 싶은 곳도 있었다. 비록 매트리스 한 장이지만 버석거리는 고단함이 쉴 곳으로 내겐 충분하다.

공용 알베르게는 대다수 순례자가 이용하는 공간이라 다정하고 가까운 느낌은 흔치 않다. 그런데 이곳 그라논Granon의 손님맞이는 조금 살갑다.

'이 집은 당신의 집입니다.'

Albergue de Grañon

장미꽃 한 송이와 함께 키스를 적어놓은 인사가 따뜻하다.

창문으로 비스듬한 햇살 한 줌이 어두운 다락방을 데우고 있었다. 요 며칠 보았던 영국 아줌마 마타가 일찌감치 도착했나 보다. 홈드레스를 입고 있는 모습이 집주인처럼 넉넉해 보인다. 그 옆으로 일찌감치 도착한 훌리오 선생님도 매트리스 하나를 차지하고 있다.

어제는 휴식도 없이 선생님 속도에 맞춰 걸어 피곤했던지 귀마개를 했는데도 밤새 내 코 고는 소리가 소스라치게 들리는 것 같았다. 하루 이틀 지나며 피곤이 쌓이기 시작하나 보다.

오늘은 휴일이라 조금 걷고 숙면을 취해 볼까 했는데 어찌하여 이곳 그라뇬까지 오고야 말았다. 이 좁은 공간에서 오늘 밤 무차별 코골이 전쟁이 벌어질지도 모르겠다. 게다가 다락방 마루의 거슬리는 오래된 소음도 무척이나 조심스럽다.

오늘 아침 출발부터 조금 늦장을 부렸었다. 순례자에게 딱히 휴일이 어디 있을까. 휴일을 지키며 걷는 순례자도 있겠지만, 가끔은 조금 여유를 갖고 싶은 날이 있기 마련이다. 오늘은 니코와 걸음을 시작했었다.

어느새 그가 앞서 걷더니, 그를 따라가며 흥얼거리는 노랫소리에 리듬을 맞추려 해도 대체 막무가내 다양한 장르다. 랩을 하다가 어느새 허밍으로 바뀌는가 하면 잔잔한 오페라의 세레나데까지… 저 큰 체구로 어쩜 저렇게 꾸준한 속도를 유지할 수 있는지… 그의 지구력에 나도 한 걸음 한 걸음 기운을 보태며 걸었다.

조금 불편한 몸을 이끌고 순례를 하고 있는 비에르(이탈리아)도
만났다. 그의 곁엔 함께 걷는 일행의 응원이 유난했다. 한 걸음 떼기도
쉽지 않던 비에르는 손수레를 끌고 밀고 순례 중이었다.

혼자가 아니지만 때론 철저히 혼자인 우리의 모습이 다 그랬다. 천천히
한 걸음 스스로 견뎌야 하는 것이 삶이기도 하니까. 그리고 서로를
응원한다. 저마다 꾸러미를 이고, 지고, 밀고, 들고, 안고 때론 버리고도
갈 것이다. 그렇게 우리는 매일 가고 있다. 매일. 그렇게….

시루에냐Cirueña를 지날 무렵 길 끝까지 펼쳐진 노란 꽃 잔디가
장관이었다. 나중에 알았지만 유채가 아니라 겨자꽃이라 듣고 사진을
비교해 보니 작고 노란 꽃이 대체 구별이 어렵다. 겨자꽃이든 유채꽃이든
멀리서 보면 노란 금잔디의 모양이 눈부시게 예뻤다.

시루에냐 마을 끝자락엔 고스란히 그 고운 풍경을 감상할 수 있는
벤치가 마련되어 있었다. 나는 그곳에서 양말까지 벗어 풀숲에 던져두고
사과 하나를 꺼내 꽃 풍경 속으로 사라지는 사람들을 바라봤다. 그런데
가만히 보고 있자니 이상하다. 내가 앉아 있는 벤치 뒤로 사람들이
지나고 왼쪽으로 남아 있는 마을을 지나, 이윽고 꽃 풍경 앞으로 다시
나타나는 것이다.

아니 왜 다들 저렇게 돌아가는 거지? 지금 내 앞에 버젓이 직선코스가
있는데 말이야! 그 모습이 재밌다.

얼마 전 눈앞에 보이는 마을을 향해 이어진 길에서 왜 돌아가야 했는지

이제 알겠다. 지금 내가 앉아 있는 벤치 앞 직선코스의 길을 두고도
이들이 굳이 돌아가야 하는 것은 노란 화살표를 따라가기 때문이었다.
우리는 선택의 여지가 없었다.

후, 마을을 돌아가게 만들어놓은 거였어. 그간 지나온 길이 스쳤다.
마을 구석구석 화살표를 따라가는 것이다. 그런데 이곳의 몇몇 부서진
집이 자리한 왼편의 길은 굳이 우회하지 않아도 될 것 같다. 그때 마야와
니코가 왔다.

"마야, 화살표 길로 가지 말고, 이 앞길로 가. 저기 사람들이 보이지?
다시 만나게 되어 있어."

"정말?"

"응, 이곳에 앉아 있는 동안 알게 된 사실이야. 이 길로 가."

"…?"

"날 믿고 가."

"OK. 수욘, 널 믿어."

그리고 앞으로 걸어가며 낯선 미소를 던진다. 그사이 화살표 길로
들어선 니코는 왼편 마을 구석으로 사라지고 잠시 후 둘은 마을 끝 꽃길
앞에서 다시 만났다. 멀리서 마야가 웃으며 크게 손을 흔든다. See you~

눈부신 꽃길을 지나 지평의 언덕을 넘으니 두 마리 닭의 전설로 유명한
산토도밍고 데 라 칼사다에 도착했다. 교수형에 처한 아들의 생환을
신부님께 알렸는데 어찌 죽은 사람이 살아날 수 있느냐며 믿을 수 없다는
신부님께서 그럼 지금 내가 먹고 있는 닭도 살아날 수 있겠냐 했다.

CATEDRAL DE
Santo DOMINGO
DE La CALZADA

- La RioJA

그리고 기적처럼 접시 위에 두 마리의 닭이 푸드덕 살아나 전설의
이야기가 되었다는 것이다.

마을 성당에는 예쁜 닭장(닭장이라고 하기엔 예쁜 새장 같음)에 빨간
볏의 하얀 깃털이 예쁜 닭이 있었다. 그리고 곳곳에 닭 모양의 빵과
타르트, 각각의 기념품까지 마을이 온통 닭이다.

사실 이곳은 오늘 나의 목적지였다. 그런데 기운도 나고 날도 좋아
그라뇬까지 6.5km를 주저 없이 다시 계획하고 나섰다. 잔잔히 흐르는
오하 강을 지나 후끈 달아오른 지열과 햇살. 빨리 목적지에 도착하는
수밖에 없어 맘이 바빠졌고, 중간에 사라진 이정표 때문에 큰 모험을
하며 걸었다. 또 그렇게 사람이 신기루처럼 몽땅 사라진 미스터리한 상황
앞에 멈춰 섰다. 마치 아무도 모르는 시간 여행을 반짝하고 온
느낌이랄까.

사람도 없고 갑자기 사라진 이정표까지 난감하기 짝이 없었다. 금세
푸념이 늘었다. 어휴, 아까 꽃길에서 꾀부리더니 이렇게 화살표 하나가
간절할 줄이야. 누군가 나타나면 다행이고… 여하튼 가 보자. 어디에서
놓친 것인지조차 파악이 되지 않고 두리번거리며 사람을 찾아보아도
오지 않는 님들.

맘을 다독이며 걷다가 만난 반가운 조가비 이정표. 잠시 뚫어지게
쳐다보니 이정표가 내게 말한다.

"내 말 잘 듣고 나만 따라와야 해! 알았지!"

그리고 언덕 위에 그림처럼 마을이 빼꼼히 보였다. 제발 그라뇬이길

기도하며 발길을 재촉하니 나무 그늘 아래 안젤라가 있었다. 사람이 그리운 때 사람을 만난다는 게 큰 반가움이었다. 괜찮으냐 안부를 묻는 그녀. "안젤라, 네가 준 무지개 사탕이 오늘 강한 에너지가 됐어. 고마워 천사님!"

그렇게 그녀와 손잡고 우여곡절 끝에 이곳 그라뇬 다락방에 왔다. 그라뇬 숙소는 모든 순례자가 모여 함께 저녁을 준비한다. 훌리오 선생님과 안젤라와 감자를 손질하고 있으니 집 같은 포근함이 좋다. 각자 식탁을 세팅하고 11개국 33명이 한 식구가 되었다.

마야는 프랑스, 안젤라는 영어 통역을 맡았다. 모두 잔을 들고 서로 반가움의 인사와 감사의 건배를 나눈다. 오늘만은 한 지붕 한 가족이다.

오후의 수다

그라논 -23.1km- 비야암비스티아

4km 정도 걷고 나면 나타나는 마을 덕분에 길은 힘겨움이 덜한 날이다.
조금씩 색다른 느낌의 마을이 지칠 쯤 나타나 휴식의 시간을 준다.
안젤라와 훌리오 선생님, 엘리자베스. 어느새 우리는 서로 안부를 챙기며
걷게 되었다. 앞서거니 뒤서거니. 오늘은 내가 꼴찌다.

　어젯밤 만찬이 너무 거했다. 내겐 스페인의 저녁 시간은 상당히
부담스럽다. 나 혼자라면 주방에서 일찌감치 뚝딱 만들어 먹고 나면
그만이다. 하지만 함께 하는 식사는 보통 저녁 시간이 9시라 기다림에
지치고, 더부룩한 속으로 잠자리에 들어가니 또 한 번 지친다. 아침은
왕처럼, 점심은 상인처럼, 저녁은 걸인처럼 먹던 나의 식습관에 정반대
스타일의 스페인 식사는 난처하고 불편했다.

아침 출발은 함께 했는데 어느새 선생님과 안젤라, 엘리자베스도
보이지 않는다. 확실히 내 걸음이 느린 날이다. 벨로라도Belorado에
도착하니 장터에 사람이 북적인다.

사람의 모양새만 다를 뿐 영락없는 우리네 시골 장이다. 작은 트럭에
전기 구이 통닭을 파는 차도 있다. 그 안에 빼곡히 돌아가고 있는 닭이
맛나게 구워지고 있었다. '나와 함께 맥주 한잔 어때요?' 하며 요염한
자태로 윤기 있게 익어가는 닭을 보며 군침을 삼킬 쯤 "수용, 수용." 나를
불러주는 소리에 돌아보니 엘지자베스, 안젤라와 함께 선생님이 맥주를
즐기고 있었다. 한참을 기다렸다며 반겨주는 그들이 따뜻하고 훈훈하다.
까냐Cana-생맥주 한 잔을 주문해 들고 앉으니, 눈앞에 펼쳐진 시장 풍경이
더욱 즐겁고 흥미롭게 다가온다. 딱히 정해진 상점이 아니라도 하루
동안의 시끌벅적한 흥정이 활기찬 삶의 모습이다. 속옷, 수제 치즈와 햄,
청바지, 모자 파는 상인까지 동서고금을 떠나 시장은 흥겨운 숨으로 살아
있다.

벨로라도 시내를 지날 무렵 선생님께서 근처 학교를 가리키며
손짓한다 그의 아내 필리Pili가 오래전 아이들을 가르쳤던 학교라 한다.
부부는 그렇게 정년이 될 때까지 스페인 곳곳에서 교편생활을 했다. 고향
사모라Zamora에서 처음 만나 46년을 함께 한 축복의 동반자다. 지금
이곳을 지나고 있다고 아내에게 전화를 하는 그는 애정이 넘치는
남편이었다.

장터 구경에 흠뻑 빠져 햇살이 한층 뜨거워졌다. 안젤라의 발 상태도

완벽 차단지수
울트라. 베리. 하이
프로텍션
* SPF 90!
약국에서 구입
HELIOCARE
ultra
SPF
90
very
high protection
gel
UVA | UVB UVA
Fem block

안젤라와 함께
여행을 ...
Chilindrina
Chavo

그렇고 바쁠 것 없는 우리는 그만 걸음을 멈추기로 한다. 그러나
엘리자베스는 조금 더 걷겠다며 다음 마을을 향해 길을 나섰다.

차오른 물집으로 고생하는 안젤라의 발을 보니 통증이 느껴졌다.
그녀는 물집 밴드 꼼피드를 사고, 나는 약사가 적극 추천하는 90%의
자외선 차단 효과가 있다는 선크림을 구매했다. 숙소 도착 후 선생님은
대대적 물집 잡기에 나섰다. 내 발에도 그새 2개의 물집이 잡혔다.
응급조치가 끝나고 우리는 모두 시에스타에 한참 빠져들었다. 이젠
조금씩 달콤하게 중독된 낮잠이 맛 좋은 비타민 같다.

충분히 낮잠을 자고 일어나도 스페인의 햇살은 쉽게 저물지 않았다.
안젤라도 빼꼼히 눈을 뜬다.

"산책 갈까?"

"응."

산 에스테반 성당 Iglesia de San Esteban 이 아담하고 작은 마을과 조화로운
풍경을 만들고 있었다. 햇살을 뒤로하고 돌아와 바의 처마 밑 그늘에
앉으니 신선한 바람도 함께 우리 곁에 머무른다.

안젤라 배낭에 함께 여행하는 친구들의 이름을 물으니 남자 인형은
차보, 여자는 칠린드리나. 좋아하는 TV 시리즈의 캐릭터 인형인데
주근깨가 자기랑 닮았다며 웃는다.

국적이 다른 부모를 둔 그녀는 스페인어와 영어를 함께 쓴다. 가끔
훌리오 선생님과 그녀가 언어 문제없이 대화하는 모습이 정말 부럽다.

그래도 두 사람 덕분에 내 수첩에는 스페인어가 부쩍 늘어가고 있다.

안젤라는 차분한 경청자다. 형제 많은 집에서 자라 배려가 몸에 익숙한 듯하다. 앳된 모습과 달리 서른이 지난 그녀의 나이가 어색하다.

왜 카미노를 걷게 되었는지 사람들이 물을 때가 가장 난감하다는 그녀. 나름의 깊은 사연을 가진 사람도 있겠지만 자신은 별다른 이유 없이 떠나온 여정이라고… 아무래도 순례자를 위해 근사한 답을 만들어 놓아야겠다며 그녀가 웃는다.

세상 사는 데 답이 무엇인가? 너는 틀리고 내가 맞는 것이 또 무엇일까. 서로 다른 삶에 끝없는 선택의 시간들. 그 누적분이 지금 서로의 모습이 아닌가. 현재의 나는 내가 택한 만큼의 모습일 뿐. 모든 시간은 선택되지 못한 것까지 감당하는 것인 만큼 타인의 규범이 내 삶에

우선일 수 없을 것이다.

모두 각기 다른 일상이 답이고 최선이고 귀한 삶인 것이다. 아주
사소한 것이라도 누군가에겐 전부가 되고 삶의 답이기도 하니까…
우리의 모습이 서로 다른 것처럼….

"네 모습이 좋아… 항상 그렇게 웃으며 응원해줘, 안젤라."

만난 지 며칠 안 되었지만 누군가에게도 배려 깊은 그녀가 편안하다.

때론 속속들이 나를 아는 사람보다 무작정 대화가 편한 사람이 있다.
나의 수월치 않은 언어에도 마음을 나눠준 그녀 덕분에 하루가 풍요롭다.

오후가 한참 지났는데도 햇살의 기운이 기세등등하다. 우리는 앞서 간
엘리자베스를 잠시 걱정하기도 했다. 저기 멀리 아직 걷기를 멈추지 않은
지친 걸음의 순례자가 간간이 지나고 있었다.

peregrino

나름의 길을 가다

비야암비스티아 -24.1km- 아타푸에르카

관계는 거울이다
당신에게 보여진…

넘치는 위로가
풍요로운 것은 아니었어

'허리를 꼿꼿이 세우고 다리는 곧게 뻗으며 턱은 반 뼘만 들어요. 시선은
탁 트인 전망 좌우로 살피고, 숨을 한껏 들이마셔요. 지나는 사람들에게
손을 들어 네 손가락 끝을 반쯤 꺾어 까딱하고 눈인사를 건네요. 만약
당신이 오늘 밤 만찬에 참석하려면 미리 숙소로 부친 짐 가방에서 로코코
의상이나, 큰 리본 장식의 버슬 스타일 드레스도 좋겠어요.'

　며칠 전부터 간간이 만나는 세 명의 파리지엔느. 중세 화가의 그림 속
여인들처럼 진한 프랑스 향수 가득한 느낌의 그녀들. 이들은 매일
목적지로 짐을 미리 부치고 가벼운 차림으로 걷는다. 완전 부럽다. 동네
산책 나온 듯한 가벼운 모습이 어찌 부럽지 아니할까!

　비야프란카 몬테스 데 오카Villafranca Montes de Oca를 지나

페드라사Pedraza의 숨 가쁜 오르막을 오르기 위해 버스 타고 왔다는
프랑스 마님들을 마을 중턱에서 시작되는 가파른 언덕에서 만났다. 잠시
그녀들처럼 짐덩이를 내려놓고 싶은 맘이 간절해진다. 그러나 우리는
서두름 없이 숨을 고르며 서로의 보폭을 맞추고 걸었다.

문득 안젤라가 꿈 이야기를 꺼냈다. 어젯밤 남자친구와 새 아파트로
이사하느라 바빴고, 아파트는 무척 멋졌고, 안젤라는 행복했고, 그
아파트 꼭대기에 여왕이 살았고, 여왕은 무척 우아하고 아름다웠고,
안젤라는 여왕이 보고 싶었고, 마침내 여왕을 만났고, 그 여왕이 바로
수윤! 나였다는 것이다.

"이런, 이런… 개꿈일세!"

그녀가 내게 "여왕님." 하며 퍼포먼스를 해 보인다. 한참 흥미롭게
이야기를 듣던 홀리오 선생님과 엘리자베스가 한바탕 웃는다. 뭐가 그리
재밌는지 어르신들 배꼽 빠진다. 선생님은 복권을 사라고 옆구리까지
찌른다. 그사이 나는 잠시 타국에서 돈벼락 복권이라도 맞으면 어떡하나
괜한 상상까지 해 본다.

안젤라의 꿈 얘기가 즐거운 최면이 되어 오르막을 넘었다. 소나무
숲으로 가득한 길을 청명한 숨으로 지나니, 내리막길 아래 포근히 자리
잡은 마을 아헤스Ages가 보인다.

산티아고까지 518km. 아헤스에 도착해 특이한 복장의 순례자 리타를
만났다. 그녀는 핀란드에서 왔고 스카우트 옷을 입고 순례 중이었다.

발목까지 오는 남색 치마에 셔츠 양쪽 주머니가 불룩하다. 왼쪽 어깨엔 모자를 돌돌 말아 끼웠다. 치마 입은 순례자. 우리에게 낯설지만 그녀는 항상 입어 왔던 것이라 불편함을 모르겠다 말한다.

훌리오 선생님과 함께 걷게 되며 배우는 스페인어에 대한 이야기. 리타는 먼 나라 한국에서 여기까지 온 것이 신기하고 용감하다며 내 손을 굳건히 잡았다. 그리고 자신의 손에 끼운 로사리오를 내게 건네며 쥐여준다.

선생님이 받으라 하는데, 그녀의 맘처럼 나눌 게 없어 안타깝다. 기념품도 챙겨오지 못해 아쉽다. 가방에서 찾은 것이라곤 작은 초콜릿이 전부였다. 그녀가 웃으며 잘 먹겠다고 정성으로 받아주니 내 맘이 더 미안하고 고맙다. 고개 숙여 정중히 인사를 한다.

그 후 그녀를 한 번도 만나지 못했다. 그녀가 준 로사리오를 쥐고 나는 매일 아침 감사의 기도로 길을 걸었다. 나는 절망에서 조금 멀어지기 위해 이곳에 왔을 뿐이었다. 조건 없이 그들은 희망처럼 내게 귀한 마음을 나누어주었다. 그것이 타인에겐 아주 사소해서 티끌 같아도 내겐 천금과 같은 응원이었다.

"고마워요, 리타. 길 잃지 않고 잘 걸을게요. 당신도 부엔 카미노."

리타가 준...
로사리오 Rosario
스카우트 복장으로
순례중인 리타 - 핀란드

아타푸에르카Atapuerca 입구에는 세계문화유산의 안내 표시가 되어
있었다. 마을엔 선사 유적지 답사를 온 학생들의 야외 수업 차량이
많았다. 유럽 초기 공동체 화석 유적지로 고대 인류 생활의 많은 흔적이
발견된 곳. 세계 3대 선사 유적지라니 지나칠 수 없는 교육의 현장에 온
것이다. 훌리오 선생님이 장황하게 역사와 유래를 이야기하지만 변변치
못한 언어의 부재는 그저 가슴 답답한 현실의 아쉬움뿐이다.

저녁 숙소에서 오랜만에 한국분을 만났다. 반가웠지만 한국 사람이란
것, 그리고 혼자 왔다는 것 외엔 그녀가 더 이상의 것을 원치 않는 것
같아 묻지 않기로 했다. 아쉽지만 그건 개인의 취향이니까. 서로 다른
취향은 그 자체로 이해해야 하니까. 스스로 불편한 기분을 만들 필요가
없다. 때로 원치 않는 상황 속에 일방적 요구는 관계 성장에 불필요한
에너지인 셈이다.

우린 태어나고 자란 곳에 생태적 습관처럼 모두 갖가지 모양으로
살아간다. 그것은 다른 세계에 뿌리내리기란 쉽지 않은 일이다. 때론
이념이나 환경, 문화적 습관도 변형될 수 있겠지만 타인의 취향은
조심스럽고 어렵다. 그러한 관계의 결핍에서 오는 집요한 본능 혹은
서글픈 미련으로 애쓸 것이 아니다. 각자 세상을 살아가는 안목과 지혜는
서로 다르게 성숙하는 것이니까….

아타푸에르카 선사시대…
타인의 취향은 어땠을까?

Yacimientos paleontológicos patrimonio de la humaindad
Unesco 20- 11- 2000 Atapuerca

메세타, 그 오랜 기다림

아타푸에르카 -23km- 부르고스

넘어지고
상처를 안아도
믿음이
스러지지 않았는지
들춰볼 일이었어
꿈을 살지 못한
아픈 통증을

쓴 약을 삼킨 날처럼 몸과 맘이 무겁다. 아침에 코피가 났고 출발과 함께
몸에 기운이 없다. 멍하니 딴 길로 걷고 있는 안젤라도 오늘 컨디션이 영
아닌가 보다. 한참을 저 멀리 가버린 그녀를 선생님과 큰 소리로
불러보지만 헛수고다. 왼쪽 길인데 오른쪽 길로 점점 멀어져 가는 그녀를
어찌 잡아야 하나. 더 멀어지기 전에 그녀를 향해 달린다. 하나! 둘!
출발부터 숨이 가쁘다.

인류의 100만 년 숨결이 남아 있는 아타푸에르카를 뒤로하고 오르막
능선을 오르니, 산봉우리Alto de Matagrande에 대형 십자가의 돌무덤과 함께
작은 돌멩이로 만들어진 거대한 달팽이 미로도 있었다. 지나는
순례자들이 하나하나 옮겨놓아 만들어진 것이라 하기엔 너무 크다. 나도

작은 돌 하나를 놓으며 기원을 담고 돌아선다.

상상처럼 저기 멀리 부르고스가 보인다. 이제부터 메세타의 광활한 평원 지역이 시작되는가 보다. 잠시 후 내리막길에 만나는 작은 마을 카르데누엘라 리오피코Cardenuela Riopico에 사랑받는 벽화가 있었다. 길의 고단함을 익살스럽게 그려놓아 많은 공감을 얻는 순례자 이미지다.

햇살 한 줌 피하기 쉽지 않은 메세타 대평원 지대는 레온까지 200km 정도로 이 구간을 적지 않은 순례자가 버스를 이용해 바로 레온으로 들어가기도 한다. 그러나 나는 이 길을 오래도록 꿈꾸어 왔다.

카미노를 마음에 품고 내 방 벽에 가득 붙여놓은 길의 모습은 모두 메세타의 지평선길이었다. 한계적 인간의 시야로 대지의 끝과 하늘이 맞닿은 길의 풍경은 따뜻한 설렘이었다.

사진의 풍경과 다를 수도 있겠지만 한 줌 그늘도 없이 황금빛 밀밭의 풍경은 가히 눈부셨다. 지난 오랜 기다림 속의 흥분과 우려가 가슴에 차오른다. 길에 대한 벅찬 그리움과 꿈으로만 만났던 그 속으로 이제 걸어간다.

쉽지 않겠지만 지금까지 그랬던 만큼 때때로 걸으며 꾸준히 탐미할 것이다. 사람에 기대어 때론 풍경에 기대어, 그리고 삶에 기대어….

메세타의 시작을 알리는 부르고스는 컸다. 외곽에 비행장을 지나며 시작된 도심으로의 여정은 쉽지 않았다. 도시 중심까지 이어지는 엄청난

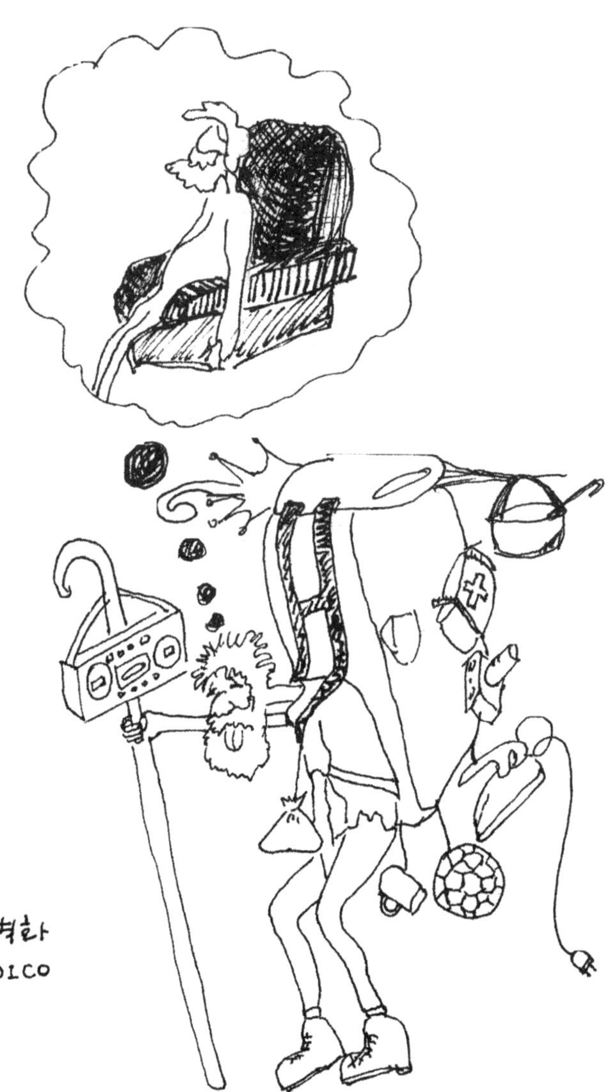

同病相憐
동·병·상·련

순례자 풍자그림
카르데누엘라 마을 벽화
CARDEÑUELA RIOPICO

크기의 엘 파랄 공원El Parral을 지나 걷기를 족히 2시간이 걸렸다.

그런데 힘겹게 찾은 공원 안의 알베르게가 폐쇄되었다. 급기야 시내 대성당 옆 새로 지은 숙소까지 다시 돌아가야 하는 상황이 발생했다. 또 걸어야 하다니…. 예상치 못한 일에 우리는 망연자실한 상태가 되었다.

마을과 마을 사이를 걷는 것보다 도시 걷기는 왜 이리 더 지치는지 모르겠다. 1시간 넘는 걸음이 헛되다 생각하니 모두 기운이 빠졌다. 선생님과 안젤라가 버스 타고 돌아가자 말했다.

"앗, 버스!" 그 말에 천근만근 배낭도 가벼워진다. 정류장에 앉아 '이렇게 버스도 타보는구나.' 하며 버스 타는 게 마냥 좋은 내 모습이 우습고 재밌다. 차를 타고 10분도 안 되는 거리를 헤매었다 생각하니 급 허무감과 피로가 밀려온다. 휴~

부르고스 대성당과 가깝게 지어진 알베르게는 도시다운 모던함이 풍긴다. 착한 가격에 엘리베이터도 있고 시설도 최상으로 깔끔하지만 사람으로 가득한 도시는 별로다. 이곳도 팜플로나처럼 순례자 숙소가 갤러리를 연상하게 한다. 생각해 보면 알베르게는 더 보탤 것 없는 작품 전시 중이다. 우리는 지금 생애 한 편의 멋진 퍼포먼스를 연출하고 있으니 말이다.

잠시 눕는다는 게 그만 잠이 들어버렸다. 일어나니 아무도 없다. 단잠을 깨우지 않고 선생님은 식사를 하러 간다고 쪽지를 남겼다. 씻고 빨래하고 편지 쓰고 대성당과 함께 중세풍의 도시 탐험에 나섰다.

ARCo de Santa Maria · 산타마리아 아치

거리에 나무와 건물의 조화가 무척 환하게 밝다. 그 가운데 부르고스 대성당이 자리하고 있었다. 1060년 이후부터 현재에 이르기까지 천 년의 세월이 웅장하고 엄숙함으로 압도한다. 스페인의 영웅 엘시드의 유해가 있어 의미가 남다른 곳으로, 1984년 세계문화유산으로 지정된 스페인 고딕 양식의 최고의 모습으로 남아 있었다.

스페인 국왕 펠리페 2세가 "이것은 사람이 만든 것이 아니다. 천사의 솜씨다."라고 찬미했을 만큼 대성당은 눈부시다. 안으로 들어서자 높이 솟은 천창의 햇살이 성당 내부의 화려한 디테일을 촘촘히 빛내고 있었다. 성인들의 모습과 역사 앞에 마음이 숙연해진다. 첨탑, 내·외벽, 기둥 등에 새겨진 미려한 조각 장식에 그저 감탄의 말을 삼킬 뿐이다.

큰 도시 규모만큼 순례자도 많다. 삼삼오오 짝이 된 무리들은 도시의 화려함에 휘청댄다. 장을 보러 가다 바에서 선생님을 만났다.

역시나 맥주를 즐기고 있는 중이었다. 벌써 몇 해째 이뤄진 그의 카미노는 여느 일상처럼 익숙해 보인다. 수첩을 꺼내 그림으로, 사전을 꺼내 뜻을 확인하고 우리는 더듬더듬 대화한다. 은퇴 후 그림과 조각에 빠져 많은 작품을 만들고 또 다른 열정을 만나기도 했다는 선생님. 올곧은 그의 평이한 걸음을 보며 그간 삶이 꾸준히 성실했음을 이미 내게 보여주고 있었다.

카페 한 잔을 나누고 장을 봐 숙소에 오니 안젤라가 긴장한 낯으로 앉아 있다. 침낭과 신발을 사고 들어오니 카메라가 없어졌다는 것이다.

스페인의 이순신장군·엘시드 동상
그의 유해는 아내와 함께
부르고스 대성당 안에 안치되어 있다.
Rodrigo Diaz de Vivar el Cid·BURGOS

아, 이런… 누가 가져가기라도 한 걸까?

당황한 그녀의 모습이 안타까워 바닥에 얼굴을 대고 침대 밑부터 훑어본다. 셋이서 허겁지겁 샅샅이 찾아보니 그녀의 배낭 허리 주머니에 있는 카메라.

진정되지 못한 극한 긴장으로 보이지 않던 것이 뒤늦게 보였을 뿐인 것 같다. 다행이다. 찾아서 다행이고, 모두에게 찜찜한 일이 되지 않아 다행이다. 무엇보다 그녀의 잃어버릴 뻔한 추억 가득한 사진과 시간을 찾았으니 정말 다행이다.

안젤라가 웃는다. 고되지만 이만큼 무사한 하루가 감사함이다.

영원히 따뜻하지 못한 격려와
위로는 오랜 구원이 되지 못했다
몇 푼의 꿈이었지
남루한 현실의 이정표
웅크린 미련보다 겸손이 필요했어
주저앉아 망각하는 사이
나를 보듬는 아지랑이를 칼처럼 품었다

가진 것
아픈 것
설렘조차
사명이었어

오랜…기다림

길에 기대어

삶의 모범 답안

부르고스 ~21.5km~ 오르니요스 델 카미노

과거의 후회와
미래의 걱정으로
아닌 척, 모르는 척
하지 말아줘

나는 너의 삶이다

어깨가 너무 아프다. 어제 헤매고 헛걸음했던 부르고스 시내를 걸어야 하니 짐덩이가 천근만근 나를 누른다. 안젤라가 버스 타고 도시를 빠져나가자 했을 때 그냥 따라갈 걸 그랬나 막막한 후회가 밀려왔다. 줄줄이 뒤따르는 개미 행렬처럼 도시를 빠져나오는 순례자가 길 위에 가득하다.

그러다가 어느 순간 마술처럼 사라지는 사람들. 선생님도 보이지 않는다. 그렇게 또 아무도 없는 길 위의 신기루를 마주한다.

부르고스를 떠나 첫 마을 타르다호스Tardajos까지 9.2km를 쉼 없이 걸었다. 그곳에서 여정을 짚어보니 얼마 전 푸엔테 라 레이나에서 만난 현정 씨와 용선 씨가 적극 추천한 숲 속 산장 알베르게 산볼이 바로 이곳에 숨어 있었다. 그곳까지 가려면 27km를 걸어야 하니 조금 바삐 움직여야 한다.

찌르는 햇살에 정수리가 뜨겁다. 머리에 두꺼운 똬리라도 만들어 얹어야 할까 보다. 오르니요스 델 카미노Honillos del Camino에 도착하니 마을 입구 가게 앞에서 선생님과 안젤라가 반긴다. 또 다른 순례자들과 길가에 쪼르르 앉아 아이스크림을 먹고 있다. 그 모습에 순진한 웃음이 난다.

안젤라가 오늘 여기서 머물자 하는데 나는 산볼까지 가겠다고 말했다. 선생님도 그만 가자 하니 고민된다. 결정을 미루고 있을 때 그들이 왔다. 어제 만난 스페인 한 무리의 순례자.

4명이 친구인지 길동무가 된 것인지 내겐 그들의 시끄럽고 매너 없는 행동이 눈살 찌푸려졌다. 지극히 개인적인 이 불손한 감정을 어찌할까. 게다가 그들이 오늘 산볼까지 간다고 하니 저 푸른 초원 위에 그림 같은 하룻밤이 먼 나라 이야기가 되어갔다. 아, 아쉽지만 여기까지….

산볼을 포기하고 숙소에 침대 배정을 받고 보니 10명이 한 방을 쓰는데 여자는 나 혼자다. 역시나 속옷 바람으로 모두 태초의 아담이 되어주는 룸메이트들이여~ 타인의 시선 따위는 필요치 않아! 이젠 내외할 것 없이 나도 옷을 갈아입는다. 인간의 환경 적응 어디까지 가능할 것인가….

각자의 일상을 챙기고 햇살 곁으로 사람들이 오순도순 모인다. 안젤라와 엘리자베스가 와인과 샐러드를 한 접시 만들어 가져왔다.

이 어른의 에너지는 대체 어디서 오는 것인가. 열정! 모든 것을
뛰어넘는 초자연의 것. 매일 아침 두 다리 걷어붙이고 묵묵히 걷는
모습을 볼 때마다 그녀는 단단히 삶의 열정을 움켜쥔 느낌이다.

엘리자베스는 오래전부터 차분히 이 길을 준비했다. 언젠가 마음을
세운 그녀에게 가족은 적잖이 걱정도 많았지만 그녀의 선택을 응원해
주었다고 한다. 그녀는 무척 탐나는 카미노 수첩을 갖고 있다. 독일에서
지인이 선물해준 것이라는데 파란색 조가비가 새겨진 수첩이다.
2008년부터 2009년 독일의 카미노 길을 조금씩 걸었고 이제 그녀는
산티아고를 향해 걷고 있었다.

그녀의 수첩에는 가족과 지인의 응원과 희망의 메시지가 적혀 있었다.
앞을 보지 못하는 그녀의 어머니가 축복을 기원했고, 많은 따뜻한 이들의

엘리자베스·카미노 수첩에 그려진
예쁜 일러스트 천사

EDITH ELISABETH FELTEN · GERMANY

친필 격려 글과 마음이 빼곡히 곱고 예쁘다.

그 속에 간간이 일러스트가 참 편안한 느낌으로 그려져 있다. 무거운 배낭을 지고 가는 순례자의 짐을 뒤에서 도와주는 천사의 모습은 마음까지 맑고 평안케 한다.

그녀는 음악 교사였고 한때 한국 아이들을 가르치기도 했었고 그들의 재능은 놀라웠다 말한다. 두 아들의 엄마 엘리자베스는 독일 콜로니아에서 둘째 아들 테오와 며느리 안드레아, 94살의 시어머니와 남편과 함께 산다. 아직 결혼하지 않은 큰아들의 손자를 보고 싶어 하는 그녀의 모습이 내 엄마의 소망과 닮았다.

인생의 모범 답안은 없다. 그러나 삶의 순리적 흐름, 나이에 맞는 모범 답안을 적잖이 요구받고 살고 있었다. 얼마나 진정한 때를 부정하고 살아낸 것일까? 학업, 친구, 결혼, 직책을 갖고 돈을 갖고 부모가 되고 훗날 황혼의 그늘에 앉아 삶을 돌아본다면 스스로에게 얼마나 후한 점수를 줄 수 있을까….

서로 다른 삶을 자신이 이야기로 살이기는 것일 뿐인데 때론 관계 속에 그것이 쉽지 않다.

무한 경쟁을 위해 세상에 온 것도 아니다. 그러나 쉼 없이 부추기는 세상의 속도에 취해 인생을 관찰하지 못하며, 점점 자신을 믿는 것보다 세상을 믿는 것이 더 쉬웠고 목발처럼 의지하게 되었다. 때로 어리석게도 세상의 기준치에 벗어나 자기 비난의 상처가 깊어지는 것이 안타까운 일이었다.

　박수받는 일등이 되지 못해도 우린 스스로 별이었다. 최선을 다해 가치를 세우는 일에 집중하면 삶은 후회되지 않을 것이라 믿고 싶다. 그러기 위해 지금 주어진 길 위에서 최선을 다해 즐기면 된다. 누군가의 말처럼 행복이란 손 닿는 데 있는 꽃들로 제 나름의 꽃다발을 만드는 솜씨인 것이니까….

　길을 걸은 지 보름이 되어가니 몸이 내게 말한다. 이례적 행군 탓인지 발바닥에 불 같은 열이 오른다. 이런 느낌은 처음이다. 내가 무슨 짓을 한 것인가. 장작불 위에 발을 올려놓으면 이럴까? 가만히 누워 발을 보니 욱신거리고 찌릿한 저림에 미안하고 고맙고 목젖이 뜨겁다.

　세상을 딛고서 이런 뜨거움이 있었을까….
　내 발이 타오른다. 순결한 설렘의 또 하루를 끌어안는다.

바람에 흔들리고, 비에 젖고

오르니요스 델 카미노 -21km- 카스트로헤리스

오늘도
한 걸음
그곳에
닿고 있다

스페인의 시에스타 시간을 피하려면 일찍 서둘러 걸음을 마쳐야 한다.
목적지에 도착해서 허기진 배를 쓰리게 붙잡고, 빗장 건 상점 앞에서
막연한 기다림은 너무 서글프다. 어젯밤 불덩이의 발을 감쌌던 물수건이
바싹 말라 있었고 걱정했지만 아침이 되니 열이 조금 가라앉았다. 또
하루를 살아야 함을 알고 몸이 먼저 준비하고 있는 것이다.

　한 시간을 걸어 숲 속 산장 산볼에 도착했다. 그곳을 두고 200m 정도를
걸어가야 하나 고민했지만 이미 마음은 방향을 틀어 걷고 있었다.
입구에서 어제 스페인 4인방이 막 짐을 정리하고 바로 문을 열쇠로
잠가버렸다. 가는 사람 막을 수도 없고 저만치 멀어지는 그들을
머뭇거리며 보낸다.

뽀뿔러 나무 가득한 앞마당을 가진
산뽈 San-bol 알베르게

　숙소 책임자와 열쇠를 모처에 공유하고 가는가 보다. 그냥 잠시 들어가 봐도 되냐고 물어볼 걸 그랬나 싶다가도 그들에게 그러한 양해를 구하고 싶지 않았다. 숙소 안이 뭐 그리 궁금하다고.

　체념하고 주변을 둘러보니 키 큰 나무 가 앞마당 가득하다. 그 사이로 야외 테이블과 잔잔한 옹달샘이 맑다. 그 곁에 독일인 부부가 아침을 나누고 있다. 바람이 지나가면 그만큼 큰 몸짓으로 움직임이 일렁이는 자연 정원이 아주 근사한 곳이다.

　아쉬움을 달래고 나오는데 차 한 대가 숙소로 들어간다. 밑져야 본전이라고 다시 되돌아 들어가니 양복 입은 신사가 문을 열고 있다. 그에게 양해를 구하니 흔쾌히 응한다.

　중세 원탁회의를 연상케 하는 커다란 탁자가 있는 살롱과 주방에는 에스프레소 기계도 있다. 숙소엔 2층 다락방까지 베드가 20개도 안 된다. 어제 저녁에는 4명이 묵었단다. 만약 어젯밤 이곳에 왔더라면 그들과 나는 어떠했을까? 적당히 멈추기를 잘했다 싶다. 이렇게라도 작고 예쁜 산장을 구경했으니 산볼에 대한 로망은 이제 추억으로 접어두기로 한다.

　사방으로 길뿐이다. 이제 대평원으로 한 발 들어선 것이다. 지평선 끄트머리만 아득하다. 인적도 그 무엇도 없이 나는 한 점으로 서 있다. 인간의 육안으로 느껴지는 지평선은 4km 이상 볼 수 있다는데… 지금의 느낌은 높다란 원기둥 평면 위에 서 있는 것 같다.

　길에 취해 걷다가 너무 늦장을 부렸다. 온타나스Hontanas에 도착하니 거북이 순례자 마야가 있다. 마야를 만날 정도라면 오늘 걸음이 느린 게 확인된 것이다. 어제도 그녀는 뒤늦게 도착해 알베르게 앞 성당 입구에서 바깥 잠을 자야 했다.

스스로를 거북이라고 하는 마야에게 나는 달팽이라 했더니 달팽이와 거북이 누가 빠른지 정말 아리송해진다. 방금 전까지 선생님과 안젤라가 기다리다 갔다고 말한다. 거북이 마야를 뒤로하고 온타나스 알베르게에 세요sello-순례자 스탬프를 찍으러 들어가니 불 꺼진 숙소에 아무도 없다.

자판기 땅콩이라도 먹을까 이리저리 동전을 찾는데 순례자 배낭을 배달하는 남자가 손수 뽑아주겠다며 대뜸 동전을 받아 넣는다. 그런데 땅콩 봉지가 잘못 진열되었는지 고리에 걸려 나오질 않는다.

"내 돈 먹었군!"

빠른 체념이 들 무렵 자판기를 흔드는 남자. 정말 마구마구 호되게도 흔든다. 그래도 꿈쩍하지 않는 땅콩 봉지. 둘이 멋쩍어 뚱하니 쳐다보다 그가 어쩔 수 없다는 듯 포기의 시선을 보낸다. 그리고 자신의 바지 주머니에서 동전을 꺼내 내게 건넨다. 아니라고 됐다고 손사래를 해도 가지란다. 자기는 여기 다시 올 것이라며 휭하니 가버린다. 아, 정말 눈물 나는 친절함이다.

나는 다시 몇 번 자판기를 흔들어 보다가 그가 준 동전을 넣고 다시 버튼을 누르니 두 봉지가 아래로 툭툭 떨어진다. 아니! 이것은 횡재? 땅콩 한 봉지를 얻은 건가? 이름도 모르는 그에게 감사하며 덕분에 입이 즐겁게 걷는다.

오늘은 운수 좋은 날이라며 발걸음에 속도가 날 즈음 마른하늘에
날벼락처럼 소나기가 쏟아지기 시작한다. 젖어든 바지는 고사하고
순식간에 빗줄기가 폭우로 변해버렸다. 진흙 덩어리가 모래주머니를
달아맨 듯한 무거운 걸음. 잠시 지나는 소나기에 기진맥진 엄청난 체력
소모전을 치렀다.

잠시 후 언제 그랬냐는 듯 하늘은 그새 반색하며 눈부시다. 짧은 시간
빗줄기에 지친 사람들이 평원에 촘촘히 걷고 있다. 모두 신발 가득
힘겨움을 덕지덕지 달고 숙소에 모여들었다. 선생님과 안젤라도 그 길을
어찌 왔는지 이곳저곳에 무용담이 어수선하다.

그 안에 한 남자의 까르르 넘어가는 웃음소리가 끝이 없다. 영화
〈아마데우스〉의 모차르트 웃음을 웃는 남자. 영국에서 온 존이라 한다.
그 옆엔 오동통한 캐나다 아가씨 조아니에가 동글동글 미소 짓는다. 흠뻑
젖어버린 날, 빨랫줄에 젖은 하루가 마르고 있었다.

매일 조금씩 새롭게 알아가는 스페인어가 재밌다. 선생님과 일방적
수업은 힘들어도, 안젤라와 함께라면 즐거운 시간이다. 야외 테라스에
앉아 오늘도 생존 스페인어 배우기를 한다.

"아오라(지금), 아예르(어제), 오이(오늘), 마냐나(내일),
도밍고(일요일), 암브레(배고프다), 갈리엔떼(따뜻하다),
프리오(차갑다), 빠따따(감자), 비노(와인), 세르베사(병맥주),
까냐(생맥주), 또르띠야(오믈렛), 빤(빵), 아로스(쌀), 소파(수프),

순례자 (뻬레그리노) · 노란색 (아마리료) · 화살표 (플레챠) · 짐배낭 (모찔라) · 책 (리브로)
걷다 (까미나르) · 마실수 있는 물 (아구아 뽀따블레) · 순례자 숙소 (알베르게) · 침대 (까마)
빵집 (빠나데리아) · 슈퍼마켓 (수뻬르메르까도) · 가게 (띠엔다) · 커피 (까페) · 사과 (만사나)
빵 (빤) · 오늘의 메뉴 (메누 델 디아) · 생선 (뻬스까도) · 수프 (소빠) · 토스트 (또스따다) · 소금 (쌀)
아침 (데사유노) · 점심 (꼬미다) · 저녁 (세나) · 바나나 (쁠라따노) · 오렌지 (나랑하) · 체리 (쎄레사)
복숭아 (멜로꼬똔) · 에스프레소 (까페 솔로) · 설탕 (아주까르) · 감자튀김 (빠따따 프리따스)
카페라떼 (카페 콘 레체) · 우유 (레체) · 따뜻한 (깔리엔떼) · 샌드위치 (보까디요) · 요플레 (요구르)
샐러드 (엔 살라다) · 디저트 (뽀스뜨레) · 달걀 (우에보) · 참치 (아뚠) · 양고기 (꼬르데로) · 토마토 (또마떼)
포도 (우바) · 배 (뻬라) · 아이스크림 (엘라도) · 오렌지 주스 (수모 데 나랑하) · 양파 (쎄보야)
마늘 (아호) · 기름 (아세이떼) · 마시는 차 (떼) · 오이 (뻬삐노) · 당근 (사나오리아) · 양상추 (레추가)
화이트와인 (비노 블랑꼬) · 레드와인 (비노 띤또) · 과일 (프루따) · 케이크 (따르따) · 밀 (뜨리고)
컵 (바쏘) · 접시 (쁠라또)
세탁기 (라바도라)
은행 (방꼬)
버스 (부스)
눈雪
(오호)

숟가락 (꾸차라) · 책 (리브로) · 컴퓨터 (오르데나도르)
화장실 (세르비시오) · 시장 (메르까도)
우체국 (꼬레오스) · 우표 (쎄요)
비행기 (아비욘) · 차車 (꼬치)
입구 (엔뜨라다) · 출구 (살리다)
걷다 (까미나르) · 남자 (옴브레)
여자 (무헤르) · 대성당 (까떼드랄)
· 성당 (이글레시아) · 십자가 (크루스) · 예수님 (헤수스) · 천사 (앙헬) · 인생 (비다) · 사람 (뻬르소나) · 시간 (띠엠뽀) · 친구 (아미고)
기도 (오라씨온) · 행복 (펠리시다드) · 건강 (살루드)
천천히 (렌또) · 피곤하다 (깐싸다) · 어렵다 (디피씰)
고맙습니다 (그라시아스) · 좋아요 (발레) · 희망 (에스뻬란사)

코 (나리즈)
입 (보까) · 눈 (니에베)
비 (류비아) · 예쁘다 (구아빠)

Diccionario Oxford Español-Inglés Inglés-Español

Castrojeriz —

살라다(샐러드), 께소(치즈), 초리소! 하몬!"

역시 생존은 먹는 것이다. 궁금한 언어가 먹는 것으로 채워진다. 서로 알고 있는 스페인의 먹거리 단어를 하나둘 늘어놓으니 이곳에서 먹어본 게 몇 가지 안 되는 것 같다. 오늘도 수첩에 단어가 가득하다. 잠시 후 로사(독일), 엘리자베스, 조아니에까지 오늘은 수강생이 많아졌다. 그들이 한두 가지 스페인 요리를 내놓으니 맛난 식탁이 차려진 듯하다.

예상치 못한 소나기에 당혹스러운 날이었다. 우왕좌왕했지만 지나온 시간은 현재를 살게 한 진통제 역할을 톡톡히 해낼 것이다.

마음 울다

너무
애쓰지 마
아물고
회복될 거야

카스트로헤리스Castrojeriz를 뒤로하고 모스텔라레스Mostelares 언덕에 올라 뒤돌아보니 사막 같은 평원에 자리한 마을이 한없이 작다. 메세타의 광활한 여운이 눈 안 가득 들어온다. 아침부터 오락가락하는 비에 우비를 입고 벗고, 춥고 덥고 이래저래 번거롭다. 어제 젖어버린 신발이 마르지 않아 상태는 영~ 꽝! 이다. 하늘엔 여전히 먹구름이 가득하다.

보름 넘게 지속된 걸음에 무릎이 아리다. 원활하지 못한 기계처럼 삐거덕 불편하다. 길은 거칠고 멀지만 우리는 마음을 나누며 또 걷는다. 키 큰 자작나무가 멋진 가로수길. 낮은 하늘에 춤추는 나뭇잎 사이로 바람의 그림자가 진하다.

에바(핀란드)와 사비나(독일) 그리고 어제 처음 만난 조아니에와

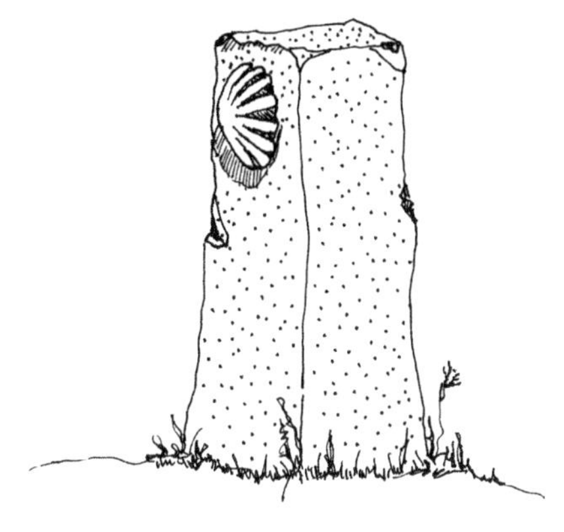

간식을 나눈다. 선생님은 어젯밤 옆 침대에 프랑스 아저씨가 심하게 코를 골아 잠을 못 잤다고 푸념이다. 유쾌한 영국 남자 존이 거들며 우리 모두 그랬다고 피곤한 눈을 가리키며 까르르 웃는다.

어젯밤 악명 높은 그가 누군지 모두 알고 있다. 나는 귀마개를 하고도 그 소리를 어마어마하게 들었다. 하나의 커다란 공간에서 무척이나 견디기 힘든 일이었다. 존이 코 고는 흉내를 내다가 까르르까르르…. 그의 웃음에 점점 중독된다.

프로미스타Fromista 는 햇살 가득했다. 그러나 스페인 내에서도 유명한 산 마르틴 성당Iglesia de San Martin 때문인지 관광객이 무척 많은 곳이었다. 이곳에서는 순례자도 관광객 대접(?)을 받는가 보다.

별로 특별한 것도 없는 시설에 공립 알베르게가 7유로를 받고 있었다.

가장 완벽한 로마네스크 양식
Iglesia de san Martin
　　　　　-Frómista

썩 내키지 않는 조건이었다. 휴일이라 상점도 닫았고 숙소엔 주방 사용도
불가였다. 게다가 자판기도 없다. 이렇게 선택의 여지가 없으니 더
손해보는 느낌이다. 어찌했든 체념하고 적응 모드로 돌아서자. 한시라도
빨리, 햇살 아래 꿉꿉한 살림살이를 널어놔야 했다. 그렇게 숙제를
마치고 낮잠에 빠졌다.

　얼마쯤 지났을까. 한방을 쓰게 된 존이 들어오며 비가 온다 하여
후다닥 창밖을 보니 소나기가 내린다.

　"앗, 빨래!"

　맨발로 2층 계단을 뛰어 마당으로 달려갔으나 빨래는 젖고, 마당
가운데 널어놓은 신발이 고스란히 비를 맞고 있었다.

　"젠장, 젠장!"

　어제는 길에서 오늘은 넋 놓고 앉아 소나기에 속절없이 당했다. 지치게
하는 비도 밉지만 마음이 답답해졌다.

　부랴부랴 옷가지와 신발을 걷어 처마 밑에 들고 서니 내 모습이 그냥
서럽다. 사람들 정말 너무한다. 어쩜 이 비 오는 마당에 신발이 젖고
있는데 가만 놔둘 수가 있단 말인가. 울컥하고 터진 눈물이 줄줄 흐른다.
꾹꾹 눌러봐도 목 끝까지 차올라 엉엉 울고만 싶다.

　그러나 누가 누굴 원망할까. 지금 마당에 버젓이 비에 젖고 있는 저
빨래를 나도 고스란히 바라보고 있지 않은가. 무엇이 서러운지 모르겠다.
첫날 밤 열차 안 새우잠부터, 때때로 허기진 걸음과 쓰린 발, 매일 펀치

않던 언어까지 온갖 것이 뒤범벅되었다. 누굴 탓할 수도 없는 명분 없는 투정으로 속이 편치 않다. 그동안의 고된 여정에 조금씩 차오른 마음의 물집이 툭 터져버린 것 같다.

속속 대문을 들어서는 사람들을 보며 맘을 추슬러야 했다. 눈물 뚝뚝 흘리며 처마 밑에서 넋 나간 모습으로 있을 수 없었다. 알베르게도 싫고, 이 마을도 정떨어진다. 이 갑갑한 마음을 어떻게 다독일까.

젖은 것을 다시 널고 앉아 있으니 존이 와서 자기가 많이 시끄러워 미안하다고 한다. No! No! 그래서 나와 있는 거 아니에요⋯ 뭐라 말하기도 힘든 것이 내 속에서 똬리를 틀고 있었다.

아! 대체 이 번잡한 속내를 그가 알아줄 것도 아니고 존을 그렇게 보내고 또 서글퍼진다. 왜 이렇게 민감하게 울컥하는지 모르겠다. 어지러운 맘을 가누지 못할 때 선생님이 들어왔다. 풀 죽은 내 모습을 보고 걱정된 낯빛으로 토닥이는데 왈칵 또 목이 멘다. 이내 손짓 발짓 우리말로 서러움을 토해냈다. 선생님은 온전히 그것을 묵묵히 들어주고 한바탕 크게 웃는다.

하늘을 가리키며 이젠 비가 안 올 거라며 나를 다독이는 선생님. 저녁 먹으러 나가자 하는데 몸도 으슬으슬, 맘도 어수선, 젖은 신발은 완전 허무하다.

저녁을 먹는 내내 나의 한풀이는 계속되었다. 그 많은 이야기를 쏟지 않으면 못 살 것처럼 꺼내놨다. 그 일방적 대화를 모두 들어주기도 모자라 선생님은 마을 가운데 과자집으로 안내했다. 모양도 예쁘고

먹음직스런 과자와 빵이 진열되어 있었다. 달콤한 과자 하나를 삼키고, 괜찮냐며 맘 써주는 덕분에 격한 맘이 진정된다.

성당 주변은 적잖은 관광객이 넉넉한 주말 밤을 즐기고 있었다. 내일 아침 가야 할 길을 알아두고 숙소에 돌아오니 존이 젖은 신발에 넣어두라며 신문지를 주었다.

고.마.워.요.

따뜻한 사람들이 나눈 마음 덕분에 긴 하루를 이겨낸 하루가 지난다.

때론 불편한 인연들

프로미스타 −19.5km− 카리온 데 로스 콘데스

살며시 짐을 챙겨 나오니, 많은 이들이 복도에 매트리스를 깔고 자고 있었다. 한껏 웅크린 그들이 깰까 봐 조심스럽게 숙소를 빠져나왔다. 너무 일찍 서둘렀나? 어둑한 길이 무섭다. 어젯밤 다른 방에 잠든 안젤라와 선생님께 아침 일찍 나설 거라 미리 말해 두었다. 나는 새벽부터 도망치듯 프로미스타를 빠져나왔다.

뒤도 돌아보지 않고 바싹 속도를 냈다. 일찍 서두른 덕에 첫 마을 포블라시온 데 캄포스Poblacion de Campos에 도착하니 이제 막 출발하는 순례자를 하나둘 만난다.

홀로 걷는 순례자가 많다. 새벽 기운에 어깨를 움츠린 그들이 간간이 이정표가 되고 있다. 도로와 나란한 길에 카미노 표석이 길 끝까지

Carrión de los Condes

이어져 있다. 이 이정표가 있어 짐을 굳이 내려놓지 않아도 가다가 서서 돌기둥에 배낭만 얹고 기대면 그것이 휴식이었다. 도로엔 자전거 순례자가 바람처럼 지나고 있었다.

시르가Villalcazar de Sirga에 도착할 무렵 저 멀리서 익숙한 모습으로 성큼성큼 걸어오는 사람! 선생님이다. 두 손을 높이 들어 인사한다. 이제 멀리서도 길 위의 가족을 알아볼 수 있게 되었다.

"마드레미아(맙소사), 아침부터 일찍 서둘렀구나. 몇 시에 출발한 거야?"

"난 오늘 조금 걸을 거예요. 오늘은 도밍고(일요일)!"

안젤라와 엘리자베스도 기다릴 겸 시르가 마을에 들어선다. 마을 규모에 비해 비르헨 블랑카 성당Iglesia de la Virgen Blanca은 무척 큰 규모로 세워져 있었다. 오랜 세월에 만들어져 로마네스크와 고딕의 형식이 조화된 유명한 성당이었다. 아쉽게도 아직 이른 시간이라 성당은 닫혀 있었다.

바에 들러 앉으니 곧 엘리자베스와 안젤라가 왔다. 아직 채 마르지 않은 신발 때문에 양말을 신고 양발에 비닐을 덧신은 내 모습에 모두가 웃었다. 빨래 같으면 배낭에 달아놓고 햇살에 말린다지만 신발은 대책이 없었다. 간혹 배낭에 등산화를 달랑 매달고 다니는 순례자를 보며 무거운 신발을 두 개나 챙긴 이유를 몰랐는데 이런 이유가 아닐까 싶다.

신문 보며 복권을 맞추던 선생님이 34.90유로에 당첨되었다며 따뜻한

Iglesia de la
Virgen Blanca

Villalcázar de
SIRGA

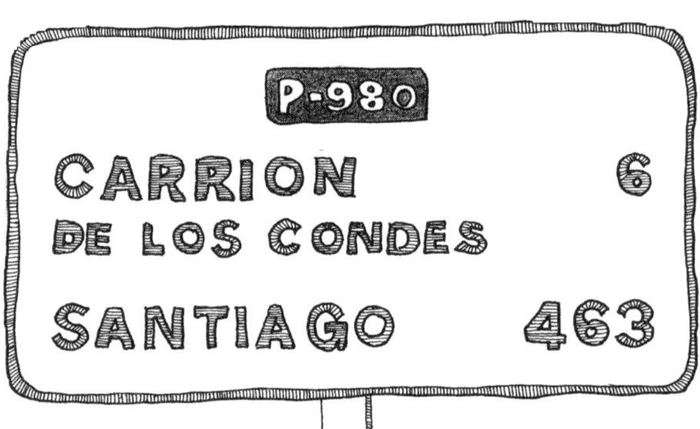

카페를 샀다. 오늘 좋은 일이 있으려나….

하루하루 길 위 인연의 시간이 깊어진다. 이런 편안한 친구들이 고맙기도 하지만 모든 인연이 그런 것은 아니었다. 아무 이유 없이 싫어지는 사람도 있었다. 서로 주고받은 것도 없이 불편한 사람들. 그들을 자주 마주치는 것도 썩 유쾌한 일이 아니다.

요 며칠 계속 만나게 되는 프랑스 남자 둘과 캐나다에서 온 코끼리 자매가 내겐 그랬다. 두 남자는 이틀 전 진흙탕을 걷고 있을 무렵 카스트로헤리스에서 처음 만났다. 숙소 오픈을 기다리며, 하나둘 도착하는 순례자에게 배낭을 제대로 놓지 않는다고 팔짱을 끼고 감독관처럼 예의 주시하고 있었다.

뒤늦게 도착한 나도 무거운 배낭을 무심코 내려놓았다가 바로 그들의 지적을 받았다. 저쪽에 갖다 놓으라는 눈총에 공손히 짐을 옮겨 놓았다. 그들은 과거 베드를 지정받지 못한 아픈 기억이 있었나 보다. 아무리 그래도 그들의 굳은 인상과 말투는 조금 지나친 느낌이었다.

또 한 팀은 캐나다 코끼리 자매! 그들은 엄청난 무게의 배낭을 짊어졌다. 정말 코끼리 한 마리의 무게는 족히 되어 보이는 짐이 모두 카메라 장비라 했다. 그들을 처음 봤을 때 제 키를 훌쩍 넘는 배낭 높이에 그저 놀라웠다.

그 크기는 내가 본 순례자 중에 가장 큰 짐이었다. 그것을 감당하는 그녀들의 몸도 예사롭지 않은 것이 마치 씨름 선수 같았다. 손에도 어깨에도 카메라가 들려 있었는데 고가의 장비 탓인지 그들은 유난히 민감해 보였다.

가령 어느 숙소에서 '카메라가 도난당했다' 라든지 '누군가 돈을 잃어버렸다' 는 큰 소리의 수다가 길었다. 글쎄… 나도 그녀들이 말하는 숙소에 함께 머물렀지만 그런 뉴스는 왜 한 번도 듣지 못한 것인지 모르겠다.

코끼리 자매나 살가운 남남 커플의 공통점은 굳은 표정이다. 어디 한

번 웃어주면 세금이라도 내야 할 것처럼 미소에 인색한 사람들의 모습.
가끔 마주쳐 인사를 건네면 그저 나 혼자 멋쩍었다.

내게만 그런 건가? 미운 사람 떡 하나 더 줄까? 참 재미없는 일이었다.
쓸데없는 에너지 낭비라니… 너는 너대로 나는 나대로 가면 된다. 각자
사는 스타일을 뭐라 할까. 신경 쓰지 말자며 그들과 헤어지는 때를
생각한다.

카리온 데 로스 콘데스Carrión de los Condes 숙소엔 통기타 연주를 하는
개성 만점 수녀님들이 있었다. 오후에 숙소는 라이브 콘서트로 즐거웠다.
주일 저녁 미사 후, 순례자만 따로 미사를 드리는 시간이 있는데 각국의
언어로 된 성경 구절이 복사된 종이를 받고 보니 오랜만에 우리말이 참
좋다. 프랑스어, 독일어, 영어 등 각국 언어로 낭독이 시작되고 우리말
페이지에 멈추니 하나밖에 없는 내가 국가 대표가 되었다.

이리저리 고개를 돌려 내 목소리를 찾는 사람들을 보니 또박또박 큰
소리로 잘 읽었나 보다. 우리 한국어가 이렇게 멋지다고요! 세종대왕님
고맙습니다. 오늘따라 우리말이 정말 예쁘다.

미사가 끝나고 선생님과 함께 신부님을 만났다.

"무이비엔! 무이비엔!(베리 굿) 보니따! 보니따!(나이스)"

"그라시아스! 그라시아스! 꼬레아~ 보니따!"

비록 언어는 달라도 유쾌한 신부님의 축원은 순례자들에게 한층
기운을 주었다.

MONASTERIO de SanTa Clara
CARRioN DE LoS CoNDES.

처음처럼, 새날처럼

카리온 데 로스 콘데스 −23.5km− 레디고스

살아보자

삶이
저만치에
감미롭다

오늘 길은 지평선의 대향연 메세타의 정점이다. 카리온 데 로스 콘데스에서 다음 마을 칼자딜라 데 라 쿠에사Calzadilla de la Cueza까지 장장 17km가 중간 마을 전혀 없음으로, 필수 아침 섭취와 물을 충분히 준비해야 했다.

시야에 들어오는 길 끝의 풍경이 끝없이 사라지고 드러나며 최면에 걸린 듯 길의 신기루 속이다. 안젤라와 선생님이 바쁜 걸음으로 앞서 가더니 이내 길 끝으로 사라졌다. 날씨가 청명한 오늘은 그나마 다행이지만 비라도 내린다면 한없이 지루한 싸움이 될 뻔했다.

짐을 목적지에 부치고 한없이 느긋한 에바와 걷는다. 오아시스 같은 그늘이라도 만나면 소녀처럼 좋아하는 그녀가 묻는다.

"카미노 즐거워?"

"응? (즐겁지 않아도 즐거워도 지금은 걷는 것밖에 없으니까) 난 좋아요. 에바는?"

"햇살이 좋아. 훌륭해."

그녀는 지금 턱없이 부족한 핀란드의 겨울을 보내고 망망 대지의 햇살을 한없이 껴안고 있는 중이다

하루의 목표치를 살아내고 있지만 서로에게 주어진 삶의 시간은 다를 수밖에 없다. 독신인 그녀는 지인에게 잠시 고양이를 맡겨두고 왔는데 자신의 안부를 나누는 것도 고양이 안부를 물을 때였다. 그녀의 말을 듣고 왠지 모를 서운함이 쓸쓸히 밀려왔다. 혼자라는 것이 더 큰

EVA
에바-핀란드

허전함의 크기로 마음을 파고든다.

금발의 긴 머리를 한쪽으로 길게 땋아 체크무늬 야구 모자를 비딱하게 돌려 쓴 그녀 모습이 수학여행 온 여고생 같다. 설렘 가득한 모습으로 살아가는 그녀의 마음 길은 어땠을까? 고된 여정 탓인지 햇살 때문인지 잠도 잘 온다는 그녀가 애틋하다.

날이 점점 따뜻해지며 길 위에 순례자가 부쩍 많아진 느낌이다. 내 늦은 걸음은 점점 뒷사람들에게 따라잡히고 있었다. 그래도 오늘은 여기까지만! 정오도 안 되어 도착한 첫 마을 칼자딜라 데 라 쿠에사에 머물려 하니 에바가 더 가자며 내게 재촉한다. 알베르게는 닫혀 있고, 다음 마을 레디고스Ledigos까지 6.2km. 잠시 고민을 뒤로하고 그녀를 따라 다시 길로 나섰다.

선생님과 친구들은 어디쯤 갔을까? 서로의 일정과 속도가 다르니 여정을 함께 한다는 것이 부담일까 싶어 우리는 딱히 약속을 정하지 않았다. 내 나름대로 기분 닿는 편안 걸음이 좋았고, 약속이란 그만큼 상대방에게 신중해야 했다. 그런데 그들과 만난 후, 신기하게도 매일 같은 여정을 택하고 걷는 인연이 되어 가고 있었다.

에바와 함께 도착한 레디고스에 조아니에가 있었다. 그녀가 놀라며 쿠에사 바에서 안젤라와 선생님이 나를 기다리며 모든 사람들에게 안부를 물었다는 것이다. 꼬레아 봤느냐고 말이다. 에고, 어쩌나… 오늘 그곳에 머물 거라고 했는데….

그들은 나를 찾아 알베르게도 다녔을 것이다. 아차, 그러고 보니 마을 바엔 들르지도 않았다. 모두 지금 어디로 갔을까? 다시 돌아갈 수도 없으니 안타깝다. 조아니에와 아쉬움과 그리움에 수다를 하다가 아직 오늘 여정이 끝나지 않은 그녀를 보냈다.

알베르게에 배낭을 던져두고 마을을 둘러보니 끝없는 평원이 사막처럼 눈부시다. 간간이 부는 바람이 한없이 적막하다. 그 고요함을 깨는 것은 역시나 사람 소리다. 시끌벅적 뒤를 돌아보니 선생님이 언제 왔느냐며 막 도착했다. 안도와 반가움에 기쁨으로 서로를 끌어안는다.

안젤라의 안부를 물으니 사아군Sahagun까지 버스를 타고 갔고, 내일 바로 레온까지 버스를 타고 가기로 했다는 말에 작별 인사도 나누지 못한 안타까움이 크게 밀려왔다. "아, 안젤라!"

이렇게 빠른 이별일 줄 몰랐다. 약속되지 않아도 그녀와의 평안한 만남을 막연히 원했나 보다. 이 큰 허전함 속에 함께 한 그녀의 모습이 아스라이 떠오른다. 내 그리운 메세타에 그녀를 두고 간다. 안녕, 안젤라. 부엔 카미노.

선생님과 이곳에 머물기로 하고 숙소에 들어서니 에바와 그제부터 자주 마주친 마르게리타(독일)가 반겨준다. 프랑스 마님들도 다시 만났고, 말 없는 독일 남자 디테르와 요즘 자주 만나는 매너 좋은 아저씨 3인방도 있었다. 그들은 독서 모임에서 만난 것인지 알베르게에 도착하면 항상 책을 읽는다. 오늘도 셋이 나란히 누워 독서삼매다. 그와 달리 선생님은 바로 낮잠 삼매경에 빠졌다.

햇살은 가득한데 바람이 몹시 불어 빨래를 널고도 그것이 날아갈까 봐 뒷마당에 자리를 펴고 몇몇이 둘러앉았다. 에바가 사람들이 없어 좋다며 재잘대는 새소리를 흉내 낸다. 에바 소녀와 달리 친구 같은 마르게리타는 얼굴 가득 주름을 만들며 화창하게 웃는다. 좀체 말이 없는 디테르는 이번이 두 번째 여정이고, 예전에 카미노에서 한국 친구를 만나 처음으로 김을 먹어봤다고 한다. 그의 맛있는 추억을 듣자니 김치와 김밥 생각이 간절해진다.

낮잠에서 깬 선생님께 쌀 봉지를 들어 보이며 무게를 줄여야 한다고 하니 음식을 해 보란다. 이곳 알베르게엔 작은 주방이 있는데, 한쪽 모서리에 흙으로 만든 전통 화덕이 정겹게 자리하고 있었다.

쌀을 안쳐 한참 뜸을 들이고, 다시 물을 조금 부어 쌀이 익기를 기다린다. 거기에 토마토 퓨레와 다진 양파, 마늘을 듬뿍 넣고 젓는다. 다진 양파와 마늘이 적당한 시간 토마토와 어우러지면 소금 간을 하면 된다.

"카미노표 리소토 완성!" 그런데 스페인에서 이탈리아 리소토라니….
빠에야보다는 수분이 많아 볶음밥 느낌이 전혀 없다. 선생님은 기대 반 우려 반으로 맛을 보고 가늠할 수 없는 표정을 짓는다. 역시나 매콤한 마늘이 문제인가 보다. 잠시 후 마르게리타가 와서 관심을 보이며 맛을 보더니 맛있다고 한다. 한 그릇 떠주니 자리를 만들어 앉는다. 덤덤히 먹고 있는 그녀를 향해 엄지손가락을 들어주는 선생님이 가방 안에 초리소를 갖고 오더니 감탄사를 하며 먹는다.

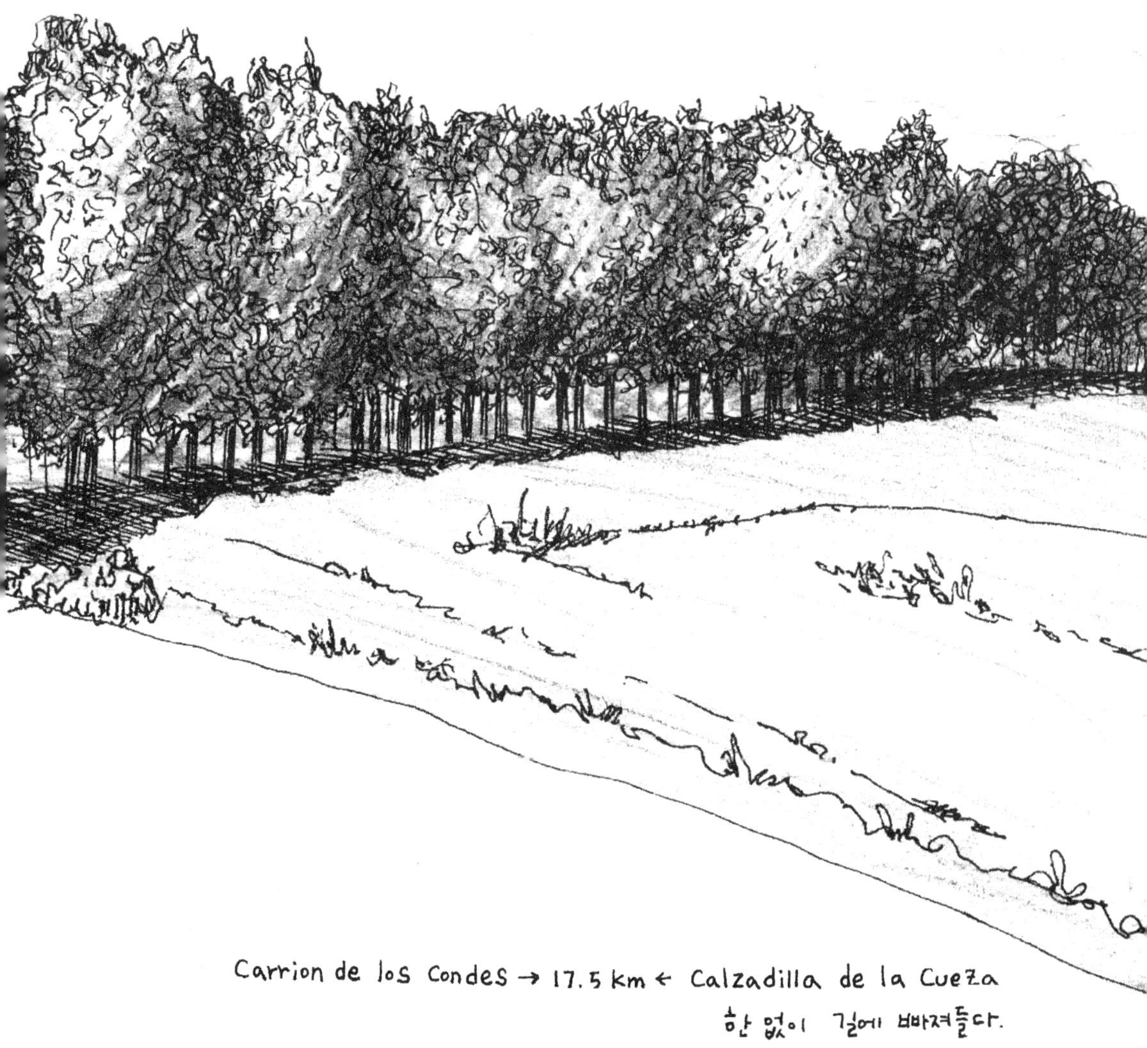

Carrion de los Condes → 17.5 km ← Calzadilla de la Cueza
한 없이 길에 빠져들다.

산티아고까지 400km 정도를 남겨두었으니 오늘까지 400여 km를 걸은 셈이다. 딱히 와 닿지 않는 수치보다 지난 시간을 돌아보니 참 무던히도 걸었다. 매일 얼마만큼의 어떤 길을 걸어야 하는 무던한 집중이 이젠 몸에 맞는 옷이 되어 가고 있다.

순수한 첫 기대와 설렘의 기억을 떠올리니, 과거 그곳에서 바라보는 현재는 멀고 먼 꿈속이었다. 그리고 이제 한껏 차오른 봉오리처럼 또 새로운 날을 기다린다.

'자기의 이유로 걸어가야 한다.' 는 누군가의 말처럼 선택된 시간에 나를 새삼 일깨우는 것은 언제나 첫 마음의 되새김이었다.

언제나 새날처럼 처음처럼….

길을 택하다

레디고스 -28.5km- 베르시아노스 델 레알 카미노

알량한 쌀 봉지 때문에 아침 고민이 길어졌다. 두고 가야 하나? 무게를 조금이라도 줄이려고 주방 있는 숙소를 가기로 했다. 선생님과 처음으로 에르마니요스Calzadilla de los Hermanillos에서 만나기로 약속하고 출발.

걸음이 한없이 처진다. 소중한 일용할 양식이 포기 못한 욕심의 무게가 된 것인지… 나를 뒤로하고 마르게리타가 앞서 걷는다. 차도와 함께 나란한 길에 활기찬 걸음이 가득하다.

밝아진 아침 햇살이 등 뒤로 따뜻할 즈음 시끌벅적한 소리에 뒤를 돌아보니, 4명의 독일 자전거 순례자가 급히 나를 둘러싸고 멈췄다. 대체 무슨 일이지? 의아한 표정으로 그들을 바라보니

"너를 찍어도 될까?"

“응? 나를? 왜?”

어디서 왔느냐고 묻는 그들은 대체 21세기 지구촌 시대에 동양인을 처음 보는 것인지…. 부산하게 카메라를 꺼내드는 그들을 멀뚱히 둘러본다.

이들이 나를 따라왔을 리도 없고, 내가 특이하게 생겼나? 참 멋쩍은 상황이다. 그들이 더욱 황당한 이유는 사진을 나만 찍겠다는 것이다. 순간 말 못하는 고릴라가 되고 싶다. 갑갑한 심정대로 가슴을 치며 표출하는 게 더 큰 소통일 것 같았다.

손사래를 치며 같이 찍자 하니 내게 팔짱을 끼며 모두가 포즈를 취한다. 서로의 카메라를 꺼내 찰칵! 찰칵! 잠이 확 달아난다. 그렇게 기념 촬영을 끝내고 수염을 기른 남자가 대문짝만 한 네슬레 화이트 초콜릿을 건넨다. 불한당은 아니었다. 이윽고 그들이 저 멀리 앞서 달리며 내게 손을 흔든다.

순식간에 일어난 해프닝. 이 기분 딱히 뭐라 표현할 말을 찾지 못하겠다.

그들에게 난 지구인이었을까?

테라디요스 데 로스 템플라리오스_Terradillos de los Templarios_를 지나다 마르게리타를 만났다. 그녀는 누군가 돌멩이로 만들어놓은 달팽이 미로 가운데 서 있었는데, 손가락으로 원을 그리며 내게 빙글빙글 돌아 들어오라고 손짓한다. 미로 가운데 서니 작은 돌멩이마다 영어와 스페인어로 인생의 화두가 적혀 있다.

"alma(soul), live, perdon(forgive), liberty, verdad… 영혼, 삶, 용서, 자유, 진실…."

alma가 적힌 돌멩이를 주워 드니 그 안에 돌돌 말린 작은 종이에 깨알 같은 글이 써 있다. "Miracles happen to only those who believe in them!" 기적은 그것을 믿는 사람에게만 일어나는 것! 마르게리타에게 그것을 보이니 "물론!"이라며 강한 어조로 주먹을 다 쥐어 보인다. 나도 함께 손을 들어 기운을 나눈다. 그녀와 잠시 나무 아래 앉아 빵과 과일을 나누며 자전거 부대의 해프닝을 이야기하며 웃었다.

바람이 차고 세다. 가만히 서 있어도 밀려갈 정도의 칼바람이 걸음을 부여잡는다. 사아군 공용 알베르게 앞 순례자 철제 동상도 바람에 몹시 흔들리고 있었다. 과거 대수도원과 신학대학이 자리했을 만큼 사아군은 작은 도시가 아니었다. 또 산티아고까지 385km를 남겨놓고 카미노 길의 정중앙 지점을 알리는 곳이기도 했다.

컨디션이 좋지 않은 마르게리타는 오늘 이곳에서 머물 거라 했다. 그녀는 사설 알베르게를 찾아 나섰고, 오한이 들었는지 발갛게 얼어버린 손을 떨고 있다. 그녀와 서로의 건강을 빌며 작별하고 다시 들어선 길엔 바람만 가득하다.

사아군을 지나 칼자다 델 코토Calzada del Coto에 이르니 길이 두 갈래로 갈라지는 이정표가 있다. 맙소사! 오늘 선생님과 만나기로 한 마을이

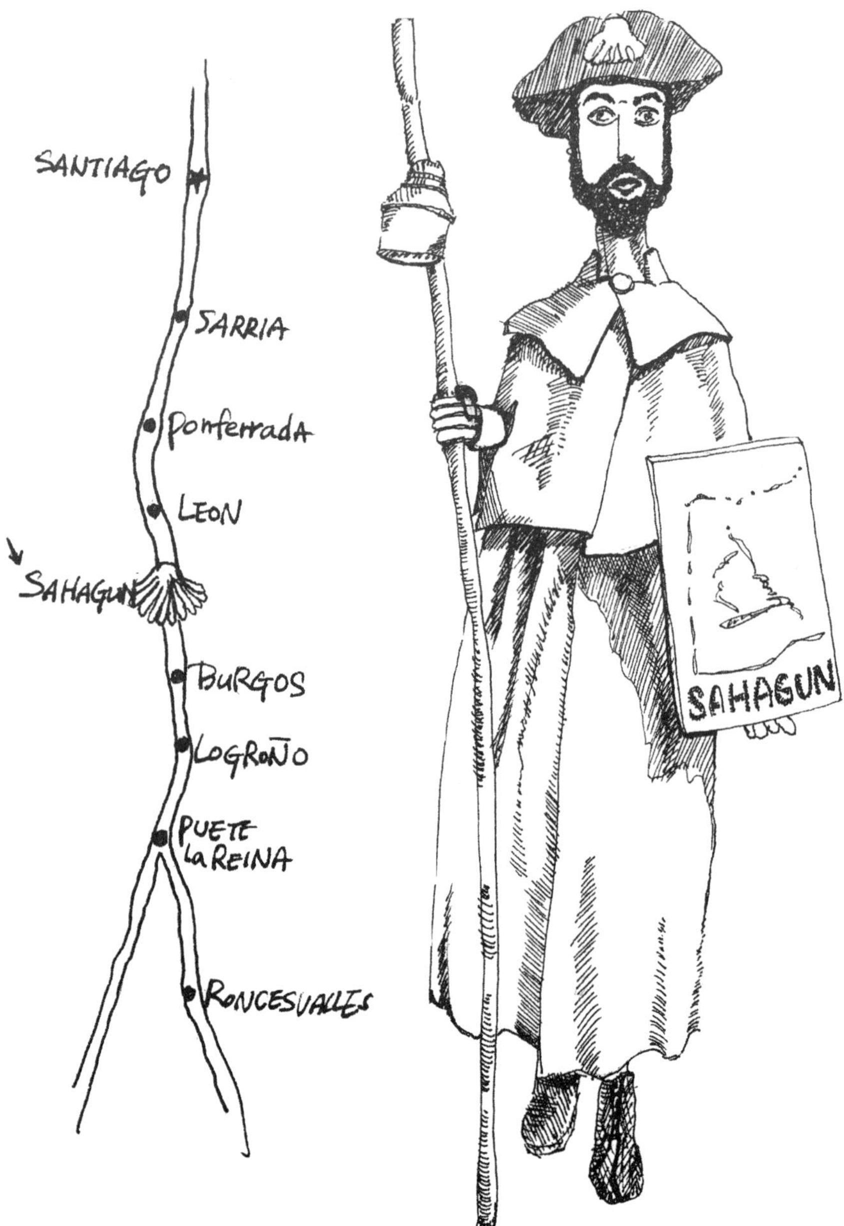

SANTIAGO
SARRIA
Ponferrada
LEON
SAHAGUN
BURGOS
LOGROÑO
PUETE
La REINA
RONCESUALLES
SAHAGUN

카미노 프랑스 길에서 벗어난 또 다른 길 위에 있었다. 나는 찬바람에 떨며 반 시간을 앉아 고민한다. 메세타의 거친 바람에 무방비로 노출된 손가락 마디가 갈라져 피가 나고 있었다.

오른쪽(다른 길)으로 가야 하나, 왼쪽(정통 길)으로 가야 하나….

그 바람 속에 서 있자니 "브라보!"를 외치며 독서 3인방이 나타났다. 주세페(프랑스), 장폴(프랑스), 장피에르(이탈리아). 그들은 내가 혼자 길을 걷고 있을 때 불쑥 나타나 "브라보! 꼬리아!"를 외치며 나를 부른다. 그들은 방금 전 코토 마을에 들렀다가 다시 이 길로 가기 위해 나오는 길이라 했다.

이제 결정을 내리고 가야 하는데, 선생님을 대체 어떻게 만난다지…. 나 때문에 괜한 길에 있을 걸 생각하니 맘이 무겁다. 무작정 어느 곳에서 기다릴 선생님께 죄송했다. 우린 만날 수 있을까… 메마른 길 위의 차고 시린 바람이 남아 있는 기운을 흩어놓았다.

가까스로 도착한 갈림길 다음 마을 베르시아노스 델 레알 카미노Bercianos del real Camino에 여장을 풀고 나니 바람 속에 지친 사람들이 속속 도착하고 있었다. 이제 막 들어서는 엘리자베스와 조아니에에게 선생님의 안부를 물으니 오늘은 그의 우렁찬 모습을 이야기하는 이도 좀체 찾기 어렵다.

어영부영 엘리자베스와 점심을 나누고, 숙소 1층 기도실로 향했다. 알베르게 안에 마련된 아담하고 작은 공간이었다. 정면에는 휘장을 두른 십자가와 그 아래 작은 꽃을 놓아둔 꽃병 몇 개가 소박한 모습이다. 그

Iglesia de San Lorenzo
· SAHAGÚN

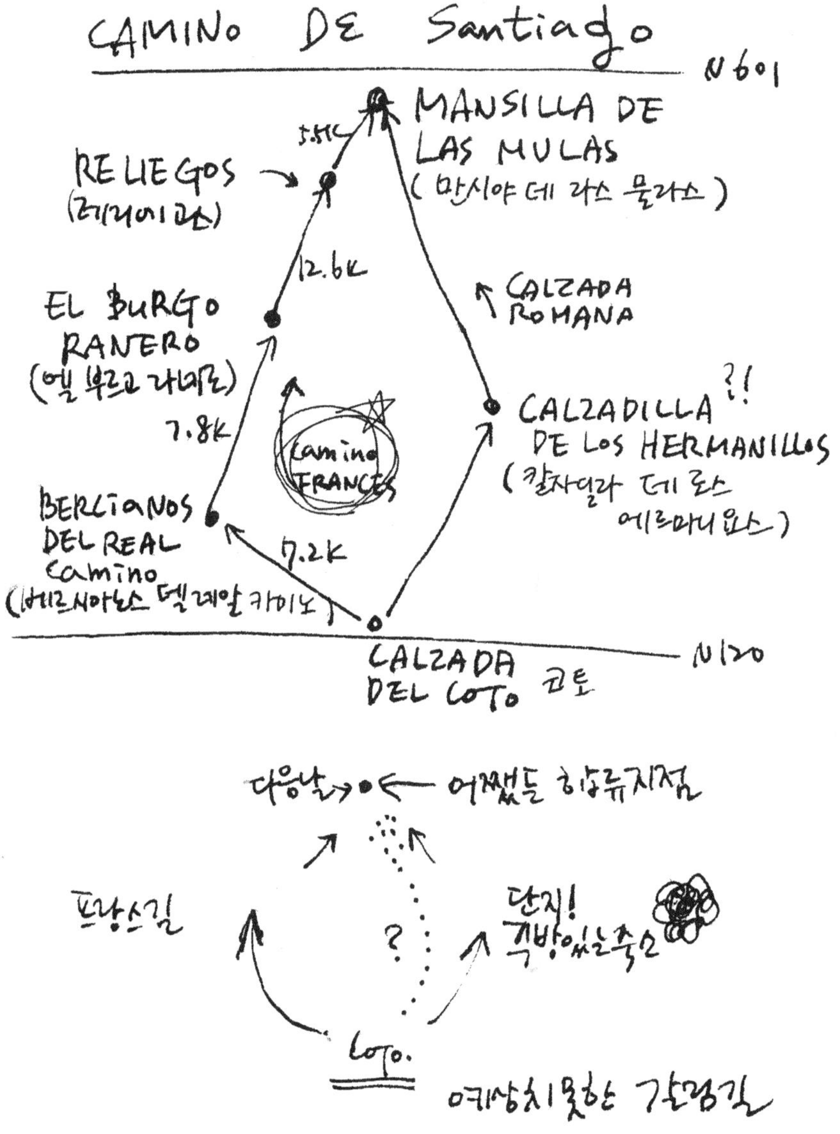

CAMINO DE Santiago

N601

MANSILLA DE LAS MULAS
(만시야 데 라스 물라스)

RELIEGOS
(렐리에고스)

3.5K

12.6K

CALZADA ROMANA

EL BURGO RANERO
(엘 부르고 라네로)

7.8K

Camino FRANCES

CALZADILLA ?!
DE LOS HERMANILLOS
(칼자디야 데 로스 에르마니요스)

BERCIANOS DEL REAL Camino
(베르시아노스 델 레알 카미노)

7.2K

CALZADA DEL COTO 코토

N120

다음날 → • ← 어쨌든 하룻밤지점

프랑스길

단지!
꼭방있는쪽으

?

COTO.

예상치못한 갈림길

옆으로 왼쪽 오른쪽 등받이 의자가 나란하다. 작은 창을 통한 햇살은 기도실의 조명으론 턱없이 부족하게 느껴졌다. 그 바람에 어둑한 실내가 사뭇 엄숙하게 다가왔다. 선생님의 안녕을 빌고 길 위에 감사의 기도를 하나둘 꺼내고 있을 즈음 누군가 들어왔다.

돌아보자 손을 들어 짧은 인사를 한다. "하이~!" 서로에게 방해가 되지 않으려는 듯 우리는 침묵하며, 양쪽 의자에 마주 앉게 되었다. 선생님 지금 어디 있는 걸까. 이런 걱정이 깊어질 쯤 그가 부스럭 주머니에서 땅콩 봉지를 꺼내 들고 낱알을 씹어 먹는다. 그렇게 그를 처음 만났다. 기도실의 땅콩맨.

이쯤이면 거북이 순례자들도 하루를 마쳤다 생각될 즈음 기운 있는 모습으로 선생님이 도착했다. 나의 믿음이 기적이 된 것인지. 밝은 모습이 무척 고맙고 감사했다. 안도의 포옹을 나눴지만 내겐 미안한 맘이 가득했다.

갈림길에서 코토로 들어가 한참을 길가 바에서 기다렸다는 선생님. 지나는 순례자에게서 나의 안부를 물었으나 듣지 못했고, 그곳에서 점심을 먹고 그 후 많은 순례자가 선택한 길로 들어섰고 우린 재회했다.

미안해하는 내게 괜찮다며 그저 허허 웃어주는 선생님. 그리고 내게 농담까지 건넨다.

"이곳엔 주방도 없으니 쌀 봉지 다시 이고 가야 한다. 하하."

"하하하."

자동차도로와 나란히 이어진 길 → Mansilla de las Mulas를 향해...

하루의 긴장이 풀린다.

만나야 할 사람은 만나게 되는 것일까?

그들과 함께 한 깊은 봄

아무 말도 없는
그가
내 맘에 왔어
모락모락
옛 꿈처럼

며칠째 불어닥친 찬바람에 콜록거리는 기침 소리가 이곳저곳에서 심상찮게 들린다. 그러나 여전한 속옷 바람의 체력 신공을 보이는 유러피언들. 아직 어두운 창밖에서 아침 바람 소리가 창문을 무섭게 할퀸다. 오늘도 여전히 바람 주의보다. 오르막 없이 길은 무난하지만 바람을 안고 가는 것은 큰 부담이다.

　선생님과 엘리자베스가 먼저 길을 나섰다. 이틀 동안 싸매고 다닌 우여곡절의 쌀 봉지를 주방에 놓아두고 조아니에와 따끈한 우유를 들고 앉으니, 어제 기도실에서 만난 땅콩맨과 그의 친구가 들어왔다. 아침을 먹고 있는 그의 동선을 살피며 좀체 말없이 침묵하는 그가 막연히 계속 궁금해진다.

조아니에와 함께 문을 밀고 나서니 휘몰아치는 바람이 순식간에
우리의 몸을 낚아채버렸다. 길은 기복 없이 도로와 나란히 이어지고
있었다. 레리에고스Reliegos를 지날 쯤 조아니에가 오늘은 영 컨디션이 안
좋다 한다. 숙소를 찾아 그녀와 아쉬운 작별을 하고 다시 길로 나섰다.
가끔 등 뒤에서 수월하게 밀어주는 바람에 기대었다가, 끌어안을 수 없는
바람이 파고들면 등을 돌려 외면하기를 반복하며 걸었다.

마을 입구에 지친 남녀 순례자의 동상이 이방인을 맞고 있는 만시야 데
라스 물라스Mansilla de las Mulas는 8월에 '토마토 축제Feria del Tomate'가 열리는
곳이었다. 발렌시아의 부뇰Buñol에서 시작된 '라 토마티나La Tomatina'
축제를 이곳에서도 즐길 수 있는 것이었다. 아직 찬바람이 가득하지만
한여름 태양 아래 빨갛게 물든 사람들의 흥분된 아우성이 들리는 듯하다.

햇살과 회오리바람을 온몸에 두르고 숙소에 도착하니, 사뭇 딴 세상에
들어온 평온함에 나른하게 긴장이 풀린다. 사방이 막힌 마당 안에 온전히
태양이 가득 담겨 있었다. 벽마다 걸린 색색의 화분에서 아물거리며
아지랑이가 피어오르는 듯 따뜻한 기온이 전해졌다.

도착한 사람들이 마당 구석구석 빨래를 빼곡히도 널어놓았다.
일찌감치 선생님과 엘리자베스는 깊은 낮잠에 빠졌고 많은 이들이 햇살
아래 망중한을 즐기고 있었다. 빨랫감 사이를 비집고 양말을 널고 앉으니
어디선가 익숙한 한국말이 들린다. 반가움에 고개를 빼 들고 그 목소리를
찾으니 한국 사람이다.

독일에 사는 언니와 서울에서 온 자매 순례자 경희, 연희 님을 만났다.

지친 순례자 동상
Mansilla de las Mulas

언니 경희 님은 독일에서 37년째 살고 있고 동생은 서울에서 이 길을
걷기 위해 스페인으로 왔다. 실로 오랜만에 들어보는 우리말 소리에 몸과
마음이 이완된다.

햇살처럼 마당에 사람들이 가득하다. 그때 묵묵한 땅콩맨이
밤송이처럼 머리를 깎은 친구와 함께 왔다. 테이블 건너편으로 의자를
당겨 앉으며 밤송이 친구가 나의 카메라를 보고 충전기가 있는지
물어왔다. 그가 미처 챙겨오지 못한 내 것을 빌려주기로 한다.

덩치 큰 독일인 한 명이 일어나 허리 벨트를 풀었다. 그가 엄청나게
줄어든 허리 사이즈를 보이니 모두가 환호를 보낸다. 침묵의 땅콩맨은
여전히 미소만 지을 뿐이다. 카미노의 일등 방문자는 독일인이라고 한다.
현지인도 모르는 맛집까지 꿰고 있을 정도로 독일인은 카미노의 특별
시민 같다. 그러고 보니 주변이 온통 독일인이다.

그 가운데 경희 님은 유창하게 그들과 대화하고 있었다. 그리고 잠시
후 갑자기 제의된 저녁 식사에 나도 선택받은 행운아가 되었다. 손수
저녁을 준비하고, 함께 하자고 한다. 가까이 앉아 있던 몇몇의 독일인도
마다하지 않고 그녀와 저녁 약속을 했다. 이런 때를 위해 만찬용 옷이
필요한 거였나? 땅콩맨도 온다니 괜히 딸랑 옷 한 벌의 순례자 패션이
아쉬워진다.

단잠에서 깨어 저녁을 먹으러 가는 선생님께 한국 사람들과의 저녁
약속을 이야기하니 "마늘을 많이 먹겠구나." 하며 웃는다. 그리고 마늘은
사양한다며 발걸음을 옮긴다. 한국 사람이 모두 나처럼 마늘을 좋아하는

건 아닌데….

굳이 한국식이 아니어도 만찬은 훌륭했다. 경희 님의 정성스런 음식에 따뜻한 엄마의 기운을 느꼈다. 찬바람에 시달린 하루를 따뜻한 국물로 데웠다. 와인을 들고 시끌벅적 흥겨움 속에도 그저 묵묵함으로 일관하는 땅콩맨… 예쁘고 향기 나는 몇몇 형용사보다 한 번의 따뜻한 미소를 나누는 것으로 그는 묵묵했다. 가령 바나나보다 체리를 탐하는 모습을 보고 상대방에게 더 가까이 놓아주거나, 유창하지 않은 언어의 소통에 조급하거나 불편치 않게 귀담아들으며 응시하는 것. 그것이 사소하고 지극히 개인적 독일인의 성향이라도 나의 시선이 그 모습에 오랫동안 머물렀다. 그의 이름은 스테판 리스트.

오늘은 독일인의 날이다 싶게 독일이 하루에 빼곡하다. 경희 님의 풍성한 저녁을 뒤로하고 탁자가 있는 작은 공간에서 하루를 정리한다. 엘리자베스와 함께 차 한 잔을 나누다가 문득 그녀가 내게 뜻밖의 제안을 한다. 자신의 큰아들에게 엽서를 보내라는 것이다.

"?"

그간 함께 걸으며 내 모습이 맘에 들어 아들과 만나 보았으면 한다는 그녀의 말에 경희 님이 한마디 보탠다. 엘리자베스는 지금 진지하다고… 그사이 엘리자베스가 엽서를 꺼내놓았고, 자신이 직접 문구를 작성해 내게 내밀었다.

손수 적어준 글을 그대로 엽서에 옮겨 적으라는 엘리자베스. 게다가 왠지 느낌이 좋다고 한마디 거들어주는 경희 님. 독일 집에 전화해서

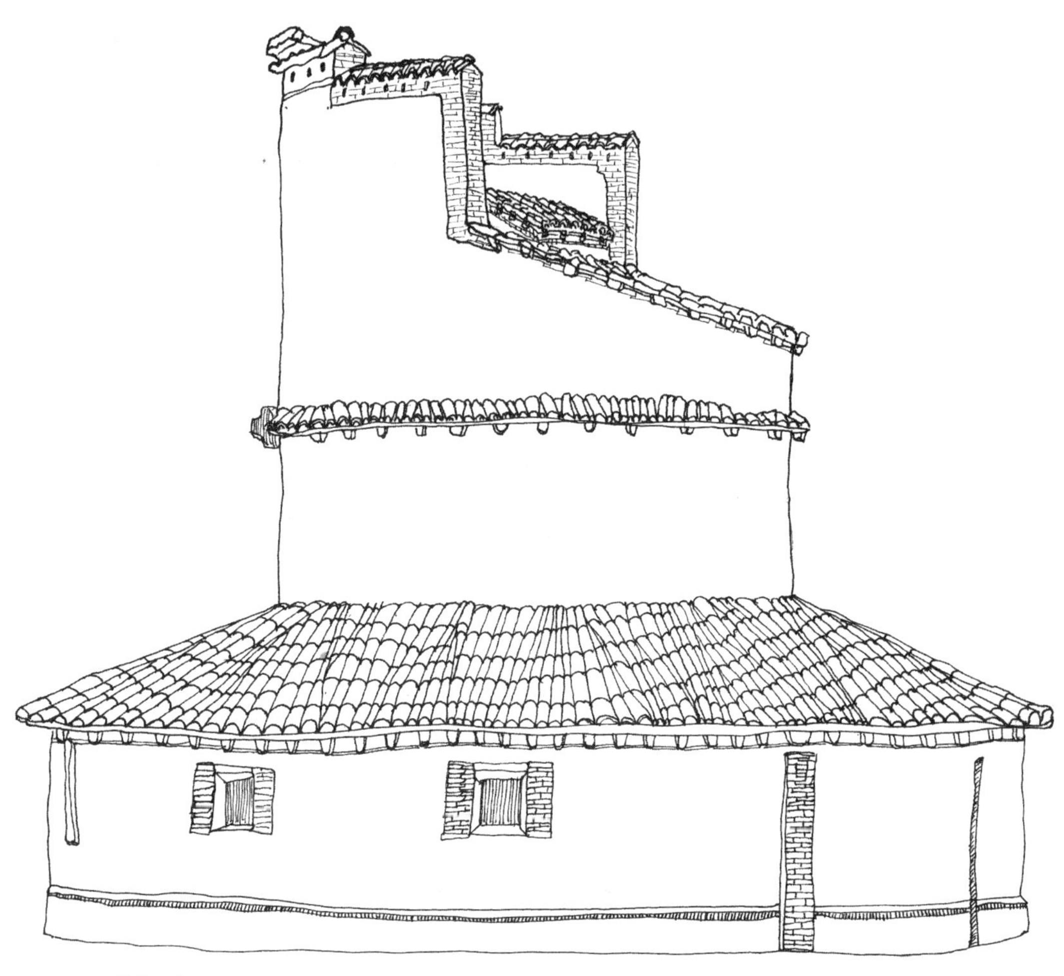

도브콧 (paloman) 비둘기 집이라 하기엔 너무 큰 ··· 이곳에 비둘기를 키워서 맛있게 냠냠···
~Mansilla de las Mulas.

작은아들에게 큰아들 전화번호를 물어보겠다는 엘리자베스의 적극성에
그저 몸 둘 바를 모르겠다.

"음, 저기요(꼬물꼬물)."

"잠시 길 위에서 만난 행복한 시간이 그저 좋은 감정으로 쌓였나
봅니다. 예쁘게 봐줘서 감사할 뿐이죠."

37년을 독일 남편과 살면서 쉽지 않은 시간이기도 하지만 인연도
자신의 용기가 필요하다고 경희 님이 말한다. 점점 진지한 분위기에
엽서를 받아들고 난생처음 독일어로 편지를 썼다. 아니 베껴 넣었다.

엘리자베스가 엽서를 받아들고 내일 자신이 부치겠다고 했지만 내가
하겠다고 엽서를 가져왔다. 내일 레온에 도착하면 우체국에 가서 꼭
부치라고 그녀가 당부를 한다.

누군가에게 좋은 모습으로 비치고 기억된다는 것. 그것도 가족으로
삼고 싶을 만큼의 애정은 참 고맙고 황송한 일이 아닐 수 없다. 한 사람의
마음에 조금 특별하고 남다른 구석으로 자리하는 것은 기쁘지만 한편
더욱 신중하고 조심스러운 일이기도 하니까.

짧은 시간 소소한 신뢰와 길 위의 우정의 시간은 그녀와 특별한 관계의
뿌리로 자라나고 있었다. 한 번도 관심을 두지 않던 독일어는 조금
둔탁하고 거센 격음 소리처럼 낯설었다. 그러나 그날 이후 아지랑이처럼
포근하게 몽실 대는 솜사탕 같다.

카미노에서 돌아온 나는 지금도 그 엽서를 갖고 있다. 귀한 인연의
소중한 기념품으로….

영원히 끝나지 않을 메세타여, 안녕

만시야 데 라스 물라스 -19.5km- 레온

그리운 유혹
마음 길을 걷다

꽃이 될 수 있을까
이 한 뼘의
삶의 자국들

드넓은 메세타를 지나 이제 레온León이다. 문화 예술 건축과 전통.
먹을거리까지 갖가지 풍성함이 가득한 이베리아반도 서부 중심 도시.
적잖은 이들이 거칠고 메마른 메세타를 건너뛰고 레온으로 이동했고,
그렇게 먼저 이곳을 거쳐 간 순례자들은 일찌감치 산티아고에
다다랐을지 모르겠다.

　산티아고까지 3분의 1 정도 거리를 남겨두고 만나는 대도시 레온.
도시에 대한 로망으로 호텔이나 사설 숙소를 이용하는 이가 많아서인지
공용 알베르게는 그리 북적대지 않았다.

　출발부터 대도시 레온으로 향하는 길목엔 마을도 많아 도시가
가까워졌음을 분주하게 느낄 수 있었다. 비교적 평탄하고 짧은 코스의
길이지만 도로를 따라 번잡한 소음을 고스란히 담아들고 걸어야 하는
것이 조금 피곤할 뿐이었다.

　선생님과 엘리자베스와 출발은 함께 했지만 길지 않은 오늘 길을 빠른
속도로 걷고 싶지 않았다. 아르카우에하Arcahueja에 도착하니 한 무리의
사람들이 물병에 물을 담고 있는 수도꼭지에 산티아고까지 307km이라고
표시되어 있었다.

　카미노에서 또 하나 감사한 것은 아무 탈 없이 쉽게 공용 수도의 물을
먹고 다닐 수 있는 것이었다. 어찌 보면 이 길에서 가장 크고 중요한
필수품인데 그것 하나 걱정 없이 다닐 수 있는 것으로 가난한 순례자에겐
참 고마운 일이었다. 일행을 먼저 보내고 샘물로 목을 축이고 있을 즈음

스테판이 왔다.

"안녕, 괜찮아?"

"응, 좋아."

넉살 좋고 스스럼없는 스테판의 밤송이 친구가 어제저녁 내게서
카메라 건전지를 빌려갔는데, 오랜만에 충전했는지 작은 사진기를 내게
들이댄다. 짓궂은 그와 함께 오늘도 영락없이 살인 미소 날려주는 침묵의
스테판이 떠나고 한 무리의 순례자가 뒤따라 도착했다.

"하이, 코리안?"

다짜고짜 한국인임을 확인한 그에게 착한 아이처럼 고개를 끄덕여
보였다.

"안녕하쎄요!" 대뜸 그가 다시 인사한다. 또박또박 한국말로…

긴장된 억양이지만 발음이 꽤나 숙련된 느낌이다. 눈 감고 들으면 조금
낯선 방언이라 생각할 만큼 친근하게 다가왔다. 그러나 그의 한국말은
거기까지! 안녕하세요, 감사합니다만 완벽하게 구사하는 그는
파올로(이탈리아)다.

스키와 암벽 타기를 즐긴다는 그의 비주얼은 영화배우, 체격은 태릉
선수촌이다. 그런 그가 뜻밖에도 김기덕 영화의 마니아라며 자신을
소개한다. 나도 적잖이 감독의 영화를 좋아하지만 그와의 대화에
동참하기엔 한참 어설펐다. 서로 공감하는 부분일지라도 짧은 언어의
수세에 몰려 감독의 심오한 작품 세계를 논하기엔 역부족이었다.

내가 느낀 김기덕 영화는 세상에 쉽게 드러낼 수 없는 굴절된 화를

품은 등장인물이 가득했다. 때론 조금 가혹하고 불편하기도 했다. 그들은 자해하듯 칼끝처럼 품은 아픈 침묵으로 세상을 응시했었다. 역설처럼 느껴지는 미학적 영상에 시퍼런 서슬이 보이기도 했었다. 프로급의 통역사가 없는 이상, 감독의 영화는 내겐 소통 불가능 미션이었다. 휴~

그가 소장하고 있는 DVD는 그의 한국 친구들이 공수해서 갖게 된 것이라니 그의 애정은 남달랐다. 자신의 숨은 감성이 영화에 묘한 이끌림으로 그는 깊이 빠져들었다. 그것은 살아온 환경이나 문화, 관습 따위와는 상관없을지도 모를 일이다. 그저 너와 나는 뛰는 심장을 가진 인간이란 공통분모가 있음으로 가능한 감성 소통인 것이다.

김기덕 감독이 나의 삼촌이라도 된 양 그는 친근했다. 집으로 돌아가면 가끔 감독의 신작을 이야기해 달라며, 나의 수첩에 그가 이메일을 꾹꾹 눌러 적었다. 파올로를 보내고 알토 델 포르틸로Alto del Portillo 고개 끝에 서니 레온 시가지가 가득 들어왔다.

뒤를 돌아보니 저 멀리 지평선 끝자락까지 지나온 길이 소소히 눈에 밟힌다. 하루하루를 걷는 것, 먹는 것, 자는 것. 온전히 세 가지 일상으로 집중된 날들 속에 선한 발자국을 남겼다.

너무나도 단순하고 적나라한 일상의 모양새를 하고 있지만 그만큼 오늘이란 시간 속에 충실했다. 과거든 미래든 현재의 사소함과 우연의 선택으로 엮이고 나름의 이야기로 삶이 되어 갔다. 사람들은 평범해 보이지만 모두 평범치 않았다. 제 나름대로 비범했다. 그리고 모두 비장한 하루를 총총히 걷고 있었다.

　상실의 두려움으로 가슴을 쓸어내린 밤을 뒤로하고 딸랑 170만 원 들고 떠나온 길. 처음엔 이러한 나의 여정이 안쓰러웠다. 속고 속이는 세상에 참 많은 것을 의지하고 타협하며 살았던 지난날이 스친다.

　내가 가진 것을 잃고 삐딱하게 또 나를 잃어 갔다. 믿었던 사람이 준 상처, 그리고 내가 가진 물질적 손해로 세상이 무섭고 사람이 무서웠다. 그렇게 섬약한 나는 지극히 극단의 모습으로 치닫고 있었다. 화가 나서 견딜 수 없던 날. 가진 것을 모두를 잃었다며 절망에 기대어 무너진 딱한 모습이 떠올랐다. 그동안 통장의 잔고가 나였다는 것이 씁쓸해졌다.

　나는 고작 그만큼이었다. 참으로 어리석고 어설프게 세상을 탐하는 헛똑똑이였다. 성찰도 없고 궁극의 실천도 없이 환경에 지배받고 살아 버린 것이다. 잃어버린 잔고가 내 삶의 모든 가치인 양 두려움에 떨었다. 내게 상처준 사람을 증오하며 쓸모없는 기운을 낭비하고 있었다. 점점 나를 탓하고 다그치고 몸과 마음을 그르치며 편협해져 갔다. 그 안에 나는 없었다.

　그곳엔 붉은 화를 쓸어내리고 통곡하는 밤이 가득했다. 지금까지 그렇게 간절히 '살기를‥' '살고 싶음…'을 울부짖으며 바란 날이 어디 또 있었을까. 지극히 절실하지 못한 지난 삶의 시간이 아파오기 시작하며 때늦은 성장통을 앓았다. 삶에서 가장 어렵고 힘든 시간이… 한없이 외면하고 도망가고 싶은 시간이 어쩌면 가장 필요한 시간이었는지도 모른다.

무심히 떠나온 길에서 차츰 통증이 완화되어 갔다. 상실과 두려움으로 평생 싸울 수 없지 않은가. 실패한 것이 아니었다. 나는 또 하나의 배움으로 치유받고 있는 것이다.

가진 것이 없다면 이제 진정으로 소유해야 할 것을 찾아 나서야 한다. 길을 걸으며 묵묵히 울었다. 삶의 낯선 시선과 고된 눈물은 목젖까지 뜨겁게 차올랐다. 눈물은 헛되지 않다. 진정한 자신이 되기를 갈망하는 것이다. 숱한 비바람을 지나 경이로운 삶의 빗장을 열게 되는 것이다.

때론 포기하고픈 거칠고 메마른 땅이었지만 우연처럼 운명처럼 그곳에 풀어내고 뱉어내며 마음의 짐덩이가 홀가분해졌다. 그리운 땅 메세타, 고맙다.

지치게 나를 흔들고 저녁 무렵 노을 속으로 숨어버린 바람들,
숨김없이 쉼 없이 고스란히 드러내고 비춰준 명철한 햇살,
한 번도 만나지 못한 몸과 마음의 균형과 인내,
약속도 없이 기운이 되어준 친구들,
그리고 오랜 꿈
이제 나의 길이 되었네.
영원히 끝나지 않을
메세타여 안녕.

카미노 이정표 레온 시내 ─

Catedral de León
스테인드글라스가 아름다운
레온 대성당 (13 - 16세기)
고딕양식

가우디 (Antonio Gaudi)의 작품

보띠네스 저택(1894) Casa Botines en León
  - 네오 클래식 양식의 건축물

마음으로 나누는 대화

레온 -21.8km- 비야단고스 델 파라모

오랜 숨결이 곳곳에 스며든 레온은 무척 컸다. 역시 도시는 젊다. 이곳에
남아 주말을 즐기는 친구들과 인사하고 길을 나선다. 골목을 벗어나려니
어제 스테판의 시선을 한껏 빼앗은 스파 욕조 가게가 보인다. 화이트의
근사한 버블 욕조에 몸을 담고 싶다 생각하니 이내 배낭이 무거워진다.

쇼윈도를 뒤로하고 돌아서니 뭔가 허전함이 가득하다. 뭐지? 지팡이를
두고 왔다. 다시 돌아가 지팡이를 찾아 들고 한참을 걷는데 이번에는
모자를 두고 온 것이 생각났다. 오늘 왜 이러지.

하루도 쉼 없이 걸어온 날 속에 이제 적응하는가 싶었는데 오늘 유난히
리듬이 어긋나는 느낌이다. 두 번이나 돌아가려니 아침 기운이 모두
빠져나간다. 서둘렀다 생각했는데 도시 안에 갇힌 헛걸음으로 멀미가 날
것 같다. 다시 맘을 가다듬고 돌아가니 주세페가 편안한 복장으로 떠나는
이들을 배웅하고 있었다.

긴 길 위에서 헤어지고 만나는 사람들에게서 얻은 풍요로움이 가득한
시간이었다. 어느새 20여 일을 훌쩍 넘긴 발걸음에 익숙해 있었지만
고마운 인연과의 이별은 아직도 그리 담담하지 못하다. 오늘 집으로
돌아가는 독서 3인방 주세페, 장폴, 장피에르도 그랬다. 잠시였지만
그들은 수중한 시간을 길 위에서 함께 나누는 귀한 동지였다.

조화로운 관계의 체험은 많은 대화를 나누지 않아도 눈빛과 마음은
고운 소통이 될 수 있었다. 언젠가 내가 길을 잃고 있을 때 문득 또
나타나 내게 "브라보!"를 외치며 기운 줄 것 같은 그들의 따뜻함이
가슴에 오래도록 남을 것이다. 안녕, 친구들! 당신의 길 위에 언제나

축복이길 기도할게요.

　뜻하지 않게 늦어진 걸음으로 도시 안에서 길을 잃었다. 친구들도
보이지 않고 사사로운 이정표도 없다. 도심의 주말 아침이라 인적도
없이 한가하다. 이렇게 아침부터 우울로 더 이상 빠져들 수 없는
노릇이다. 느낌대로 마음의 발자국을 좇아 이끌림의 시선을 따라
걸어본다. 그때 길 위에서 눈에 띄는 것이 있어 들고 보니 접고 접힌
5유로짜리 지폐다.
　아침부터 갈팡질팡 순조롭지 못한 하루의 걱정이 깜짝 달아났다. 이내
주변을 둘러봐도 주인을 찾아주기에 나의 친절은 불필요했다. 사람 많은
도시라 하더라도 왜 차로에 돈이 떨어져 있을까? 순례자의 것이라면
하루 방값을 잃어버린 것인데… 나와 같은 가난한 순례자의 것일지
모른다는 생각에 횡재란 말이 미안했다. 그보다 몇천 배의 돈을 도둑맞은
내가 겨우 5유로에 죄책감이라니 오늘 이래저래 아침 발걸음이
더뎌진다.

　산 마르코스San Marcos 호텔 앞 광장에 지친 순례자 동상의 모습이 남
같지 않다. 그도 이 도시를 빠져나가기 지쳤던 것일까? 그곳에 몇몇이 그
모양을 따라 하며 사진을 찍고 있었다. 동상 옆에 앉아 물 한 모금
마시려니 누군가 반갑게 인사한다.
　"올라～"

MONASTERIO SANMARCOS · LEÓN   순례자 동상

뒤돌아보니 처음 보는 사람이다.

"올라~! 부에노스 디아스… 꼴라꼴라…(열심열심)."

그는 스페인 발렌시아에서 온 아우구스토라 했다. 하얗고 작은 얼굴, 가냘픈 체구에서 거침없이 모국어를 뱉어내고 있다. 하루하루 선생님과 공부한 단어를 꿰맞춰 어렵게 통성명을 하고 나니 그는 반가운 미소와 함께 길을 인도한다.

"미(내) 놈브레(이름) 수연. 또도로스 디아스(매일매일) 요(나는) 에스뚜디오(공부해) 에스빠뇰(스페인어) 뻬로(그러나) 아오라(지금) 노 비엔(잘 못한다)."

휴, 단어 하나하나가 굴비 한 두름처럼 엮어졌다. 소통이 된 것인지 그가 "무이비엔 무이비엔(좋다)." 한다.

대화란 상대방에게 귀 기울임이다. 그러나 나는 그의 일방적 대화에 어수룩하게 이끌리고 있었다. 그가 영어를 썼다면 들리는 것이 조금 더 많았을까? 그렇지만은 않았을 것이다. 서로에게 마음의 경청은 충분한 소통으로 이어진다.

제비가 낮게 날기 시작했다. 내가 손으로 제비를 가리키자 그가 고개를 끄덕인다. 속도를 가르며 날아드는 제비의 낮은 비행이 우리 곁으로 아찔하게 스쳐 지났다. 이내 검은 구름이 길 끝에서 더욱 가까워지고 있었다.

그는 배낭에서 우비를 꺼내 들었다. 기다렸다는 듯 후드득 떨어지는 비를 피해 사람들이 처마 밑으로 뛰어왔다. 서로의 우비를 빈틈없이

· villadangos del paramo ·

덮어주며 길을 나섰다.

　서로에게 배려하고 의지하며 우린 더욱 가까워진다. 서로의 말을
고스란히 들을 수 없어도 자신을 내주는 마음은 관계를 돈독히 하는
밑거름이 된다. 그렇게 누군가 마음 한자리에 고운 꽃으로 피어나는 것이
진정한 소통이었다.

　날이 흐려서인지 따뜻하고 정감 어린 것들이 그립다. 산 미구엘 델
카미노San Miguel del Camino를 지나 비야단고스 델 파라모Villadangos del Paramo가
보이며 햇살이 드러났다. 알베르게는 마을 입구 도로변에 위치해 있었다.
선생님과 엘리자베스가 길 건너편에서 손을 흔들어 반긴다.
아우구스토와 나도 반가움의 손을 들었다.

　마을과 조금 분리된 곳에 위치한 숙소의 앞마당은 넓은 찻길을 사이에
두고 꾸준히 걷는 순례자를 볼 수 있었다. 일찍 도착한 덕분에 1인 침대를
사용할 수 있는 행운을 얻었다. 오락가락하는 비로 간혹 제비가 낮게
날아들 때면 널어놓은 빨래가 젖을까 봐 긴장이 되었다. 허기를 달래며
엘리자베스와 마을로 나섰다. 새하얗게 단장한 산티아고 교구 성당Iglesia
Paroquial de Santiago. 그 입구에는 무슬림과의 사투를 보여주듯 호기 어린
조각이 인상적이었다. 마을은 간간이 지나는 순례자가 전부인 듯
조용했고 드라마 세트장 같은 아담한 집들 사이로 오후가 길다.

　계란 두 개로 끼니를 때웠다. 산티아고가 점점 다가와서일까, 이제
막바지로 접어드는 아쉬움 때문일까, 여정에 지친 탓일까. 천둥소리 같은

허기도 아랑곳 않고 입맛이 없다. 딱딱하게 굳은 물집처럼 몸도 맘도
무뎌졌다. 그런 나의 멍한 시선을 거두며 선생님이 스페인어 공부를
하자고 한다.

사전에서 단어를 찾아 선생님이 내게 묻는다.

"너는 무슨 생각이 그렇게 많은가? 어려운 공식 말고 쉬운 공식을
생각해."

그러게요. 어쩌면 아무렇지 않게 꾸준한 견딤이 일상인데… 무척
특별한 것을 찾고 좇는가 봐요. 잘하고 있으면서도 염려하고, 의심하고,
채근하고… 지금이 참 좋은 날인데 말이에요. 오늘같이 좋은 날이 또
언제 있으려고요.

삶의 어깨에 너무 힘주지 말자. 가슴속에 낯선 언어로 희망 단어를
하나 걸어둔다.

'아니모!(파이팅)'

PEREGRINOS
ALBERGUE
MUNICIPAL
VILLADANGOS
DEL PARAMO

길 위의 믿음

비야단고스 델 파라모 ~24.5km~ 아스토르가

살아보자

서로
기적이 되어

지난밤, 21명밖에 안 되는 순례자가 알베르게에 함께 했다. 빨래도 잘 마르고 하루를 넉넉하게 마감하는가 했는데, 예사롭지 않은 코골이가 있었다. 그는 숨이 꼴딱 넘어갈 것 같았다. 엄청난 소리와 함께 생사를 넘나드는 긴장감 가득한 코 고는 소리에 지쳐 뜬눈으로 아침이 왔다. 정말 피곤하다.

　길고 긴 메세타를 지나고 조금 시들해진 마음가짐 탓인지 좀체 입맛이 없는 데다가 잠은 그렇다 치고 부슬부슬 비가 내리는 아침에 속까지 비우고 나서면 추위에 떨게 분명하다. 귀찮아도 조금이라도 챙겨 먹어야 한다.

　양파를 잘게 다지고 계란을 풀고 물을 섞어 전자레인지에 넣어

계란찜을 해 본다. 서로 달리 아침을 준비하던 사람들이 계란찜을 보더니 이름이 뭐냐고 묻는다. 이곳에선 계란찜을 안 먹나? 플란이나 요구르와는 다르니 뭐라 딱히 붙여줄 이름이 없다. 계란 플란이라고 해야 하나.

선생님과 아우구스토가 커피 스푼으로 맛을 보더니 "부에노(좋아)." 한다. 나름 나쁘지 않은 맛인가 보다. 내겐 맛난 계란찜이지만 선생님 입맛엔 싱거워서 맹탕일 텐데… 선생님도 그렇고 대체적으로 이곳 사람들은 소금과 설탕을 무척이나 선호하는 것 같다.

바에서 카페를 즐길 때도 함께 따라 나오는 조그만 설탕 한 봉지는 기본이다. 선생님은 항상 두 개를 달라고 해서 모두 넣는다. 그때마다 내가 "노 콜레스테롤." 하면 선생님은 "나다나다(상관없다)." 했었다. 따뜻한 차를 마실 때도 항상 설탕을 넣어 먹는 사람들. 그래서인지 무척이나 과체중의 사람들이 많다. 그것이 참 신기하게도 여자는 엉덩이 주변에, 남자는 모두 배가 불룩하게 나와 있었다.

일주일 내내 낮은 기온과 찬바람에 갈라진 손이 오늘따라 더욱 따갑게 아리다. 매일 호미 쥐고 밭일을 해도 이런 티는 안 날 것 같았다. 하지만 난 지금 그저 길 위의 순례자. 먹고, 자고, 걷고, 걷고, 또 걷고… 걷는다.

오늘은 20km 넘게 걸어야 하는 날. 몸이 한층 무겁다. 오스피탈 데 오르비고Hospital de Orbigo를 저 멀리 두고 조화로운 풍경을 만들어 내는 오르비고 다리Puente medieval del Passo Honroso가 시원스럽게 놓여 있다. 순례길에서 만나는 가장 긴 돌다리이다. 중세의 고풍스런 분위기에 스무

Puente medieval del
Passo Honroso
·HOSPITAL de ÓRBIGO

개의 아치가 장관이다. 다리 옆으로 초록의 마상 경기장이 크고 넓었다.
선생님이 중세 기사라도 된 듯 호기 가득한 목소리로 오페라를 노래한다.

아스토르가Astorga를 앞에 두고 흰 눈이 남아 있는 텔레노 산sierra de teleno
이 저 멀리 장관이다. 그 산을 바라보니 며칠 후 넘어야 하는 오
세브레이로O' Cebreiro- 산의 두려움이 뜨끔하게 온몸을 긴장시켰다.

첫날 경험했던 피레네의 힘겨움이 떠올랐다. 비바람에 눈까지 내려
호된 신고식을 치렀다. 지금 나는 따끔한 예방주사를 맞기 전의 한껏
긴장된 기분이다. 두 눈 딱 감고 무난히 지날 수 있을까.

요 며칠의 몸 상태는 리듬이 깨진 듯 어색하고 불편한 기운이 안 좋다.
뭔가 어긋나 있다. 입맛을 잃고 나니 모든 게 시들해진 기분이 가시지
않는다. 하지만 길은 이어지고 하루도 멈출 수 없는 여정이다. 피레네를
다시 가라면 못 가겠다던 그 다짐이 이제 현실이 되어 다가오고 있었다.

아우구스토와 선생님이 앞서 걸으며 끊임없이 수다 중이다. 어느새
비는 그치고 햇살 드리운 길 위에 어지럽게 더딘 발걸음이 지속되더니 한
참 뒤처져 이내 두 사람이 눈앞에서 사라졌다. 보폭을 넓히고 걸어 들판
가운데 이르니 창고 안에서 아우구스토가 나를 부른다. 우리네 포장마차
같은 곳에 복숭아, 자두, 포도와 쿠키, 주스, 카페와 우유, 말린 과일이
진수성찬이다.

말린 무화과를 집어 들고 톡톡 씹고 나니 폭풍처럼 허기가 밀려왔다.
몇몇의 순례자가 나와 같이 행복한 충전을 하고 있었다. 먹을 만큼 먹고
고마운 만큼 기부하고 가면 되는 간이 순례자 휴게소인 셈이다. 이런

마음을 나누는 사람은 어떤 이유일까? 따뜻함이 한없이 고맙다.

　말린 과일과 쿠키 몇 조각에 입맛 잃은 며칠 끼니를 한꺼번에 채운 듯
충만함이 가득해진다. 그릇에 담아놓은 무화과를 모두 먹어버린
미안함과 고마움을 지불하고 사람들이 크레덴시알을 꺼내 들고 세요를
찍는다. 선생님이 "보니또 보니또(예쁘다)." 하며 찍은 세요를 보니
빨간색의 하트 모양이 차려놓은 음식만큼 고운 마음을 닮았다.

　정말 맛있었어요, 고맙습니다.

　산티아고 은의길과 만나는 아스토르가는 작지 않은 도시다. 척박한
땅으로 농사보다 예전부터 교통의 중심지로 발달된 곳이라고 한다.
스페인 남부 세비야에서 출발하는 은의길과 프랑스길이 이곳
아스토르가에서 만난다.

　도시를 돌아보니 보석 같은 귀한 건축물이 많다. 안토니 가우디가
설계한 고딕 양식의 주교관 건물은 모형처럼 예뻤다. 마치 키 작은
디즈니 성처럼 동화 같은 느낌이다. 아직 세상 아무도 모르는 이야기를
간직한 비밀의 성처럼 신비로웠다. 그리고 3세기에 걸쳐 재탄생된
산타마리아 대성당Catedral de Santa Maria의 웅장하고 섬세한 외관은 인간의
올곧은 집념을 고스란히 담아내 가슴을 짜릿하게 한다.

　그림 같은 옛 거리에 주말 결혼식 하객이 가득하다. 쿵쿵 대포 소리를
울리며 혼인을 선포하는 사람들 사이로 부슬부슬 비가 내리기 시작하자
엘리자베스와 함께 알베르게까지 뜀박질을 해야 했다.

숙소에 도착하니 방금 도착한 마야가 마지막 열 번째 베드에 짐을 풀고 있었다. 2명의 프랑스 여인과 달리 스페인 아줌마들의 수다가 활기차다. 그리고 홍일점의 청년 세바스티안(스페인)과 아까부터 방바닥에 커다란 스페인 지도를 펴고 있는 독일 아가씨 실비아까지 그다지 둘러봐도 크게 코골이는 없을 듯해 보인다.

마야와 함께 실비아의 큰 지도 위에 옹기종기 모여 앉았다. 서로 지나온 길을 되짚어 보며 이젠 추억을 이야기한다. 그러고 보니 마야와는 정말 오랜 인연이다. 피레네를 넘고 스페인 첫 마을 론세스바예스에서 수비리 가는 길에 처음 만나 햇살 아래 잠시 그녀와 낮잠을 즐겼던 기억이 새삼스럽다.

서로 앞서거니 뒤서거니 하며 우리는 오늘로 28일째 함께 걷는 오랜 길동무였다. 가끔 호기 어린 젊은 친구들과 야간 도보를 감행하며 감춰진 야성을 드러내기도 했던 마야는 몽상가 같다.

내게 친절히 대화를 이끌어주던 그녀를 보고 있노라니, 이별의 인사도 하지 못한 안젤라가 떠올랐다. 그녀들의 한마디 곱고 따뜻한 형용사가 지나온 길을 더욱 평온한 추억으로 만들며 꿈으로 이끈다.

Palacio de Gaudi
Museo de Los caminos

Catedral de Santa Maria · ASTORGA

제대로 넘어지다

아스토르가 ~23.5km~ 라바날 델 카미노

어리석음
나약함을 인정하고
스스로를 가두지 마라
제대로 넘어지고
깨지고 배워
희망을 붙들어야 해

때론 일상이 무척이나 버겁게 느껴지는 날. 고달픈 기운에 하루가
무겁다. 오늘은 일요일. 비까지 내리는 어둑한 휴일이다. 이런 날 아침엔
이불 속을 파고드는 행복한 늦잠이 무척이나 그립다. 쉼 없이 걸어온
피곤의 그림자가 지치게 나를 안아 뿌리치기 힘든 날이다.

오늘 몸과 맘이 예사롭지 않다. 선생님이 만든 초리소 보까디요를
마다하고 단단한 천도복숭아 한 개를 잘라 먹고 비 내리는 휴일의 길을
나선다. 조금 흥미를 잃어버린 데다 하루를 쉬면 그냥 주저앉아 버릴 것
같아 꾸역꾸역 발걸음을 재촉해 본다.

그만두고 싶다는 생각이 목까지 차오르는 것을 꿀꺽 삼키며 걷는다. 그
와중에 이성과 감성의 날 선 공방이 오가며 발걸음을 더욱 지치게 만들어

244

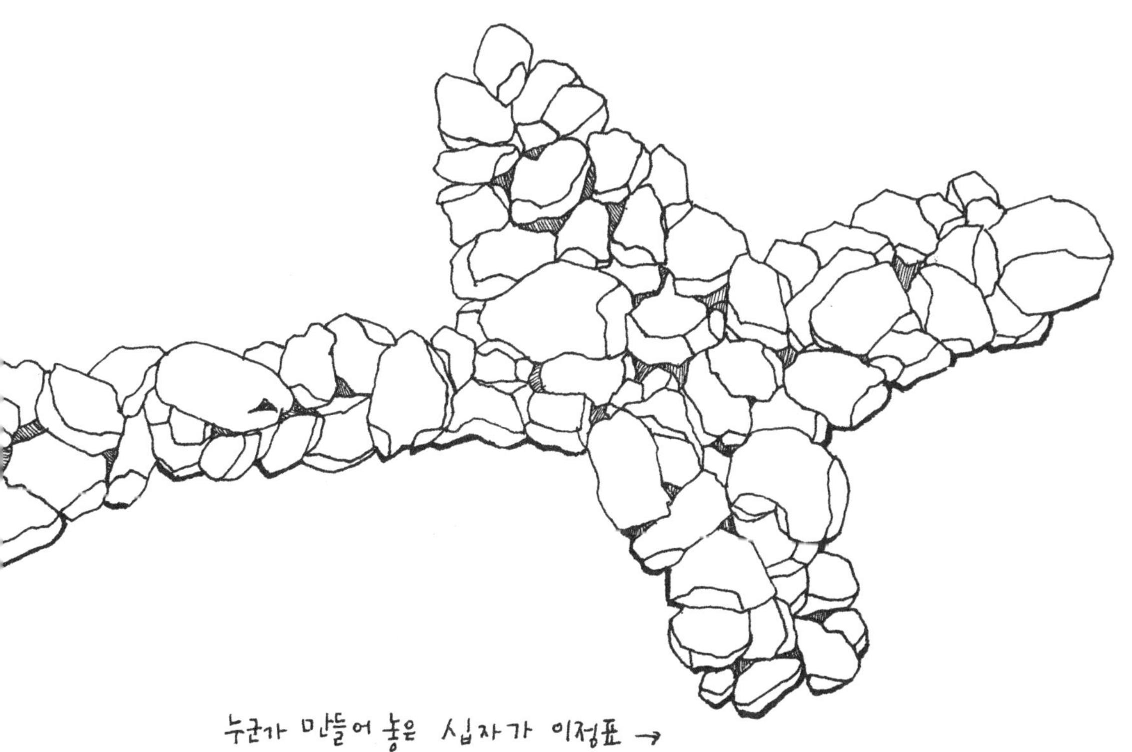

누군가 만들어 놓은 십자가 이정표 →

비오는 날의 순례자 ·· 우비 입고 ·· 우산 쓰고 ··

버렸다. 빗줄기는 아랑곳하지 않고 거침없이 귓전에서 여전히 날카롭다.

870m의 아스토르가에서 1,150m의 라바날 델 카미노Rabanal del Camno까지 꾸준히 걸어 올라야 하는 오늘 길을 제발 무사히 마칠 수 있기를 기도한다. 정말 죽을 맛의 날씨다. 아까부터 허기가 밀려오는데도 무던히 외면하고 있었다. 한시라도 오늘 일과를 끝내고 싶은 마음만 가득했다. 어서 가자. 어서 가자!

엘 간소El Ganso를 지나며 더욱 거센 빗줄기에 서운하며 아프게 눈물이 났다. 이어 눈앞이 흐려지고 현기증과 함께 주체할 수 없이 몸이 떨린다. 모르겠다. 정말 모르겠다. 내 몸을 내가 컨트롤할 수 없는 듯한 느낌이 온몸 가득해졌다.

날씨만 좋았다면 지루하지 않은 길이었다. 그저 내리는 비를 안고 한 치 앞도 보이지 않는 길을 발끝만 보고 걸었다. 어서 가서 따뜻한 것을 먹어야겠다는 생각에 쉼 없이 우직하고 미련하게 걸었다. 그리고 정오도 되지 않아 오늘의 목적지에 닿았다.

오후 2시에 문을 여는 알베르게 앞에 배낭을 놓아두고 가게에 들러 장을 보고 나오니 앳되 보이는 여자가 미소로 인사한다. 그녀는 로마에서 온 파올라 아렝가라고 자신을 소개했다. 그녀와 함께 잠시 드러난 햇살을 몸에 담기도 전에 후드득 다시 비가 내렸다. 딱히 엉덩이도 붙일 곳 없는 현실에 부르르 오한이 났다.

선생님은 오늘 나와 다른 숙소에 머문다 했다. 아침에 적어준 숙소

이름의 쪽지를 들고 찾아 나섰다. 산속 마을에 적잖이 알베르게가
많았다. 마을 중심에서 조금 벗어난 숙소에 들어서니 마당 한쪽엔 바가
자리하고 있었다. 한쪽 벽에는 우리나라 돈을 비롯해 세계 각국의 돈이
가득 붙어 있었다. 그곳을 지나 안쪽으로 들어서니, 덩치 큰 나무가 활활
타고 있는 벽난로 앞에 선생님이 앉아 있었다.

"마드레미아."

'여기까지 또 잘 왔구나!' 하며 맞아주는 선생님을 보니 반가움과 함께
일순간 긴장이 풀렸다. 차갑게 식어 바들거리는 나를 벽난로 가까이
앉히고 뜨거운 카페콘레체 한 잔을 주문했다. 그때 창밖으로 배낭을 메고
스테판이 도착하고 있었다. 스테판! 내 뒤에 걷고 있었구나. 너는 오늘
이곳에 머물고… 그리고 잠시 일어서려니 휘청거린 몸을 가누지 못하고
정신을 잃고 말았다.

얼마나 지났을까. 적잖은 사람이 내 주변을 둘러서 있었다. 깨어 보니
내 몸을 감싼 담요 안에서 주체할 수 없이 바들바들 몸을 떨고 있었다.

내가 왜 이러지. 아픈 건가? 너무 춥다. 내가 쓰러졌다. 한 남자가 내게
다가와 상태를 살핀다. 그는 의사일까? 그의 어깨 너머로 스테판이 있다.
몸을 일으켜 남자가 건네는 설탕 냄새 가득한 핫초코를 감싸 쥐었다.
따뜻하다.

몇몇이 내게 걱정 어린 눈빛으로 위안을 건네고는 멀어졌다. 선생님이
너무 안 먹어서 그렇다며 넋두리를 한다. 정말 그랬다. 요 며칠 입맛을
잃고 끼니를 제대로 챙기지 않았다. 그저 말린 과일과 비스킷 따위가

전부였다. 내 몸 안에 연소될 에너지가 바닥나버린 것이었다.

평소 열량의 3배가량 소모한다는 이 길에서 나는 부주의했다. 길도 삶도 의지로만 살 수 있는 게 아니었다. 입맛이 없어도 오늘은 육류 섭취를 좀 하려고 하몬을 사 놓았는데 이렇게 몸이 먼저 내게 말하고 있었다.

선생님의 부축을 받으며 배낭을 내려놓은 숙소에 돌아오니 아직 문을 열지 않은 상태였다. 엘리자베스와 민머리의 독일 청년 다니엘이 배낭 옆에 나란히 앉아 있었다. 선생님께서 주변에 수소문해 알베르게의 문이 열렸다. 불을 지펴놓은 따뜻한 벽난로에 다가서니 온기가 나를 안는다. 정말 따뜻해!

잠시 후 키 작은 남자 메디코가 내 눈을 짚어보며 상태를 살피고는 또 한 잔의 핫초코를 건넸다. 평소 입에도 대지 않을 초콜릿을 사발 크기의 잔에 받고 보니 이것만으로도 온몸에 기운이 달콤하게 살아날 것 같다.

이후 사람들이 도착하고, 벽난로 곁에서 온기를 찾았다. 선생님은 그들에게 먹지 않아 쓰러진 순례자의 최후를 이야기하듯 잘 먹어야 한다고 목청을 높였다. 그때마다 나는 어깨에 두른 두꺼운 담요를 귀밑까지 끌어 올려야 했다. 선생님, 세상에 나같이 미욱한 순례자가 또 어디 있으려고요!

메디코와 오스피탈레라가 내게 와서 오늘은 혼자 방을 쓰라며, 지금 방이 추워 히터를 틀어놓았으니 잠시 후 함께 방으로 가자 한다. 사람들의 마음이 고마운 반면 여러 사람 신경 쓰이게 하는 것 같아 맘이 적잖이 무거워진다.

따뜻한 야채 소파와 소고기 한 덩이를 먹고 나니 날이 저물었다.
선생님께서 내일 아침을 기약하고 숙소로 가고, 온기 가득한 작은 방에
홀로 있으니 내 방처럼 아늑하다. 어쩌면 하루도 쉼 없이 걸어온 날 속에
억지스럽게 얻은 과분한 휴식의 시간이었다.

꾸준한 걸음 멈추지 않은 다리, 묵직한 배낭의 아픔을 견뎌준 어깨,
파랗게 질려 색이 변해버린 엄지발톱이 애달프다. 나 몰라라 했던 몸을
어루만지며 고마움을 위로했다. 창문을 열어보니 순례자들의 신발이
베란다에 가지런히 놓여 있었다. 모두 갖가지 이야기를 만들며 걸어온
고된 흔적이 진하게 묻어 있었다.

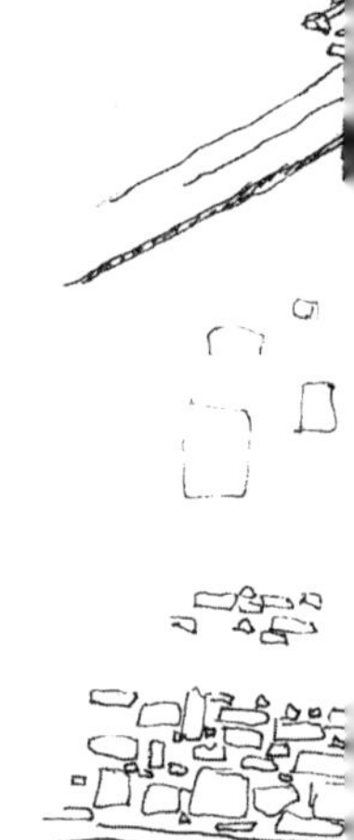

오늘 나는 이곳에서 제대로 넘어졌다. 이제 바닥까지 완전히 방전된
셈이었다. 충분히 이겨 내고 견딜 수 있는 세상이라며 얕은꾀에 잦은
승부수를 던졌던 지난날. 그러나 오늘 여기에 어수룩한 모습으로 더 낮게
엎드려 용서를 구하며 기도한다. 이 스러짐을 귀한 삶에서 희망의 언어로
기억하겠다고.

Iglesia parroquial de la Asuncion
- RABANAL DEL CAMINO

설렘이 세상을 살게 한다

라바날 델 카미노 -17km- 엘 아세보

두.근.두.근

너는
특별하다

오랜만에 혼자 있는 방에서 불도 맘대로 켜고, 몸도 쉽게 뒤척여서 좋다. 코골이도 없고. 쾌적한 잠자리인데 깊은 잠을 청하지 못한다. 온몸이 쓰리고 아프다. 몸살이 난 것인지 손가락부터 발가락 끝 온몸 구석구석이 아리다. 금방이라도 푸석하게 부서질 것처럼 껄끄럽다.

몸살인가? 제발 감기만은 아니길 바라며 가방에서 초콜릿을 찾아 먹는다. 야심한 밤에 초콜릿이라니. 어제 하루 종일 들은 말은 "무조건 먹어라, 너는 지금 길 위에 있다!" 그리하여 지금 이 시간 초콜릿을 먹는 것은 무죄다.

평소보다 몸이 조금 가볍게 느껴지지만 걷기와 체중은 항상 별개의 것이었다. 매일 강행군으로 충분한 에너지가 필요했고 평소처럼 다이어트는 이 길에서 조금 먼 얘기였다. 초콜릿 한 조각의 달콤함을 입에 물고 창문을 열어보니 하늘 가득한 별이 쏟아질 듯 황홀하다. 산자락의 알싸한 공기에 청정한 빛으로 반짝이는 걸 보니 아침엔 화창한 날씨가 될 것 같아 맘이 평안해진다.

함께 아침을 먹고 출발하기 위해 일찌감치 짐을 챙겨 선생님이 도착했다. 오늘은 천천히 걷자며 걱정스런 눈으로 바라보시니 환자가 된 기분이다. 우려했던 몸살 기운에 잠시 긴장했으나 길을 나서니 조금 나아진 느낌이다.

문밖 골목을 돌아서자 출발하는 스테판을 만났다. 그의 곁엔 역시나 밤송이 친구가 함께 있다. 그들이 이구동성으로 괜찮으냐고 안부를 묻는다. "많이 좋아졌어, 고마워." 인사가 끝나기 무섭게 뒤이어 또 다른 순례자가 "꼬레아나 비엔?" 하며 인사를 해온다. 음, 어제 이 동네에 한 명의 꼬레아나가 쓰러진 일이 소문난 것이 분명하다. 수다맨 선생님이 얼마나 이슈로 만들었는지 알 것 같았다. 그래도 선생님이 챙겨주고 이만큼 좋아져서 다행이에요. 선생님 감사합니다. 스테판과 함께 걸으니 또 감사합니다.

어젯밤 별빛은 약속한 듯 화창한 햇살을 주었다. 그러나 1,500m의 산자락은 꽤 큰 변수를 안고 있었다. 오르막 내내 안개가 가득하더니 이내 다음 마을에 닿기 전 눈이 내린다. 선생님은 예쁘다고 보니또! 보니또! 표현주의자 선생님의 언어는 나의 스페인어 학습엔 참 좋은

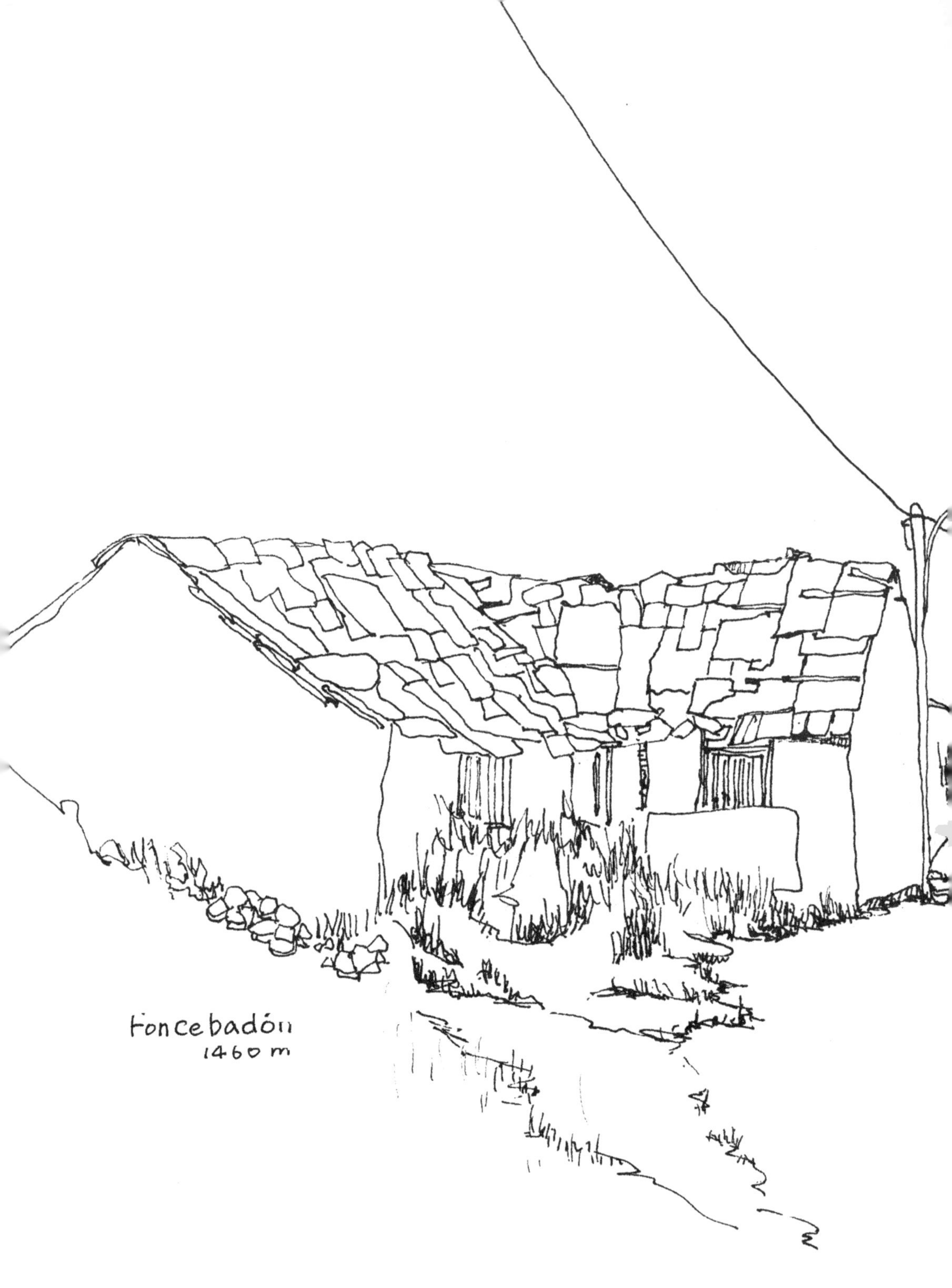

Foncebadón
1460 m

ALBERGUE
Entrada

단짝이지 싶다.

눈비를 헤치고 폰세바돈Foncebadon 알베르게에 들르니 어제 만난 스킨헤드 다니엘이 눈에 젖은 웃옷을 벽난로에 말리고 있었다. 그런 그의 몸이 온통 문신이다. 뒤돌아선 그의 등 가운데 1973이란 커다란 숫자를 중심으로 비장한 암호가 온몸 가득하다. 마치 미국 드라마 〈프리즌 브레이크〉의 주인공 '석호필' 처럼. 껄끄러운 머리털 하나 없이 매끈한 머리에 온통 문신으로 새겨진 그의 외모는 무서운 독일군 느낌이지만 미소는 참 순하다.

우비를 꺼내고 설탕을 넣은 차를 들고 알베르게를 둘러보니 인도풍 장식물이 가득하다. 인도 문화에 심취한 인상을 느끼게 한다. 창밖으로 눈 내리는 뽀얀 풍경이 아늑한 곳이다. 5월에 눈이라니… 살포시 내린 눈에 모두 옷이 젖어 들었나 보다. 툭툭 눈을 털고 들어오는 사람들.

덩치 큰 카메라를 들고 스테판이 왔다. 묵묵한 그가 미소로 인사한다.

"사진은 전시할 거야?"

"그건 아니고, 좋아서."

"그럼 너의 사진을 내가 메일로 받아볼 수 있을까?"

아직은 네 사진을 보지 못했지만 네가 걸어온 길은 어떠했으며 너는 어느 곳을 바라보았는지 새삼 궁금해지는 것이다. 잠시라도 그의 마음 머문 곳을 보고 싶어 용기를 내 본다. 너는 어느 길 위에 어떤 모양의 길을 남겨두고 왔는지 그의 카미노를 알고 싶었다.

"오늘 어디까지 가는 거야?"

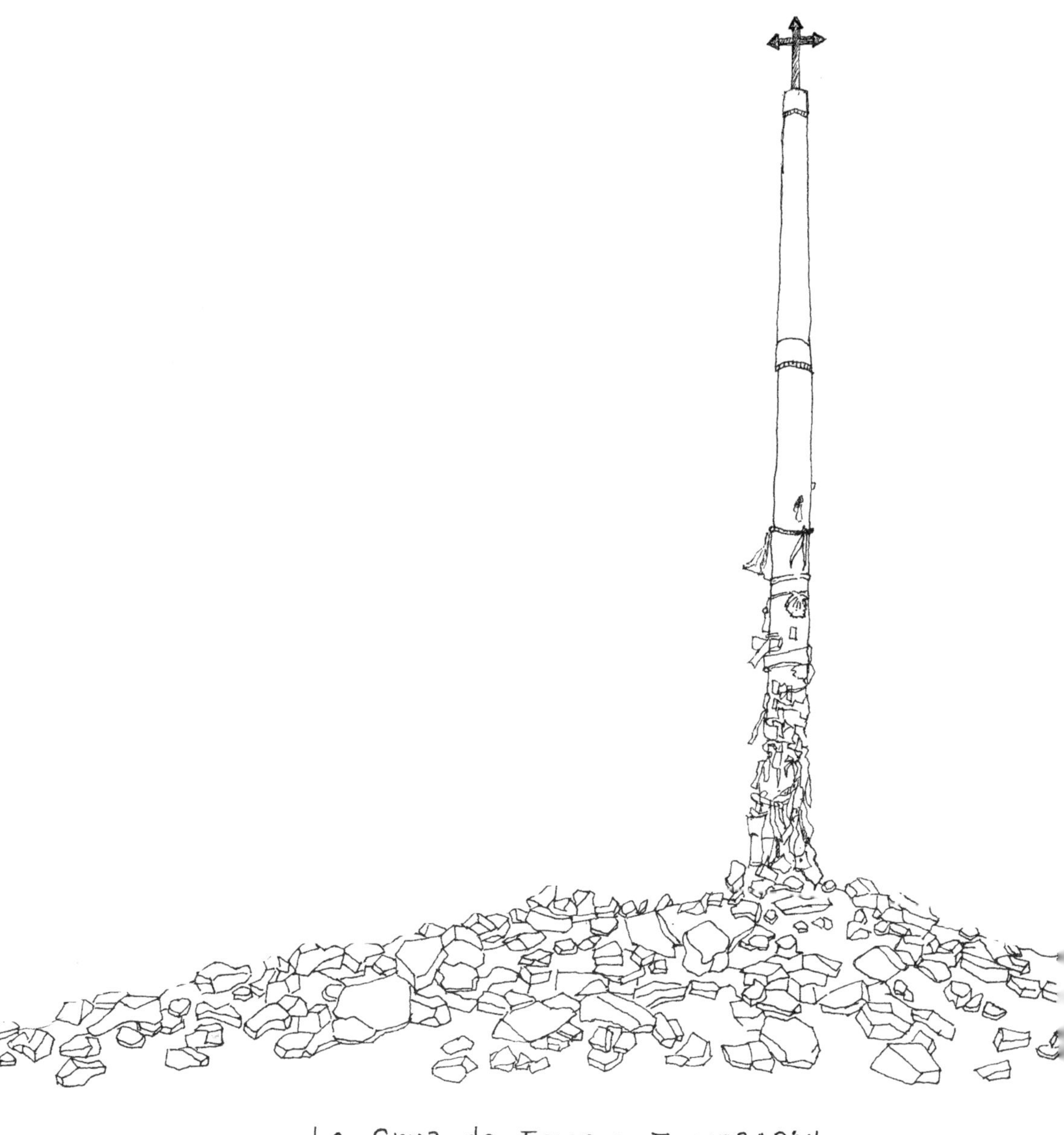

La Cruz de Ferro · FONCEBADÓN

“몰리나세카Molinaseca.”

　우리도 예정대로라면 오늘 몰리나세카까지 계획했었다. 하지만 지금 몸 상태로 무리하면 안 된다는 선생님의 충고를 듣고 엘 아세보El Acebo 까지만 계획했다. 조금 더 걸어가 볼까? 그를 보니 조금 더 걸을 수 있을 것 같다. 이제 너를 보지 못하는구나. 그동안 네 덕분에 흐뭇했는데… 그를 보내야 하는 아쉬움이 커진다. 고마워 스테판.

　눈발은 그쳤지만 뿌연 안개로 흩어진 길을 찾으며 걸었다. 크루즈 데 페로Cruz de Ferro에 서니 햇살이 반짝 드러나 작은 동산에 돌들이 빛나고 있었다. 십자가에 서니 참 많은 사연이 쌓여 있다. 그리운 이의 사진이며, 돌에 새긴 다짐, 간직했던 소중한 애장품이 십자가에 매달려 있었다. 나도 그동안의 회한을 적어 돌무더기 안에 넣고 하늘 높은 십자가를 보니 시린 눈물이 났다. ‘지난 순례자들처럼 나도 이곳에 지난 시간의 죄를 묻고 길 끝까지 평안하길 기도합니다.’

　언제 나타났는지 아우구스토가 반갑게 인사한다. 그도 이제 작별이다. 오늘도 걷는 그를 보니 또 웃음이 난다. 그의 뒤를 따라 걸을 때 무릎 뒤쪽이 벌어져 속살이 살짝살짝 비쳤는데 그때마다 참을 수 없는 웃음이 났다. 찢어진 바지 퍼포먼스 덕분에 무척이나 많이 웃으며 걸었다. 그때마다 “보니또 보니또(예쁘지 예쁘지).” 하며 함께 웃어준 그였다. 반벙어리인 내게 또박또박 스페인어를 말해주던 아우구스토. 그와도 오늘 안녕이다. 부엔 카미노.

내리막길 아래 햇살이 오락가락하며 뽀얗게 빛을 드러냈다. 그러나 춥다. 오 세브레이로 산을 남겨두고 3개 남은 핫팩 중에 하나를 꺼내 들었다. 우비도 벗지 않고 핫팩을 들고 있으니 그나마 따뜻한 온기가 더해져 견딜 만하다.

만하린Manjarin에 도착하니 음악 소리와 함께 들리는 소리가 주술적 주문처럼 시끌벅적하다. 잠시 방심하면 블랙홀로 빠져버릴 것 같은 느낌이다. 만하린의 입구엔 각 지역의 거리 표시가 되어 있는 나무 이정표가 세워져 있었다. 산티아고 222km, 예루살렘 5,000km, 로마 2,475km, 피니스테라 295km …… 마추픽추 9,453km.

만하린을 뒤로하고 완만히 넘는 길을 따라 바람 많은 산 위에 작은 꽃나무가 가득해서 멀리 보이는 풍경이 시원하게 펼쳐져 있었다. 가파른 내리막이 시작되며 엘 아세보El Acebo가 한눈에 들어왔다. 이전 마을에서도 볼 수 없었던 집의 형태가 확연히 다르게 다가왔다. 1,150m 해발에 위치한 산속 집들의 지붕이 모두 검은색의 자연석으로 만들어져 있었다.

마당발 선생님 덕분에 아직 오픈하지 않은 알베르게에 들어갈 수 있었다. 그곳에는 레모와 피아 부부가 순례자를 위해 일하고 있었는데 선생님의 배려로 오스피탈레로는 두 장의 두꺼운 담요와 핫초코를 내게 내주었다.

하나둘 순례자들이 하루를 마감하고, 오스피탈레로 부부의 정성 어린 음식과, 각자 모국어로 자기소개가 이어지고 건배를 나누는 저녁 시간.
오늘 스무 번째 생일을 맞이하는 독일 청년의 작은 축하 케이크를 준비한
부부의 세심한 배려가 따뜻하게 느껴진다. 프랑스 아줌마 루루와
에블린에게 한글로 적어준 이름을 보며 몇몇 순례자가 자신의 이름을 써
달라며 순례자 여권을 내게 내밀었다. 와인에 취한 건지 분위기에 취한
건지 모두 얼굴이 발그레하다.

　　창밖엔 비가 내린다. 지금 우리는 저 비 내리는 길을 걷지 않는
것만으로도 행복한 밤이다.

MEXICO 9376 Km
SCHRETZHEIM 1906 KM
GALIZA 10K...
GATOVA 742Km
TRONDHEIM 5000 KM
FINISTERRE 295 Km
JERUSALEM 5000 Km
SANTIAGO 222 Km
ROMA 2475 Km
MACHU-PICHU 9453 Km

El ACEBO 1.147m

남을 위한 성실한 배려

엘 아세보 -15.5km- 폰페라다

사람. 길. 풍경. 모두 아름다운 길이 이어진다. 언젠가 책에서 행복이란 '이렇게만 계속되어라' 라고 말할 때의 상태라 읽었다. 이런 시간이면 잠시 흐르는 시간의 추를 꼭꼭 부여잡고 싶어진다. 내게 주신 축복된 시간을 공손히 받아든다. 그리고 항상 기운 주는 길동무 선생님의 따뜻한 배려로 몸도 무리 없이 회복되고 있다.

산 능선을 바라보며 걷는 기분이 상쾌하다. 처음 보는 꽃도 많다. 망울망울 맺힌 꽃이 금방이라도 터질 것처럼 길옆으로 가득하다. 청아한 새소리와 함께 누군가의 노랫소리가 등 뒤에서 점점 가까워지고 있었다. 어느 흥겨운 지구인의 노랫소리가 이렇게 유쾌할까? 바짝 들리는 소리에 뒤를 돌아보니 어젯밤 숙소에서 본 사람이다.

"안녕 코리안?"

"안녕?!"

"나는 데미안. 핀란드에서 왔어."

헤세의 데미안? 무척 반갑네, 청년.

"한국 남쪽에서 왔어? 북쪽에서 왔어?"

"물론! 남쪽이지. 북쪽은 자유롭지 못하잖아."

"알아! 농담이야. 이름이 뭐야?"

처음 봤는데 농담까지 하다니 무척이나 넉살 좋은 청년이 나타났다.

"수연."

"쑤욘! 오늘 길 무척 멋지고 아름답지 않니?"

"응, 정말 최고야."

"우리 이 영광스러움을 기도하자. 각자의 모국어로 말이야. 어젯밤 오스피탈레로가 했던 것처럼…."

응? 잠시 쭈뼛대다 혼잣말로 중얼거리니 그가 내게 큰 소리로 말하란다. 음, 정말 사차원 청년일세. 데미안은 큰 소리로 "글로리아!"를 외쳐냈다. 그는 한국 월드컵이 무척 인상 깊었고 "열정 한국."이라며 내게 무한 열정을 독려한다.

데미안, 너의 열정도 만만찮다.

글로리아. 카미노. 그라시아스. 아. 디오스! (영광의 길, 신께 감사합니다)

MOLINASECA.

열정 데미안의 노랫가락과 함께 이어진 풍경에 빠져 시간을 너무 지체했다. 선생님과 몰리나세카에서 만나기로 했는데 많이 늦어버렸다. 숲길을 황급히 빠져나오니 작은 강 위에 놓인 돌다리와 함께 마을 전경이 한 폭의 풍경화다.

마을 한쪽에 위치한 바에서 키스텐(핀란드)이 손을 흔든다. 서둘러 내려가 혹시 선생님이 있을까 바를 둘러보니 아무도 없다. 키스텐이 바에 도착하자 선생님은 오랜 기다림을 뒤로하고 떠났다고 한다. 그 말을 들으니 미안한 맘이 앞선다. 시간이 많이 흘렀다. 키스텐과 함께 길을 나서지만 맘이 급해 발길을 재촉한다.

보채듯 잰걸음으로 폰페라다Ponferrada에 도착했다. 알베르게 앞에 배낭이 줄지어 있고 엘리자베스와 어제 만난 익살꾼 라이너(독일)와 다니엘이 오픈 시간을 기다리고 있었다. 보까디요로 점심 식사 중인 엘리자베스에게 선생님의 안부를 물으니 이곳에 와서 보지 못했다고 한다. 그를 아는 누구에게도 안부를 들을 수 없고 배낭도 보이지 않는다. 바에 점심 먹으러 가셨나? 그래도 짐은 두고 갔을 텐데….

숙소에 마련된 교회를 둘러보고 나와 마른 바게트로 허기를 채웠다. 마당 한편에 산티아고까지의 거리 비석이 세워져 있었다. 202.5km. 잠시 후 한 순례자가 기타를 꺼내 들고 노래를 부르니 몇몇이 장단을 맞추고 하루를 다독인다.

남녀가 구분된 숙소는 4명이 한 방을 쓰는 구조였다. 엘리자베스와

A
SANTIAGO
202,5
Kms.

키스텐과 함께 짐을 풀고 나니 수염을 세 갈래로 땋아 내린 알베르게 도우미가 내게 '킴(Kim)'이냐 물어왔다. 선생님이 내게 메시지를 남겼다. 그는 병원에 갔다가 버스를 타고 먼저 다음 마을로 이동했고 내일 만나자고 안부를 전했다. 맙소사! 선생님은 어제 낮에 엘 아세보로 내리막길에서 다리를 삐끗했었고, 그리 크게 개의치 않았는데 오늘 상태가 나빠졌나 보다. 아, 아픈 다리로 몰리나세카에서 오랫동안 기다렸을 텐데… 맘이 한층 무거워진다.

도착하면 언제나 반겨주던 모습이 안타깝게 스친다. 내가 쓰러지고 힘겨울 때 모든 걸 챙겨줬는데… 미안하고, 기운 빠진다. 조금 더 선생님의 상황을 물으니 "그는 걱정 안 해도 된다. 웃으며 만나자 했으니 걱정 마라."며 나를 안심시킨다.

예전 수첩 어딘가에 적어둔 선생님의 전화번호를 찾아 무작정 전화를 했다. 전화를 들고 손짓 발짓으로 안타까움을 나타내니 세 갈래 수염의 남자가 전화를 받아들고 통역에 나섰다. 수화기 저편에서 선생님의 호탕한 웃음이 들리며 "에스또이 비엔!(나는 괜찮다) 비엔!"한다.

목소리를 들으니 한층 맘이 놓이지만 아, 걱정되는 이 마음… 그러나 전화하기 정말 어렵다.

우리 방엔 뒤늦게 도착한 웨(타이완)가 함께 했다. 그녀는 무척이나 조용하고 신중한 느낌을 주는 여인이었다. 한마디 말도 꼭 두세 번 다시 묻고 들어야 했을 정도로 목소리가 작았다. 그런 그녀와 장을 보는데

큼지막한 고기를 세 덩이나 사는 것이 아닌가! 혼자 그것을 다 먹을
거냐고 묻자 당연한 듯 고개를 끄덕인다. 그녀에게 너무 많다 하자 잠시
고민하더니 한 덩이를 내려놓는다. 모두 나름대로 길 위에서 충분한
에너지를 보충하고 있었구나.

저녁을 먹는데 곁에 앉은 다니엘이 격앙되어 말을 꺼냈다. 어젯밤
자신이 묵었던 숙소에서 72세의 프랑스 할머니가 목숨을 잃었다고, 이후
경찰까지 출동하는 사태가 벌어졌다 말하는 그의 목소리에 그때의
긴장감이 고스란히 느껴졌다. 현장에선 사람들이 얼마나 놀랐을까….

며칠 전 내 모습도 그렇지만 스스로의 건강 상태를 누구보다 잘 돌봐야
할 일이었다. 이 길이 생애 마지막 선택은 아니었으니, 몸과 맘이 바로 설
수 있는 기본 충전은 빠짐없이 체크해야 함을 다시 되새긴다.

고단한 여정 속의 사람들. 그러기에 서로의 안부를 묻고 상처와 아픔을
보듬어주는 길이기도 했다.

Castillo de los Templarios
· PONFERRADA

즐거운 나의 집

폰페라다 ~23.5km~ 비야프랑카 델 비에르소

먼 훗날
눈 감으면
이 그리움의
풍경은
참 좋은 사람들

삐거덕- 삐거덕-

　침대 나무 틀어지는 소리가 코골이 없는 깊은 밤의 적막을 찢었다.
주방 찬장에 올리브 오일이라도 가져와 침대 나사에 바르고 싶은
조바심으로 밤을 새웠다. 게다가 적잖이 내리는 빗소리에 신경이
곤두섰다. 잠을 이루지 못하고 지겹게 시계를 눌러 봤다. 5시가 되니 제
나름으로 인기척이 났다.

　선생님의 안부도 그렇고, 속절없이 내리는 비까지 머리가 무겁다.
개운치 않은 몸으로 일찌감치 짐을 꾸리니 엘리자베스가 벌써 갈 거냐며
"훌리오 만나러 가야 되서 저리 서두른다."고 농담을 한다. 맞아요, 더
누워 있어도 편치 않은 날이네요.

주섬주섬 챙겨 먹고 길을 나섰지만 어느새 지긋지긋한 소나기. 꿉꿉하게 신발이 젖어들고 있었다. 젠장! 내일 드디어 오 세브레이로를 넘어야 하는데 어쩌지. 이 상태라면 쌀쌀한 아침 기온까지 더해져 발이 얼어버릴 것이다.

아, 버스 타고 가버릴까….

잠시 넋 놓고 낮은 처마 밑에서 고민하고 있으니, 다니엘이 와서 왜 그러냐? 문제 있냐? 걱정스런 눈빛으로 묻는다.

"더 이상 걷기 싫어. 오늘 이 빗속을 걷다가 죽을지도 모르겠다."

아이 같은 푸념에 그가 초콜릿을 건넨다. 단숨에 세 개를 까먹고 달콤함에 마음을 달래 본다. 한동안 순례자들이 우리 곁을 지나 멀찌감치 사라졌다. 묵묵히 함께 기다려준 다니엘에게도 미안하고 그만 털고 일어나야 했다.

오늘 같은 날은 몸과 마음이 지쳐 제 페이스를 유지하며 걷기도 힘겹다. 그런데 곁에서 기다려준 다니엘이 무척 고맙다. 그가 내게 편안한 위로의 말을 건넨다. "쉬운 답을 찾고, 오래 고민하지 마. 버스를 타고 싶으면 버스를 타고, 걷고 싶을 때 걸어."

"다니엘, 남들에게 쉬운 것이 내겐 너무 어려워. 그게 항상 문제야."

그리 쉬운 것을 나는 왜 고민하며 사는지? 때로는 신경을 곤두세우고 버릴 수 없는 천성을 탓하며 지내왔다. 꼬리를 물고 풀리지 않는 것이 엉켜버려 숱하게 마음이 어지러웠다.

이왕 젖은 거 어쩌겠어. 언제 또 이런 미친 짓을 할까?

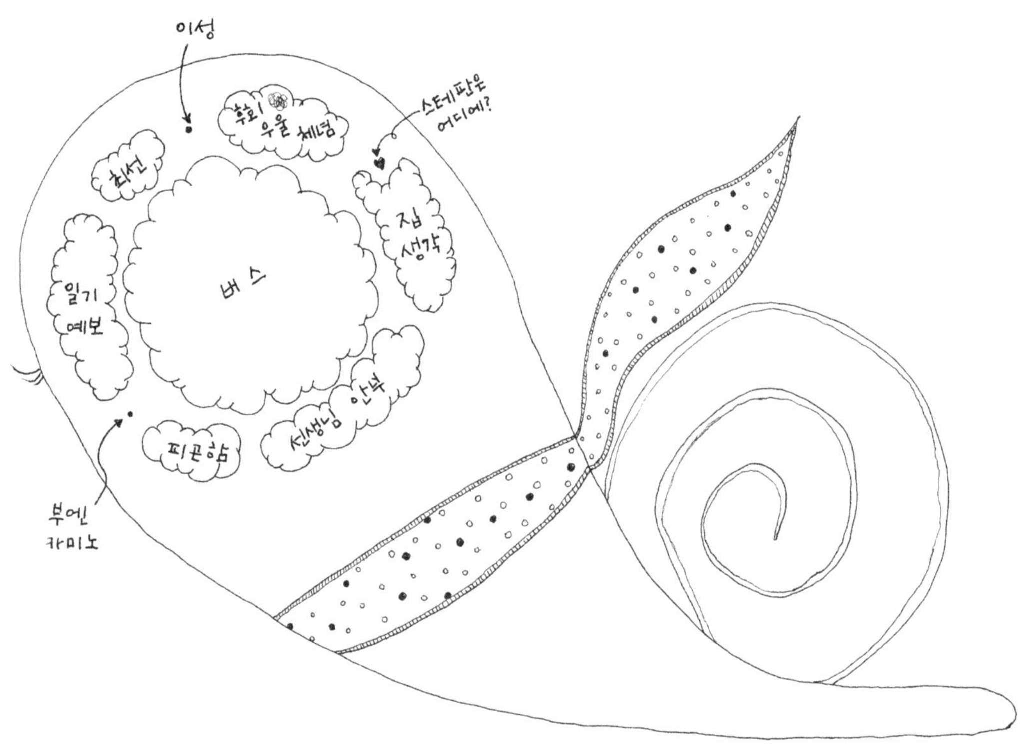

이성
후회 우울 체념
휴식
스테파왕은 어디에?
일기 예보
뉴스
잡생각
부엌 카미노
피곤함
신생님 안부

'비야프란카Villafranca del Bierzo에 도착하면 햇살 아래 행복한 점심을 먹고
온 몸을 뽀송하게 말릴 수 있을 거야.' 최면을 건다. 레드 썬! 후후
다니엘이 웃는다. 나도 함께 웃는다.

　신은 우리를 시험에 들게 하셨다. 비야프란카에 다다를 무렵까지
계속된 비는 인내를 꺾어버리기에 충분했다. 드디어 도착한 하토JATO
산장 입구에서 학수고대 기다린 선생님을 보자 하루가 끝났다는 긴
허탈감이 몰려오며 다리에 긴장이 풀렸다.
　하루 사이 이런 벅찬 재회라니…. 우비와 배낭을 벗어놓고 벽난로
곁으로 갔다. 붕대를 감고 있는 다리를 보며 상태를 묻자 어제보다
낫다고 한다. 당분간 3일 정도 걷지 말라는 의사의 지침이 있었고,
이곳에서 머문 뒤 선생님은 내일 사리아Sarria로 먼저 갈 테니 그곳에서
다시 만나자 한다. 함께 한 시간이 길어진 탓인지 아쉬움이 크다.
　해 질 무렵까지 축축한 비가 그칠 줄 몰랐다. 끝내 햇살은 포기해야
했다. 젖은 신발과 양말, 옷가지를 들고 벽난로 옆에 단단히 자리를 잡고
앉았다. 모두 마르기 전까지 꼼짝 말고 임무 완수해야 한다.
　알베르게는 주인장의 개성이 곳곳에 배어 있었다. 벽 여기저기에 붙어
있는 신문 기사를 보니 그는 꽤 유명인이었다. 스페인 내에서는 물론
한국에서 방영된 TV 다큐멘터리에서도 그를 본 기억이 새록새록 났다.
함께 그를 돕는 몇몇의 남자가 계속해서 벽난로에 장작을 넣어주고
살갑게 순례자를 챙기고 있었다.

마르께스 고성 (16세기)

-Castillo palacio de los Marques - villafranca del Bierzo

다니엘과 미셸(캐나다)이 나란히 앉아 사람들과 내일 올라야 하는
해발 1,396m의 오 세브레이로에 대해 이야기가 한창이다. 선생님이 내게
정상까지 배낭 배달을 하라고 권한다. 그러자고 맘을 먹고 나니
엘리자베스와 다니엘이 정상을 가기 전 라 파바La Faba에 머물 거라며
함께 가자고 제안한다.

정상보다 북적대지 않고 풍경이 더 좋다 말하니 고민된다. 그러나 다음
날 짐을 지고 정상을 가야 하는 수고스러움이 남게 된다. 게다가 비까지
내리게 된다면… 어찌할까? TV에서 내일은 비가 오지 않을 거라고
하는데 산속 날씨는 쉽게 예측할 수 없는 것이었다. 아쉽지만 정상으로
가자! 맘의 결정을 내린다.

일정을 정하고 나니 맘이 가볍다. 저녁 시간이 다 되어 음식 냄새가
좋다. 그사이 어디서 탄 냄새가 나 돌아보니 내 양말이 타고 다니엘의
웃옷이 타버렸다. 난감한 상황이지만 구운 오징어처럼 오글오글 타버린
다니엘의 옷을 보니 웃음이 난다.

몸이 좋지 않아 이틀을 이곳에 머문 베네딕토(스페인) 아저씨가 이
광경을 즐거워하며 호쾌하게 웃는다. 아픈 그가 선생님과 함께 내일
사리아로 가서 이번 카미노를 마칠 예정이라고 한다. 그런 그가 포장도
뜯지 않은 슬리퍼를 내게 주었다. 신발 바닥에 이름까지 손수 적어주는
마음을 고맙게 받아들었다.

스무 명 남짓한 순례자가 함께 한 저녁은 와인 건배로 시작되었고,

따뜻한 야채수프와 샐러드와 다진 고기를 구운 필라떼와 과일이
디저트로 나왔다. 캐나다 퀘벡에서 온 미셸은 불어와 영어, 스페인어까지
능통했다. 그 덕분에 오늘 저녁엔 사전을 뒤적이지 않고 선생님과의
대화가 수월하게 진행되었다.

따뜻한 미소를 가진 미셸은 불친절한 사람을 보면 웃는 법을 가르쳐
주고 싶다고 힘주어 말한다. 그의 말에 전적으로 동감! 친절한 이도
있지만 미소 없는 얼굴은 영 불편하다. 사람을 어색하고 민망하게 만들어
놓는다. 그것도 존중될 캐릭터라면 할 말 없지만… 미셸 덕분에 따뜻한
저녁이 흥미롭게 풍요로웠다.

저녁을 다하고 정리할 무렵 기운 없이 파올라가 나타났다. 내가 쓰러진
날 라바날에서 처음 그녀를 만나고 두 번째다. 그러나 기운 없는 그녀의
얼굴은 며칠 전 내 모습처럼 창백한 기운이 역력하다. 그새 수척해진
모습을 보니 맘이 안타깝다. 이곳에서 이틀을 보냈다는 파올라. 많이
아팠나 보다. 두꺼운 옷가지와 담요를 두른 그녀를 보니 걱정이 앞선다.

아프지 말자고요!

이제 막바지로 접어든 길을 두고 곳곳에 모습이 안쓰럽다. 조금씩만
보듬어주어도 서로에게 힘찬 기운이 될 것이다.

마지막까지 모두 기운 내요!

Iglesia de Santiago · VILLA FRANCA DEL BLERZO

예상된 시나리오

비야프란카 델 비에르소 –32km– 오 세브레이로

때론 아련히
그날을 품고 잠들면
늘…
견고한 석양빛으로
내게 안부를 묻겠지

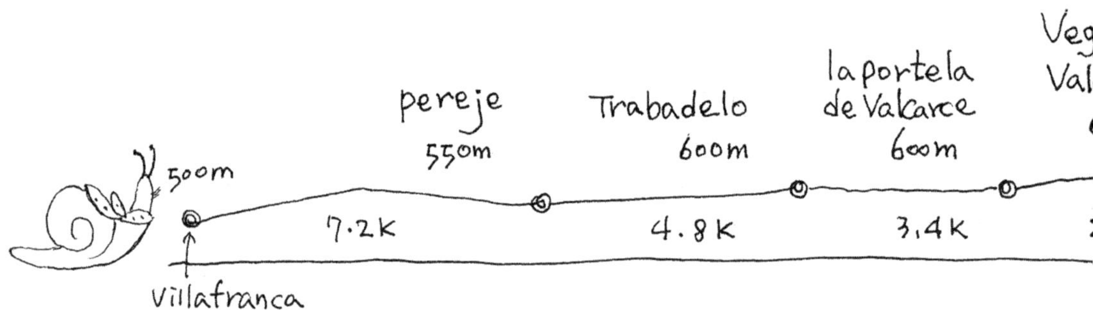

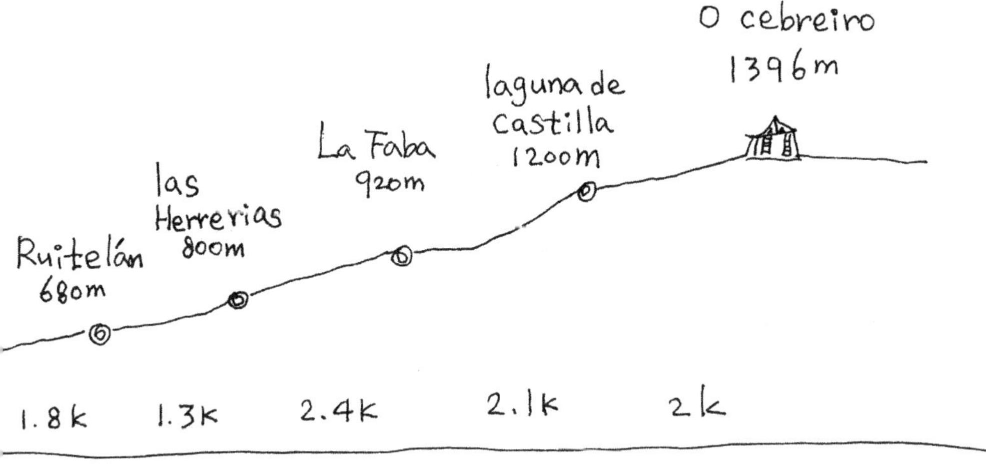

Ruitelán
680m
las
Herrerias
800m
La Faba
920m
laguna de
Castilla
1200m
O cebreiro
1396m
1.8k
1.3k
2.4k
2.1k
2k

파랗게 맑은 하늘이 열렸다. 쌀쌀하지만 반가운 햇살이다.

아침에 화장실 한구석에 저울이 있어 올라서 체중을 재 보니 별 큰 차이 없이 1kg밖에 줄지 않았다. 그렇게 많은 에너지를 쓴다고 해도 몸무게는 별로 변화가 없다고 하더니 정말 그랬다. 출발 전부터 걱정되던 허리는 매일 무거운 짐도 무리 없이 소화해 내며 별다른 통증이 없었다. 며칠 전보다 현기증도 덜하고 몸 상태가 나아져 무척 다행이다.

아침을 든든히 먹고 출발하라며 장갑을 건네는 선생님. 내가 출발한 후 짐을 부쳐주겠다고 하는 선생님의 안내를 받으며 길을 나섰다. 문밖까지 배웅하는 그와 이틀 뒤 사리아에서의 만남을 약속했다. 지팡이와 작은 가방만을 메고 걸으니 관광객이 따로 없다. 오랜만에 짐을 벗어놓으니 엘리자베스도 웃음 가득하다. 배낭은 없어도 오늘 산행에 대한 긴장은 늦출 수 없었다.

여정 첫날부터 피레네를 넘었지만 멋모르고 겪은 그때의 시간과 현재의 몸 상태를 비롯해 상황이 달랐다. 처음 피레네를 넘은 후 다시는 못 오를 것 같았던 그 산봉우리가 이쯤에 클라이맥스로 또 자리하고 있었다. 아이러니하게 카미노의 시나리오는 무척 흥미롭게 짜인 느낌이다.

하늘은 푸르고, 산은 높고 차디찬 바람에 옷을 4개나 껴입고 출발했다. 이제까지 무겁게 지고 다니던 배낭을 내려놓으니 날아갈 듯 홀가분하면서도 허전함이 생각보다 무척 크다. 28일 만이다. 빈 몸으로 걷기가 어색함이 이만저만이 아니다. 지나는 순례자들의 모습과

← 이제 갈리시아 땅으로

Iglesia de Santa Maria la Real 산타마리아오랑림교회. 로마시대 이전 건축물로 카미노에서 가장 오래된 교회다.

비교하니 왠지 농땡이 피우는 것 같다. 그동안 익숙해진 짐덩이가 이젠 몸의 일부분이 되었던 것일까?

몸이 가벼워 조금 앞질러 걸으니 사람들이 웅성거린다. 등 뒤에서 '슝~'이라는 의성도 들린다. 맞아요! 오늘 나는 배낭 대신 날개를 달았다고요. 훨훨~

잠시 후, 내 뒤에 나타난 190cm의 거구 문신맨 다니엘을 만나니 어색함이 그나마 나아졌다. 그도 오늘 짐을 버리고 팔랑팔랑 나비다. 날씨도 좋고 오랜만에 산책 나온 기분이라며 다니엘이 껑충껑충 뛰어간다. 삶의 짐도 이렇게 잠시 벗어둘 수 있다면 축복일 텐데…. 조금 걸으니 친절맨 미셸이 보인다. 어제 저녁 내내 통역사가 되어주었고, 마을 슈퍼에서 내게 친절히 장까지 봐준 젠틀맨 미셸이었다.

점심을 먹고 나니 조금 가파른 오르막이 시작되었다. 짐이 없어서인지 가파른 오름도 힘들지 않았다. 짐을 메고 왔다면 상황은 달랐을까? 점차 가중되는 무게를 투덜대며 걸었을지도 모른다. 함께 걷는 미셸도 어려운 코스는 아니라 말하고 있다. 이제 곧 정상이다.

라 파바에 두착하자 다니엘이 만세를 부른다. 독일인이 운영하는 라 파바에서 뜨거운 민족의 밤을 기다리고 있는 것이다. 엘리자베스도 오늘의 순조로운 산행의 마무리를 기뻐 반겼다. 둘과 작별하고, 능선을 따라 펼쳐진 풍경이 장관이다. 어느새 오름이 끝났다. 우리가 너무 겁을 먹었던 게 분명했다.

이제부터 갈리시아 지방이라는 경계석이 또 다른 기대감을 갖게 한다.
숨 막히는 클라이맥스가 한 번은 있어야 하는 거 아닌가? 그래야 배낭을
부친 본전 생각이 나지 않을 것 같았다. 정상에서 여기가 끝이냐고
서로에게 묻고 또 물었다. 이렇게 우려했던 산행이 끝났다.

때론 긴장하고 걱정하던 일이 생각보다 쉽게 지나갈 때, 습관처럼 머리
아프게 고민할 일도 아니었지만 그렇다고 수수방관할 수도 없기에
문제의 대면은 매번 어렵기만 하다.

산 정상에 세워진 산타마리아 성당_{Iglesia de Santa Maria}에 이르니 안개가
걷히고 있었다. 코엘료가 쓴 《연금술사》에서 자아의 신화를 이루려는
주인공 산티아고가 자신의 검을 찾게 되는 배경이 된 곳이기도 했다.
꿈으로만 남겨두지 않고 자아의 신화를 만들기 위한 그의 끝없는 여정
속에 지금 내가 서 있다는 것만으로 가슴이 벅차다.

간절한 마음으로 원하고 바란다면 반드시 그렇게 된다는 진실을
믿어야 한다고 코엘료는 말했다. 그것은 포기하지 말아야 하며, 우리의

삶이 궁극에는 모두 순금의 시간으로 만들어지는 과정에 있음을 마음에 새기게 되는 것이었다. 그러므로 우리는 지금 최선의 시간을 살아내야만 한다.

그동안 카미노 길의 수많은 화살표를 따라 걸었다. 카미노를 걸어본 사람들은 삶에도 이런 친절한 이정표가 있으면 좋겠다 생각하며 제 나름의 이정표를 만들고 각자의 삶으로 돌아간다. '모든 마음을 이겨내며 나아가자! 새롭게 새겨진 믿음의 이정표를 따라 멈추지 말자!' 하며….

알베르게는 커다란 방에 100명 남짓 수용할 침대가 있었다. 미셸과 함께 도착했는데 우린 서로 다른 곳에 배정받았다. 침대 번호를 들고 방으로 들어서니 안쪽 창 앞에 그가 있었다. 스테판?!

그가 인사한다. 너는 정말 스테판? 그가 맞다! 그가 웃는다. 그가 기쁘다. 그가 다가와 내 번호를 받아들고 침대를 찾아주겠다 한다. 산꼭대기에 이런 행운이 숨어 있었다니… 이것도 예상된 시나리오?

더욱 놀라운 건 2개씩 붙어 있는 2층 침대에 오늘 내 침대가 그의 옆자리다. 대체 이게 무슨 조홧속인지. 그는 고작 나와 한 걸음 앞서 걷고 있었던 것인가? 못 볼 것처럼 아련히 떠나보냈건만, 다시 나타나 오늘 그와 두 눈을 마주하고 잠들게 생겼다. 오! 신이시여! 다시 보게 되니 기쁘고 감사합니다!

역시나 갈리시아 지방답게 숙소 방명록엔 온통 눈과 비 얘기가 많았다.

1년 중 10개월은 궂은 날이라는 갈리시아. 그 가운데 햇살 가득한 오늘을
주셨으니 큰 행운이 아닐 수 없었다. 침대에 누워 일과를 정리하고
있으니 속속 사람들이 들어왔다. 찬바람에 상기된 얼굴로 스테판도 왔다.

잠시 후, 사람들이 웅성이며 창문 앞으로 모여들었다. 석양이 지나
보다. 사람들의 감탄사와 카메라 셔터가 요란하다. 내 침대에서는 보이지
않아 내려갈까 고민하는데 스테판이 카메라를 달라 한다. 그리고 몇 컷의
석양을 찍어 내게 주었다.

외출하고 돌아온 사람들에게서 찬바람 냄새가 진했다. 여분의 옷과
잠바 위에 파카까지 입고 마지막 핫팩을 뜯었다. 옆에 누운 스테판이
추우냐고 묻는다. 아니, 따뜻하고 좋아! 침낭에 들며 그가 웃는다.

이제 그 미소도 마지막인가. 아쉽지만 스테판, 이젠 정말 널 보내야
하나 보다. 한동안 네가 준 설렘의 기운으로 걸었다. 이제 앞서 가면 다시
못 보겠지만 함께 걸어 좋았다. 짧은 시간 내게 와, 고운 시간 주어
고맙다. 네가 남겨준 석양 사진 오래도록 그리움으로 간직할게.

굿나잇! 아디오스! 스테판.

앞선 이의 그림자를 따라가

오 세브레이로 -22km- 트리아카스텔라

갈리시아 지방은 유난히 비가 많은 지역이다. 그래서 날씨에 대한 기대는 이미 마음을 비운 상태였다. 아니나 다를까 첫날부터 눈이 내린다. 아침 일찍부터 길을 나서는 스테판과 어둠 속에서 작별 인사를 나눴다. 그와 함께 썰물처럼 사람들이 빠져나가고, 짐을 챙겨 식당에 내려가니 여자 혼자서 울고 있다. 무슨 일일까? 주변엔 아무도 없고 어디가 아프냐고 묻자 아니라 말한다. 그녀를 괜히 어설픈 언어로 달래기도 뭐한 상황이다.

　때로는 맘속의 것을 모두 뱉어내며 살 수도 없지만 마냥 속으로 삼키고 살 일도 아니다. 적당히 차오르고 또 넘치지 않게 사는 것이 참 어렵다. 잠시 밖으로 나와 내리는 눈 자락을 손에 잡아본다. 시리다. 5월의 눈은 그리 포근하지 않았다. 그래도 봄은 어제보다 한 뼘씩 자라고 있었다.

잠시 후, 그녀가 내 곁을 지나 안개 짙은 길로 들어서고 이내 보이지 않는다. 여인이여, 부엔 카미노!

다시 식당에 돌아가니 반가운 얼굴이 있다. 폰페라다에서 처음 만났던 타이완 순례자 웨다. 어제저녁 늦게 이곳에 도착했다는 그녀를 이틀 만에 다시 만났다.

웨가 건네는 우유로 따뜻한 카페콘레체를 마실 수 있었다.

"어젯밤 너무 춥게 잤어요. 정말 최악이었어요."

나직이 푸념을 하는 그녀의 얼굴이 푸석하다. 폰페라다 숙소에는 담요가 있어서 몰랐는데 그녀는 침낭 없이 순례 중이라고 했다. 왜 그런 모험을? 아무리 난방이 된다지만 담요도 없이 추운 산속에서 몇몇 옷가지를 덮고 잠들었으니 컨디션이 좋을 리 없겠다.

그런 그녀의 아침 식사는 치즈와 초리소를 넣은 오믈렛 그리고 우유까지 정성스럽다. 근사하다! 웨의 장바구니는 항상 풍성하다. 그런 그녀가 정답이었다. 스스로 그렇게 잘 챙겨 먹어야 하는 모습을 보며 길 끝에서 또 새삼 배운다.

웨 덕분에 따뜻한 기운으로 출발할 수 있게 되었지만 그녀는 그렇지 못했다. 그녀가 나를 또 놀라게 한다. 우비도 없이 우산을 쓰고 길을 걸었다는 것이다. 그녀가 배낭을 메고 한 손에 우산을 또 한 손엔 보조 가방 같은 장바구니를 들고 이 길을 나선다. 그 모습을 보니 왜 이렇게 마음이 불편한지 모르겠다. 어느새 눈발이 엷어지고 빗줄기로 바뀌고 있었다.

아, 일회용 우비라도 마련해주고 싶다. 왜 침낭과 우비를 준비하지 않았는지 물으니 크게 필요한 것을 모르겠다며 대수롭지 않게 말하는 그녀. '사람마다 모두 다르니까⋯.'라며 에둘러 보지만, 꼬박꼬박 정성스럽게 식사를 챙기는 그녀의 모습과는 사뭇 다른 이해가 필요했다. 그냥 말없이 앞서 가는 그녀를 뒤따라 걷는다.

고작 하루 사이에 신발이 또 젖어버리고 말았다. 지팡이 하나를 들고도 손이 시려 호호 불며 걷는다. 산 로케San Roque 언덕에 바람을 견디며 서 있는 순례자 동상이 남 같지 않았다. 산 아래까지 가도 추위는 쉽게 가시지 않을 것 같았다. 때때로 잠시 피할 수 있는 얇은 처마 밑도 그저 감사했다.

내리막이 시작되는 폰 프리아Fonfria del Camino에 이르자 헛간 문을 열어 두고 할머니 한 분이, 면 보자기로 감싼 우리네 부침개 같은 것을 팔고 있었다. 호객 행위처럼 손짓을 하며 걷는 이들을 불렀다. 웨가 헛간으로 들어가 나를 부른다. 할머니는 서슴없이 부침 한 장을 펴고 설탕 뿌린 것을 재빨리 우리에게 안겼다.

"노, 노⋯ 그라시이스!(난 별로 배가 안 고픈데⋯ 말이죠)"

"⋯."

어서 먹으라 손짓하는 할머니의 재촉에 한입 먹어보니 밀가루 부침에 설탕을 뿌린 맛이다. 아침을 먹은 탓인지 그다지 맛있는지 모르겠다. 곁에서 웨는 참 맛있게 먹는다. 그것이 1유로! 정말 고가의 간식이고,

Alto de San Roque
altitud 1.270 m

실로 엄청난 아르바이트가 아닐 수 없다. 할머니는 잠깐이라도 관심을 보이는 순례자에게 그것을 또 하나 건네고 있었다. 순수한 마음보다 씁쓸한 아쉬움과, 본전 생각이 간절한 경험이었다.

비두에도Biduedo부터 평이한 길이 이어졌다. 이후부터 산티아고까지 특별히 기복 없는 길이 이어질 것이다. 복병은 갈리시아의 우울한 날씨밖에 없었다. 트리아카스텔라Triacastela에 도착하니 예정대로 사모스로 가겠다는 웨. 그녀와 작별하고 나는 이곳에 머물기로 한다.

이별은 아쉬워도 각자 정해진 속도와 몸과 마음의 요구가 다르니 강요할 수 없는 일이었다. 비에 지친 건지 길에 지친 것인지 점점 체력보다 맘이 어지러워 무던한 걸음이 어렵다.

사모스까지 9km를 더 걸어야 하는데 무리하지 않고 내일로 미룬다. 저만치 앞서 우산을 들고 가는 웨의 뒷모습을 보니 갑갑해진다. 그러나 그녀의 발걸음은 골목을 빠져나갈 때까지 무던했다.

다시 볼 수 있을까, 우리? 아디오스… 웨.

그녀의 평안한 길을 기도하며 오랫동안 처마 밑에 서서 그녀를 보냈다.

공용 알베르게는 텅 비어 있었다. 4명이 한방을 사용하는 숙소에 제일 먼저 짐을 풀었다. 뜨거운 물로 몸을 데웠다. 그사이 2명의 예쁜 스페인 아가씨가 와 있었다. 간호사인 조아나와 산드라다.

둘은 자선단체에서 의료봉사를 하며 알게 된 후 카미노를 계획하고,

오늘이 첫날이라 했다. 그래서인지 연신 하하 호호 기운이 넘치는 그녀들이다. 덩치 좋고 보이시 한 조아나는 연신 노랫가락을 흥얼거리며 설렘을 드러냈고, 그에 반해 깡마른 산드라는 말도 조용조용하고 웃음도 여리다. 반가움에 서로 인사를 나누고 있을 무렵 남자 한 명이 빼꼼히 들어왔다.

오늘 마지막 룸메이트. 야르(체코)라 자신을 소개한 그의 모습이 완전 톰 크루즈다. 아니 더 멋지다.

"안녕, 어디까지 가는 거야?"

"산티아고!"

"노! 노! 산티아고가 아니라 할리우드로 가야 해!"

모두 한바탕 웃었다. 산드라와 조아나가 저녁 먹으러 가고 야르가 마른 쿠키와 우유를 먹고 있다.

"아니, 이게 저녁?"

그렇다고 고개를 끄덕이는 야르. 나도 그렇지만 그도 가난한 순례자인 것 같았다. 여분의 먹을 것을 가졌다면 주고 싶은데 딸랑 바나나 한 개와 사과 한 개뿐. 바나나를 꺼내 그에게 건넸다. 아무렴, 청춘도 좋지만 길 위에선 그저 잘 먹어야 하는 것뿐!

그는 바깥 잠도 많이 잔 듯했다. 오히려 자연을 더 느낄 수 있어서 좋았다고 말하지만 아직 찬기운이 많았던 길이었다. 그가 가방에서 귀한 카미노 기념품을 꺼내 보여준다. 손바닥 크기의 납작한 돌을 주워 거기에 칼로 메시지를 새기고 친구에게 선물할 거라고 한다. 아무리 선물은 정성이라지만 저렇게 큰 돌을 선물이라고 지고 간단 말인가? 첫날 피레네에서 기념으로 주운 작은 돌멩이가 생각났다. 길의 시작이었고 설렘으로 주워 든 돌이었다. 그러나 얼마 지나지 않아 나는 기념이고 뭐고 무게를 줄이려 과감히 버려버렸다. 그에게는 진정 마음이 담긴 선물이라지만, 걷는 동안 짐의 무게는 무척이나 고될 것이다.

오늘도 각자 계획한 길을 걸어왔다. 오래전 순례자들의 거친 숨을 따라 마지막 고비를 넘었다. 때론 한 치 앞도 보이지 않는 길이라도 앞선 이의 그림자를 따라 우리는 한 걸음 그곳에 가까워지고 있다.

Iglesia de Biduedo

더 많은 시간을 아프게 추억하다

트리아카스텔라 −24.5km− 사리아

좀체 밝아질 기미가 보이지 않는 아침이다. 오늘도 비요일. 갈리시아

지방으로 넘어와 이틀 연속 빗속이다. 어젯밤은 정말 고요한 밤이었다.

고단한 이가 없었나? 아니면 내가 코를 골았는지도 모를 일이었다.

야르가 2층 침대에서 빼꼼히 인사를 한다.

　"안녕, 모두들~"

　"하, 야르! 선샤인!" 우리 방에 해님이 떠올랐다.

　어둑한 날에 그의 모습이 햇살처럼 웃는다.

　걷다가 비를 만나더라도 길을 나서는 게 나을 것 같았다. 모두에게

다시 보자 인사하고 먼저 길을 나섰다. 카미노는 마을 끝에서 두 갈래의

길로 나뉘었다. 왼쪽은 사모스Samos, 오른쪽은 산실San Xil 길이다. 두 길

모두 사리아에서 만나게 된다. 각각 나름의 멋이 있겠지만 산실 길이 5km 정도 짧았다. 나는 사모스 길을 택했다. 어젯밤 조아나는 떠나기 전부터 그녀의 엄마가 예쁘다고 적극 추천한 사모스를 외쳐댔었다.

　이제 젖은 신발은 익숙해졌고 역시나 호된 소나기가 내리고 오르락 내리락 숲길을 지나니 온통 흙투성이가 되어 사모스에 닿았다. 언덕 아래 수도원Monasterio de Samos이 엄숙히 자리하고 있었다. 그 규모가 제법 크다. 6세기에 지어져 유럽에서 가장 오래된 수도원이 있는 사모스는 마을 전체가 고요함으로 정지된 느낌을 주고 있었다.

　우체국을 들러 나오니 햇살 아래 멈춘 비가 다시 쏟아진다. 잠시 여우비를 바라보고 있자 누군가 길 건너편에서 손을 흔든다.

비야프란카에서 태워 먹은 양말을 보며 꽤 진지하게 걱정해주던 루이(프랑스)다.

길을 건너 벤치에 나란히 앉으니 젠틀하게 보온병에서 뜨거운 차를 마시던 그가 차 한 잔을 건넨다. 정말 감사하지만 가져오는 내내 무거웠을 그의 수고를 생각하면 무척 귀한 것이었다. 그러나 지금은 추위에 그의 마음을 선뜻 받아 마셨다. 두 번째 카미노를 걷는 그에게서 여유로움이 전해온다. 간간이 차가 지나고 마을 주민도 순례자도 모두 비를 피해 멈춘 듯 인적이 없다. 아무 말없이 비 오는 풍경 속에 서로의 상념을 기대고 앉았다. 그가 나눈 따뜻한 차의 온기가 한없이 고맙다.

잠시 후 비구름이 지나고 길을 나서기 전에 그가 지도를 꺼내 펼치며 아기아다Aguiada에서 산실 길과 만나는데, 사리아 쪽으로 걸어야 한다고 알려준다. 꼭! 기억해 둘게요. 고마워요.

좁고 어두운 숲길이 많았다. 빗물 가득 고인 길을 걷자니 늪으로 빠지는 기분에 몸이 더욱 무겁다. 마을 사람도 순례자도 좀체 보이지 않는 길에 이윽고 난감한 두 갈래 길을 만났다.

이곳이 그 갈림길인가? 이정표 없는 갈림길. 많은 발자국이 양쪽 길에 모두 적당히 찍혀 있었고 마음의 결정을 내리기가 수월하지 않았다. 왼쪽으로 가야 하나? 고민 끝에 사람들을 기다려 보기로 한다.

잠시 후 산드라와 조아나가 왔다. 사모스에서 사진을 찍느라 늦었고, 갈림길을 보며 어느 길로 가야 하느냐고 묻는다.

"그러게, 나도 지금 선택을 못 하고 있어…."

그때 한 무리의 순례자가 도착했다. 일순간 시끌벅적 이쪽저쪽을 가리키며 떠드는 모양새가 웃기다. 조아나와 산드라도 한 발 뒤로 물러서 다수의 결정을 기다리는 모습이다. 장고 끝에 우리는 각자의 수를 두었지만 모두 왼쪽 길로 함께 걸음을 옮겼다. 조아나가 흥겹게 노래를 부르며 앞서 걷고 산드라와 함께 그녀의 뒤를 따라 걸었다.

에콰도르에서 NGO 활동을 하며 만난 두 친구. 에너지가 넘치는 조아나와 딜리 산드라는 무척이나 왜소하고 가냘프다. 그런 그녀가 남자 친구와 이별 후 1년이 되어 가는데 아직 잊지 못해 힘들어하고 있었다. 조금 더 견뎌야 하는 시간이 필요하다고 그녀가 말한다.

적지 않은 시간이 지났다 하지만 그녀는 아직 어려운 때를 아파하고 있었다. 필연이든 우연이든 견디는 시간은 이기는 시간이다. 그 시간만큼 세상을 살아내고 있으니까. 많이 울어도 도망가지 말고 스러지지 말아야 한다. 비록 통증일지라도 깨끗이 비워낼 수 있는 시간을 갖게 될 것이니까. 그녀도 나도 모두 이겨 내야 할 삶의 한때를 살고 있었다.

산드라와 함께 하지 않았다면 지루하고 힘들었을지 모르겠다. 끈적끈적 발길을 잡는 숲길을 지나니 도심까지 이어진 도로길 저 멀리 사리아가 보이기 시작한다. 이윽고 다다른 곳에서 마지막 알베르게를 코앞에 두고 가파른 오르막 계단이 숨 가쁘다. 서로 파이팅을 외치며 산드라와 조아나는 공용 알베르게의 마지막 베드를 차지했다.

Monasterio de San Julián y Santa Basilisa · SAMOS

6세기에 세워졌지만, 16-18세기 수도원의 영향력과 함께 규모도 커졌다. 사모스는 수도원의 마을처럼 평화롭다.

사리아는 많은 순례자가 모이는 곳이었다. 순례자는 최소 100km를 걸어야 콤포스텔라를 받을 수 있기에 이곳부터 시작하는 순례자가 많았다. 그래서 베드가 40개밖에 안 되는 공용 알베르게보다 사설 알베르게가 더욱 활성화되어 있었다.

선생님과 약속한 숙소를 찾아 사흘 만에 반가운 해후를 나눴다. 사설 숙소의 시설은 꽤 좋았다. 그러나 가난한 순례자에겐 가혹한 주머니 사정이었지만 어쩔 수 없는 일이었다. 일정을 마친 안도감과 함께 밀려오는 허기에 현기증이 났다.

갈리시아 지방에서 유명한 뿔뽀Pulpo-문어 정찬을 선생님이 미리 예약해 두었다. 숙소 1층에 자리한 화이트 톤의 식당은 고급스러웠다. 순례자에겐 정말 어울리지 않는 과분하고, 명분 없이 신세를 지는 것 같았다.

"함께 먹으려고 이틀을 기다렸다."는 말에 그저 감사한 마음뿐이다.

우리네 데친 문어를 얇팍하게 한 겹, 한 겹 썰어놓고 올리브 오일과 빨간 비멘톤Pimenton-피망 가루을 맨 위에 뿌려놓았다. 시원한 화이트 와인과 함께 하니 어우러진 맛이 일품이다. 순례자에겐 어색하지만 멋스러운 부귀영화라니…. 또 하루 복된 마음으로 감사의 인사를 한다.

식사를 마치고 숙소 로비에 들어서니 오스피탈레로와 나란히 두 명의 동양 여자가 있었다. "안녕하세요!" 불러보니 선뜻 돌아본다. 앗! 반가운 한국인이다. 그들은 서울-마드리드를 거쳐 루고 도착 후 이곳 사리아까지 하루를 꼬박 이동한 혜숙, 영덕 님이다. 직장 동료인 두

INTERNACIONAL
RESTAURANTE
ALBERGUE
SHELTER

Parroquia Santa Maria
· SARRIA

사람은 귀한 일주일간의 휴가를 온전히 걷기 위해 이곳에 온 것이다. 그리고 지금 막 출발선에 도착했다.

그동안 지나온 여정과 카미노에 관한 몇몇의 이야기를 나눈다. 나는 오늘로 꼬박 30일을 걸었다. 이제 순례자 여권을 받아들고 설레어 하는 그들을 보니 감회가 새롭다. 무엇을 먹고, 숙소는 지낼 만했는지, 또 그 길을 어찌 걸어왔는지 등등. 막연하고 사소한 카미노의 모든 것이 궁금한 그녀들을 보며 새삼 나의 첫걸음이 생각났다. 그리고 그동안 700km를 걸어온 나의 발걸음보다 그녀들의 용기가 더 견고히 느껴지는 건 왜일까….

오랜만에 모국어로 이야기를 풀어놓으니 집 생각이 아련하다. 한창 엄마 손이 필요한 아이를 둔 그녀들은 벌써부터 아이들 걱정이 앞섰다. 문득 헤아려 보니 엄마와 통화한 지 열흘이 지났다. 참 무심한 딸이다. 무소식이 희소식이라고 생각하는 가족들의 무던한 천성이 내겐 그저 고마움으로 자리한다. 비록 멀리 있어도 그들의 묵묵한 응원은 나를 쉼 없이 걷게 한다.

갈리시아의 맑은 날

사리아 -22.5km- 포르토마린

설렘 가득한 출발! 영덕, 혜숙 님이 일찍이 움직였다. 선생님도 부산히 준비를 마쳤다. 의사의 권고로 무리하지 않고 짐 없이 출발한다. 닷새간의 휴식이 지루한 듯 서두르는 모습이 조금 걱정스럽기도 하다.

햇살이 좋다. 길 위에 사람들이 북적댄다. 익살꾼 라이너는 어젯밤 묵은 사설 숙소를 판타스틱하다고 칭찬하면서도 사람이 많아졌다고 투덜댄다. 산티아고가 다가올수록 더할 텐데… 그래도 힘겹지 않은 평이한 길이 이어지니 나는 좋다.

아침 햇살에 긴 그림자를 밟고 걷자니 저만치 앞선 길에 체코에서 온 톰 크루즈 야르가 있다. 그의 4kg 카메라 셔터 소리가 무척이나 바쁘다. 어제도 밤늦게 도착해 노숙을 했고 추위에 잠을 설쳐 아침도 거른 모양이

JAROSLAV - Czech

안타깝다. 바나나 2개와 사과를 모두 그에게 줬다. 나도 길 위에서 많은
나눔을 받으며 이 길을 걷고 있었다. 많이 가졌다고 나눌 수 있는 것은
아니었다. 내가 가진 것을 조금이라도 그에게 나눌 수 있음이 그저
감사함으로 다가왔다.

왜 할리우드로 안 가고 아직 이곳에 있느냐 농담을 하니 그가 웃는다.
한국으로 돌아가 카미노에서 톰 크루즈를 만났다고 포즈 좀 취해 달라
하니 커다란 나무를 끌어안고 한껏 퍼포먼스를 한다. 격하게 빛나는
외모만 빼고 나면, 순한 미소와 함께 조용한 그의 성향은 오리엔탈풍의
명상가 같다.

바르바델로Rente Barbadelo를 지나 꾸준한 길을 따라 걷다가 문신맨
다니엘과 엘리자베스를 만났다. 카페 한 잔을 앞에 두고 수다가
이어졌다. 다니엘은 라 파바에서의 밤을 잊을 수 없다고 이야기한다. 라
파바는 독일인 사이에서 소문난 곳이라 했다.

매년 한국인이 점점 늘어가고 있는 카미노에 한국인의 숙소가 있다면
어떨까? 매콤한 음식과 뜨거운 민족애로 늦은 밤까지 서로의 무용담을
나누게 될까? 아니면 건너뛰거나? 그렇게 낯선 땅에서 이 길을 선택한
우리나라 사람이 같은 공간에 함께 한다는 상상을 하니 그 풍경이
재밌다.

그들과 다시 길을 나서 라 브레아la Brea를 지나니 100km 이정표가
있다. 모두가 분주히 기념 촬영을 한다. 특별한 만큼 표석이 기존의

K.100
DIPUTACION
PROVINCIAL
LUGO

GRACIAS
순례자를 위한 소박한 나눔
→ PORTOMARIN 가는 길

것보다 키도 크고 사람들의 기념 낙서도 가득하다. 이곳에서 많은 그리움을 담고 있는 마음의 흔적들이다. 이제 산티아고까지 100km 남았다. 700km의 걸음. 자동차로 달리면 하루도 안 걸릴 거리를 꼬박 한 달 동안 걸었다. 얼마 남지 않은 여정이 먹먹함으로 다가온다.

산티아고에 닿기를 두려워하는 것인가? 언젠가 끝나버릴 길의 아쉬움 때문인가… 내게 어떤 걸음이었나? 올바르게 가는 것인가? 그동안 숱한 걸음에 지친 날이 뜨겁게 스쳤다. 너무 거창한 의미 같은 것은 없다. 그저 순간의 때를 사는 것이니까. 지나고 보니 한참 안타까운 날이 되지 않기 위해 최선을 사는 것이 내겐 답이었다.

숨 가쁜 길도 없고, 힘겨운 빗줄기와의 사투도 없는 날이다. 드러난 햇살을 꼭 끌어안아 본다. 다시 기쁨으로 한 걸음 나서니 길가에 정성으로 마련된 간이 먹거리가 있었다. 예쁘게 차려놓은 모양이 따뜻한 손을 내밀어 순례자를 위로하듯 귀한 마음이다.

폭이 큰 미뇨Rio Miño 강 건너편에 포르토마린Portomarin 마을이 언덕 위 저편에 보인다. 저수지 댐 공사 이후 높은 지대로 마을이 다시 만들어진 곳이라고 한다. 자세히 보니 흐르는 강물 속에 예전 마을의 높은 건물의 꼭지가 드러나 보인다. 그리고 수몰된 옛 마을의 다리가 강물에 찰랑찰랑 드러나 있었다. 높은 곳으로 올라가버린 마을이 신기하고도 놀랍다.

강바람을 가르며 긴 다리를 건너고 나니 가파른 계단의 마을 관문이 남아 있었다. 오르막 끝에 수평으로 마을 중심길이 열려 있고, 그 가운데

철옹성 같은 모습으로 지어진 산 니콜라스 요새 성당Iglesia de san Nicolas이

자리 잡고 있었다. 그 이름처럼 상당히 높은 성당 꼭대기의 망루 형태가

굳건한 요새를 연상케 한다.

휴일 미사를 드리고 점심때로 접어든 시간이라 거리 노천 테이블엔

여유로운 풍경으로 식사를 즐기는 사람이 많았다. 중심 거리를 지나

순례자가 하나둘 숙소로 계속 들어서고 있었다.

처음으로 숙소 입구에 줄을 서서 기다린다. 예상은 했지만 점점 많아질

거라는 선생님의 말에 마음이 조급해진다. 이제 느긋하게 걷는 것도 안

될 것 같다는 생각에 왠지 섭섭함이 밀려왔다. 공용 숙소에 사람이 모두

차버리기 전에 도착해야 하는 것이다. 묵묵히 오지 않는 사람을 기다리던

지난 외로운 길이 그렇게 떠올랐다.

산티아고가 가까워지면서 마을마다 사설 숙소가 부쩍 많아졌다.

그래서인지 갈리시아 공용 숙소엔 주방이 제 기능을 제대로 못하고

있었다. 오늘도 이곳은 무늬만 주방이다. 모두 뒤져보니 딸랑 뚜껑 없는

냄비 하나가 전부다. 마을 경제를 살리는 방법도 되겠지만 길의 순수함이

퇴색되는 느낌은 아쉽다.

혜숙, 영덕 님과 뚜껑 없는 냄비를 차지했다. 뚜껑이 없으니 뜸도 들일

수 없었다. 쌀과 물을 넣고 계속 저었다. 그 후 계란, 마늘과 양파를

넣었다. 죽도 밥도 아닌 오늘의 메뉴가 만들어졌다. 거기에 어제

그녀들이 가져온 고추장을 조금씩 곁들여 넣고 비벼 먹는다. 집 떠나와

처음으로 먹어보는 고추장 맛이니 무슨 말이 필요할까. 시장이 반찬이

Iglesia de San Nicolás · PORTOMARIN

아니라, 잠시 잊었던 그리움이 뒤범벅되어 산해진미가 부럽지 않다.

선생님이 신기한 듯 다가와 한 솥단지에 무엇을 만들어 먹는지 궁금해하면서도 권하는 음식을 극구 사양한다. 누가 봐도 이 민족의 취향은 선뜻 소화하기 힘들 것 같다. 빨간 고추장에 마늘까지 들어갔으니 선생님 취향은 정말 아니다. 오늘의 요리는 주제도 이름도 없는 그냥 먹거리일 뿐이다. 그저 때우기 식사였음에도 내겐 최고의 밥상이었다.

그렇게 갈리시아의 어느 맑은 날, 그리운 밥을 먹는다. 따뜻하다.

산티아고 성인 조형물 - portomarin

왕의 궁전 마을에 낯설게 머물다

포르토마린 −25.5km− 팔라스 데 레이

지친 걸음
낭만의 시선은
더 이상
감미롭지 않다

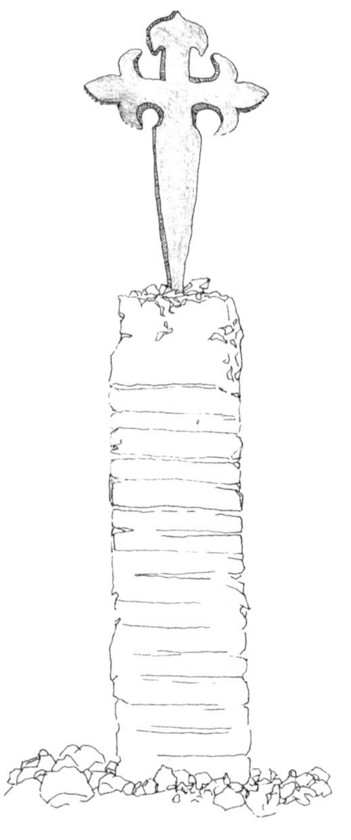

이른 새벽 어두운 길에도 사람들이 시끌벅적하다. 이제 평온한 새벽길도 북적대고 있었다. 불과 며칠 전에는 한 시간을 기다려도 보이지 않던 사람들이 이제 길 위에 넘쳐나고 있다. 때론 사람이 그립다가도 번거로워 지기도 하고, 기운도 되지만 그로 인해 한없이 지쳐버릴 때도 있었다.

이제 막바지로 접어든 길에 많은 얼굴이 스친다. 그들은 지금도 묵묵히 길을 걷고 있을까? 또 다른 길을 선택하고 떠났을까? 조금 더 많은 사람들과 나누고 인연 되지 못함을 아쉬워하면서도 한편으로 지금의 무탈한 시간이 그저 고맙다.

'함부로 인연을 만들지 마라.'

그것이 비단 사람뿐일까? 무엇을 얻게 되고 희망과 기쁨을 안고도 우리는 그것을 잃을까 염려한다. 소유는 기쁨도 되지만 한편으론 마음의 어려운 몫을 갖게 되기에 항상 쉽지 않았다.

어젯밤 선생님 옆 침대의 젊은 친구가 잠버릇이 형편없이 고약했나 보다. 서로 반대 방향으로 잠이 들었는데 그 친구의 느닷없는 하이킥으로 지금도 얼굴이 얼얼하다며 통증을 호소한다. 아직도 오른쪽 뺨이 발갛다. 피스를 붙일 수도 없고, 위로보다 그 상황을 떠올려 상상하니 그저 웃음만 난다. 자다가 날벼락이란 말! 딱 그 상황이었다.

햇살이 나무숲 사이로 반짝인다. 선생님은 새벽길 기도를 위해 멀찌감치 속도를 내 앞서 가고, 나도 속도를 내 숲길을 내달아 오르니 새벽 기운에 오싹했던 몸도 더워지고 사람 드문 한적한 길과 마주한다.

　아침 산책 코스로 적당한 길이다. 이내 도로를 따라 도착한 곳은 곤사르Gonzar다. 마을로 들어서기 전 도로길 바에 사람이 가득했다. 모두 아침 식사를 하려는 순례자다. 꼭 유명한 맛집을 찾아온 듯한 바는 시장처럼 활기차다.

　선생님이 테이블에 앉아 손짓한다. 매일 선생님을 따라 열심히 발음 연습한 메뉴 또르띠야 프란세사 데 초리소Tortilla Francesa de Chorizo–계란 부침을 넣은 바게트 샌드위치를 주인장에게 주문했다. 그곳에 마침 엘리자베스와 혜숙, 영덕 님이 도착했다. 첫날 배낭을 지고 걷는 것이 무리였나? 오늘은 짐을 부치고 걷는 영덕 님의 모습이 정말 가뿐하다. 짧은 길이라도 무리하지 않는 그녀의 모습이 활기차 보인다.

갈리시아의 곡식창고 오레오 (Horreo)

골목마다 갈리시아의 곡식 저장고 오레오Horreos가 제각각의 모양으로 부쩍 눈에 띈다. 1년 내내 비 오는 날이 더 많으니 귀한 작물을 지키기 위한 나름의 수단인 것이다. 전통 가옥 파요사Palloza도 간간이 남아 있다.

100km 지점을 통과한 이후 카운트다운처럼 세워진 이정표 비석으로 길을 잃을 염려가 없었다. 마을마다 산티아고까지 얼마나 남았는지 이정표 천국의 갈리시아다. 하지만 500m마다 놓인 표석은 왠지 그렇게 반갑지 않았다. 어떤 이는 산티아고가 가까워지는 것을 행복해했지만 내겐 왠지 모를 허전함이 더욱 커져만 갔다.

마을마다 가장 진한 시골 풍경은 길 위에 뿌려진 소와 염소 똥이다. 이리저리 까치발을 딛고 한참을 지나가야 하는 곳도 흔했다. 갑자기 검은 소라도 나타나면 놀라 주춤하다가도 이내 소와 함께 하나! 둘! 하나! 둘! 신나게 걸어간다.

햇살 좋은 날, 한 무리의 사람이 앞으로 나서고 뒤이어 익숙한 얼굴을 만났다.

"정말 오랜만이다! 친구, 아직 집에 가지 않은 거야?"

"히하, 니코! 너무 날씬해서 못 알아보겠어!"

그와 반가움에 따뜻한 포옹을 한다. 아소프라에서 헤어진 덩치 스버프 니코를 20여 일 만에 만났다. 사람이 이렇게도 만나는구나. 그동안 왜 한 번도 마주치지 못했을까. 그의 목엔 두툼한 세수수건이 여전하다. 아픈 데는 없느냐고 묻자, 허리와 배를 보이며 사이즈가 줄었다고 말한다.

벨트를 보니 구멍 3개가 줄어 있다.

"카미노에서 건강을 찾았군! 축하해!"

"응, 길도 좋고 몸도 좋아지고 카미노의 기적!"

그가 이렇게 수다스러운 줄 몰랐다. 함께 하진 않았지만, 길 위의 시간은 서로를 조금 더 편한 친구로 만들어주고 있었다.

집으로 돌아가야 할 날이 얼마 남지 않아 어제는 50km를 걸었다고 한다. 50km… 진정 가능한 걸음인가? 그의 묵묵한 집념에 응원을 보내면서도 한편 걱정도 앞선다. 우리 얼마 남지 않은 길을 건강하게 마무리하자! 파이팅!

팔라스 데 레이Palas de Rei에 도착해 콘세요 광장Plaza Concello에 있는 공립 알베르게로 갔다. 퉁명스럽게 앉아 있는 할머니가 여기서 잘 거냐 묻는다. 그 말투가 "여기서 자려면 각오해!"로 들렸다. 선생님이 방값이 얼마인지 물으니 일회용 시트를 건네며 여전히 굳은 인상이다.

이렇다 할 안내도 없이 우리는 2층 숙소로 올라갔다. 방에 들어서니 선생님과 나는 절로 고개를 내저을 수밖에 없었다. 지하도 아닌데 이 칙칙한 느낌 너무 안 좋다. 관리되지 않은 듯한 노후한 환경이었다. 사설 알베르게도 많은데 나 때문에 이곳에 머무는 것 같아 선생님께 미안한 마음이 커진다.

그냥저냥 하룻밤 눈 딱 감고 지내자 맘먹었는데 욕실을 보고 나니 최악의 알베르게! 라는 말이 서슴없이 나왔다. 샤워 부스에 남녀 구분도

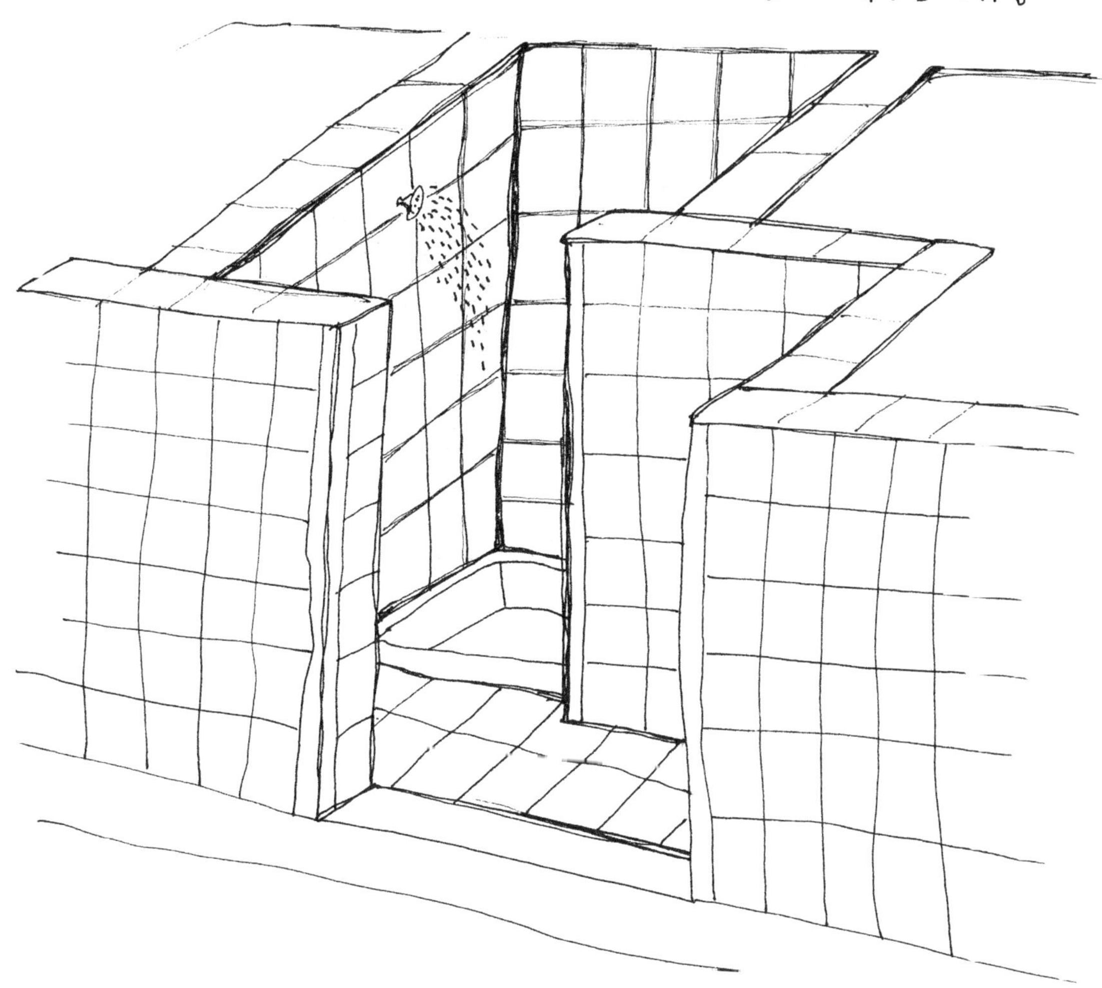

왕의 궁전 (Palas de Rei) 마을에 대략난감 샤워장

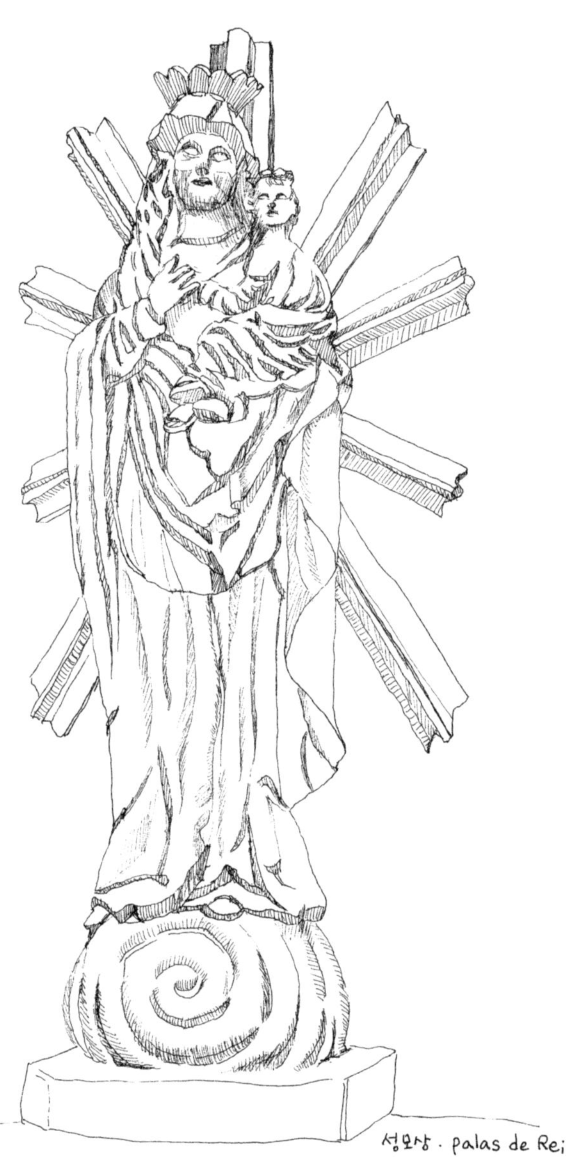

성모상 . palas de Rei

없고 샤워 커튼도 없다. 오스피탈레라의 심기 불편한 응대를 일찌감치 눈치채지 못한 것이 거듭 후회로 몰려왔다. 게다가 갈리시아 알베르게 주방은 허울만 좋은 이름뿐이었다.

선생님은 깊은 낮잠에 빠졌고, 내 옆 침대를 사용하는 엔리코(이탈리아)와 두 명의 여자가 자고 있다. 더 많은 사람이 도착하기 전에 샤워를 해야 하나? 누군가 함께 들어가 해야 하나? 그 작은 고민에 목덜미가 뻐근해졌다. 마음의 결정을 하고 들어가 후다닥 샤워를 하자니… 맙소사! 찬물이 쏟아진다.

"아, 정말 끝장을 보자는 거군!"

이를 악물고 참고 씻으면서도 누군가 들어오지 않을까 신경이 곤두섰다. 대충 마무리하고 주섬주섬 챙겨 나오니 방 안에 속속 순례자들이 도착하고 있었다. 휴~

선생님께 샤워실의 무용담을 한창 이야기하고 있는데, 옆에 있는 엔리코가 쿡쿡 웃으며 말한다. 이제 긴장을 풀라고… 별것 아닌 문화적 차이인가? 사람들은 별로 개의치 않으며 샤워실을 사용했다.

팔라스 데 레이는 '왕의 궁전' 이란 뜻이다. 그러나 그 이름답지 않은 인상이 내게 남았다. 알베르게에 대한 인상이 꽁하게 박힌 탓인지 음식도, 사람도 모두 낯선 느낌만 가득하다. 산티아고가 가까워지며 이래저래 허전함이 더욱 커진다.

뿔뽀! 뽀뽀!

팔라스 데 레이 -30.5km- 아르수아

먹고
기도하고
…
울다

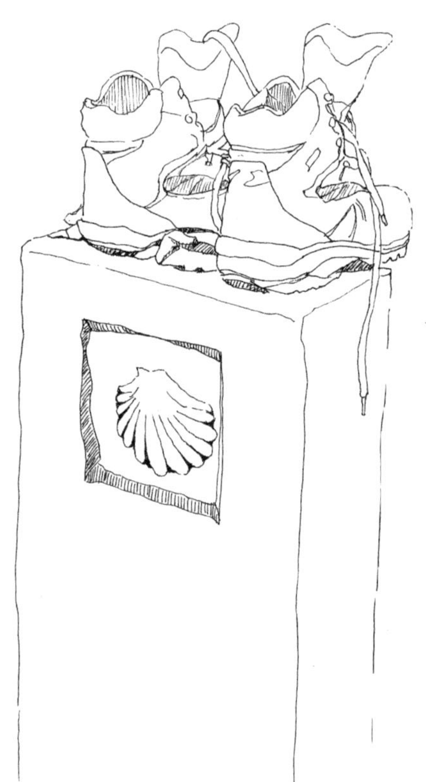

오늘은 부쩍 선생님이 발걸음을 재촉한다. 한껏 들뜬 기분이 콧노래로 온전히 느껴진다.

　선생님: 부엔(멋진) 디아(날)! 부엔 디아!

　나: 노! 류비아(비가 안 와요) 부에노(좋아)! 부에노!

　선생님: 세뇨리따! 그라시아스(감사합니다) 아 디오스(신이여)!

　나: 오이(오늘) 빠레쎄(보이다) 펠리시다드(행복해) 뽀르께?(왜)

　선생님: 멜리데Melide 뿔뽀(문어)! 뿔뽀!

　나: ….

　선생님이 환호하는 갈리시아의 뿔뽀! 워낙 유명한 요리다. 이곳 사람들은 모두 뿔뽀!를 외치며 기운을 얻는 듯하다. 오늘은 그 문어 요리로 유명한 멜리데를 간다.

　얼마 전 사리아에서 처음 그것을 먹어 봤었다. 특별한 조리 비법도 없는 듯한 데친 문어 요리. 선생님은 그것을 무척 좋아한다. 갈리시아에 도착한 후 거의 매일 뿔뽀!를 외치니 말이다. 그런데 갈리시아의 문어 마을이라고 해도 과언이 아닌 멜리데를 간다니 그야말로 어찌 흥분되지 않겠는가!

　바에 들러 아침을 먹는데 그곳에서도 모두가 뿔뽀! 그 길목인 이유도 있겠지만 유난히 뿔뽀!라는 단어만 쏙쏙 귀에 박혀 들어오는 날이다.

　작은 배낭의 단거리 순례자가 많이 눈에 띈다. 그들과 함께 뒤섞이니 길도 그렇고 동네 산책 나온 기분이다. 모두 산림욕을 즐기기 위해 모인 관광객 같다. 나무가 아치 형태로 자연 터널을 만들어놓았다. 햇살이 속속 스며드는 풍경이 상쾌하게 빛난다.

독일 부대 친구들이 씩씩하게 도착했다. 엘리자베스, 로사, 다니엘, 라이너! 햇살 쏟아지는 갈리시아의 하루도 감사한데, 정겨운 친구들과 함께 걸으니 신나고 기운 난다. 사람과 술은 익어가는 것이라 했나… 그간 넉넉한 시간이 지나며 우리의 우정도 깊게 익어가고 있다.

작은 돌다리를 지나 나타난 푸렐로스Furelos에 이르니 사람들이 무척이나 비좁은 작은 성당을 분주히 드나들고 있다. 성당의 예수님 형상으로 유명한 마을이었다. 오른손을 떨어뜨려 십자가 고난의 힘겨움이 더욱 극명하게 느껴지는 곳이었다.

눈을 뗄 수 없게 그 아픔이 전해져 눈물이 났다. 성당의 스탬프도 같은 모양으로 만들어져 많은 이가 순례자 여권을 들고 기다렸다. 가져간 작은 성경책에 기념으로 한 번 더 도장을 남겼다.

슬슬 허기가 밀려올 즈음 멜리데에 도착했다. 햇살 가득한 시내는 무척 활기찼다. 그 분위기를 더하는 건 역시 많은 순례자가 문어와 와인에 흠뻑 취해 있는 풍경이었다. 가게마다 문어 그림이 독특했고, 선생님과 함께 드디어 문어 식당에 들어갔다. 원조집인지 가게는 어마어마하게 크고 긴 탁자에 사람들이 북적대고 있었다.

문어를 주문하고 자리에 앉으니 딱! 우리네 막걸리 사발이 놓여 있었다. 뽈뽀와 함께 화이트 와인을 먹는 잔이었다. 막걸리 잔에 와인이라니… 사람들이 너 나 할 것 없이 모두 시끌벅적 어울리는 모습이

parroquia San Juan
•FURELOS

홍겹다.

우리 식탁에 일행이 생겼다. 헤수스, 첼로 부부와 필라르, 하비에르 부부. 이들은 사리아부터 산티아고까지 단거리 순례자라고 했다. 헤수스가 심각하게 내게 묻는다. 왜 이 길을 걷느냐고… 아! 그의 말이 끝나기도 전에 와인에 취한 것인지 울컥 눈물이 흐른다. 뭐라 말도 꺼내지 못하고 뜨거운 눈물이 주체할 수 없이 흘렀다. 문득 떠나오기 전 힘겨운 시간이 스치고, 지금 이 축복된 시간이 믿을 수 없는 신비한 꿈인 듯 아름다워 울었다.

헤수스의 아내 첼로가 나를 안았고, 나도 꼭 안았다. 그것은 그리운 엄마의 포근한 품처럼 따뜻하고, 흔들리지 않는 평화가 기쁨으로 다가왔다. 그녀가 십자가 팔찌를 풀어 내 손목에 걸어주고 헤수스는 스페인 국기의 리본을 내 배낭에 손수 묶어주었다.

모두가 건배의 잔을 들고, 헤수스의 권유에 선생님이 축복된 길을 기원하며 짧은 기도를 한다. 수첩을 꺼내 그들의 이름을 한글로 적고 고마운 인사를 남겼다. 그들도 처음 보는 한글이 예쁘다 하니 순례자 여권 이름 자리에 한글 이름을 모두에게 남겨주었다.

사람들과 정겨움에 흠뻑 취한 시간을 뒤로하고 우리는 인사한다. 선생님도 나도 문어 식당의 와인에 발그레 취하고 말았다. 오늘 걸어야 할 길이 많이 남아 있었다. 아직 아르수아Arzua까지 3시간 이상은 족히 걸어야 하는 상황이다. 햇살 아래 취기와 함께 몸이 부쩍 달아오른다.

나무 그늘 사이로 들어서자 선생님의 노랫소리에 나도 쿵작쿵작

문어 (pulpo) 요리로 유명한 도시
· MELIDE

장단을 맞추며 걸어본다. 리바디소Ribadiso da Baixo에 도착하니 이소Iso
강가에 먼저 도착한 사람들이 한창 물놀이를 즐기고 있었다. 계절은
어느새 완연히 초록의 숨을 쉬고 있었다. 멀리서 다니엘이 인사한다.
혜숙, 영덕 님도 이곳에 여장을 풀었나 보다.

　5시가 넘자 잠자리 걱정이 되었다. 알베르게에 자리가 없을 것 같았다.
다음 마을까지는 너무 멀었고, 발걸음이 빨라졌다. 아르수아에 도착하니
역시나 단체 순례자로 공립 알베르게는 침대가 없었다. 선생님과 사설
알베르게 한 곳을 찾아가니 까칠하게 침대 위층으로 안내한다.
알베르게도 많은데 별로 친절하지 않은 이곳에 머물 이유가 없다는 듯
선생님이 나가자 한다. 여자는 다시 우리를 붙잡았고 따라간 곳은 아직
오픈하지 않은 구역의 침대가 말끔하게 준비되어 있었다.
　친절맨 미셸이 생각났다. 그에게 친절 교육이라도 받아야 할 사람이
너무 많았다. 장사 하루 이틀 할 것도 아니면서 왜 이렇게 불친절한
건지… 뭐 고가의 고객도 아닌 데다, 단골은 절대 필요 없음! 하루살이
고객 만족 서비스. 모두가 이런 건 아니지만 조금 씁쓸하다.
　한번은 길을 걸으며 만나는 순례자 중 어느 나라 사람이 가장 친절할까
생각한 적이 있었다. 독일, 프랑스, 영국, 이탈리아, 스페인…? 결론은
사람마다 다르다! 친절한 프랑스인이 있는 반면 그렇지 않은 사람도
있으니까….

어제 잠자리와는 다른 쾌적한 곳이다. 햇살 뜨거워진 오후 길을
걸어서인지 한낮의 남은 더위가 밤늦도록 온몸 가득 얼얼했다.

다른 형태의 곡물창고
Cabeceiro (까베세이로)

그들은 어디서 오고… 갔을까

아르수아 -19.5km- 페드로우소 아르카

날이 점점 좋아져 더 이상 추위는 없을 것 같다. 이제 드디어 내일이면 산티아고! 하지만 내겐 아직 걸어야 할 길이 닷새나 더 남아 있기에 끝이라는 게 아직 어색하다. 어젯밤 엘리자베스는 남편과 약속일까지 시간이 많이 남았다며 걱정을 했었다. 그리고 산티아고 근처 대형 숙소 몬테 도 고소Monte do Gozo에서 사흘을 머물 거라 했다.

인근 동네 주민이 산책 나온 것처럼 사람이 많다. 길도 기복 없이 고르고 날도 연일 햇살 가득하다. 고된 카미노를 마치고 편안한 휴가를 계획하는 이들이 적지 않았다. 긴 여정의 순례자들도 힘겨운 배낭에도 불구하고 발걸음이 더욱 가벼워 보인다.

키 큰 유칼립투스가 하늘 높이 자란 숲이 길게 이어진다. 저만치 앞서 걷던 선생님이 웃으며 말한다. 코알라가 툭! 떨어질지도 모른다고… 그 모습을 상상하니 우습고 재밌다.

오래전 호주에서 본 코알라는 이렇게 높은 유칼립투스가 아닌 것 같은데… 바로 눈높이에서 바라본 기억이 선명히 떠올랐기 때문이다. 해병대 코알라가 아닌 이상 잠꾸러기 느림보가 저렇게 높은 곳에 과연 올라갈 수 있을까 싶다.

높이가 문제가 된다 해도 코알라는 나무를 포기할 수 없을 것 같기도 하다. 유칼립투스 향기가 무척 좋기 때문이었다. 먹어 보지 않았지만…. 나뭇잎을 잘라 보니 신선한 향이 정말 좋았다. 심신을 이완시키는 아로마 테라피로도 가히 손색이 없을 것 같았다. 선생님이 유칼립투스 한 줄기를 잘라 배낭에 꽂아주었다.

시끌벅적 한 무리의 청춘이 몰려왔다. 그 안에 조아나와 산드라가 있었다. 오랜만의 만남도 기뻤지만 그녀들이 피스테라Fisterra까지 가는 순례자여서 더 반가웠다. 인사를 나누고 피스테라로 언제 출발하는지 물었다. 그러나 그곳에 가지 않는다 말하는 그녀들.

둘 덕분에 혼자 걷는 길이 외롭지 않을 거라 생각했는데 아쉽다. 그들은 산티아고를 끝으로 카미노를 마치고 이틀 전 만난 남자 친구들과 해변으로 떠난다고 한다. 아쉬움은 컸지만 어쩔 수 없는 일이었다. 아디오스! 부엔 카미노! 그들이 모두 앞서 가고 선생님이 안타까운 목소리로 말한다. 종교적 순례의 길에 점점 관광객이 많아지는 것 같다며 진정한 카미노의 의미가 사라지지 않기를 바란다고….

산타 이레네Santa Irene를 지나 루아Rua에 도착하니 작은 오두막의 순례자 안내 센터가 열려 있었다. 그곳에서 오늘 아침 숙소에서 함께 출발했던 마리아와 알베르토를 만났다. 무척 예쁜 스페인 커플이다. 그들은 아스토르가부터 열흘 정도 걷고 있었는데 특히 인상 깊은 것은 삼성 로고가 또렷이 새겨진 모자를 썼다는 것이다. 삼성과 특별한 인연 같은 것은 없고, 과거 어떤 행사에 참여해서 얻은 모자를 쓰고 온 것이라고 하지만 커플룩이라 하기엔 참 독특했다.

그들이 내 순례자 여권을 보며 놀란다. 앞뒤로 빼곡히 찍힌 스탬프를 보니 많은 길의 풍경이 하나둘 스친다. 참 많이도 걸었다. 꼬박 37일! 800km. 내일이면 여정의 종착지에 닿는다는 게 전혀 실감 나지 않는다.

숲 사이를 걷다가 우리는 어깨동무로 긴 그림자의 사진을 남겼다. 알베르토가 선생님과 내가 단짝이 된 사연을 묻는다. 가끔 그렇게 사람들이 우리의 낯선 인연을 물었다. 그때마다 요약된 줄거리처럼 이야기로 풀어내며 선생님은 나름 흥겨워했다.

많은 길을 만났고 친구도 만났다. 오늘 새롭게 만난 스페인 연인 마리아와 알베르토까지… 서로의 이름을 묻고, 그것을 또박또박 적고. 가끔 함께 안부를 나누자며 서로의 메일 주소를 남겨두기도 했다. 그렇게 때론 스치는 인연으로, 때로는 마음에 긴 여운으로 남는 인연이 되어 갔다.

길 위의 여정이 차츰 정리되며 그간 수첩에 적잖은 이름이 적혔다. 비록 기록은 없지만 마음에 남아 있는 우연도 적지 않다. 지난 시간을 들춰 보니 모든 길이 풋풋하고 아련히 떠오른다.

그 기록 중에 가장 많은 날을 함께 한 사람이 있다. 바로 훌리오 선생님이다. 첫날 나바레테 성당 앞에서 손짓 발짓으로 시작된 우리의 우연이 오늘에까지 이어졌다. 처음엔 말도 통하지 않았고, 몸의 언어도 모자라 수첩에 그림도 숱하게 그렸다. 교직 생활을 오래한 탓인지 선생님의 그림은 설득과 이해의 충분한 도구이기도 했지만, 남다른 탁월한 솜씨를 갖고 있었다.

딱히 약속된 것도 없이 시작된 하루 이틀의 우연한 만남이, 어느새 단짝 동무가 되고 난 후 매일 서로의 안부를 묻고 위안하며 안아주었다. 함께 하는 친구들과 있을 때는 누구보다 흥겨운 친구였고, 그를 통해 스페인과 카미노를 더욱 깊게 이해하며 느낄 수 있었다.

하루하루 걸음을 떼듯 하나둘 카미노 말을 배워갔다. 무엇보다 심신의 기운이 지쳐 쓰러졌을 때 진심으로 걱정하며 보듬어주었다. 그것은 결코 잊을 수 없는 작은 빚으로 남았다. 그 귀한 마음을 잊을 수 없을 것이다. 그리고 그와 따뜻함을 나누는 인연의 경이로운 시간은 주어질 것이라 믿는다.

이제 내일이면 산티아고에 도착한다. 많은 이들이 여정을 마치는 곳!

유칼립투스 (Eucalyptus)

세상 어떤 꿈과 만나기 위해 길로 나섰는가.

두려움과 긴장으로 피레네를 넘고

고된 호흡과 땀방울로 전진했다.

비바람 지나 무지개 쫓아온 사람들과

상기된 얼굴로 카미노를 만났다.

나를 이겨 보자! 속삭였다

안타깝고 불쌍하고, 지질하게도

맞짱 한번 뜨지 못한 삶이 부끄러워

내 몫의 길을 택하고

우연을 빌려 기적을 꿈꿨다.

적절한 때는 애초부터 없었다.

숙명적 직관을 따라

자신을 바로 세우며 나아갈 뿐

신념과 행동으로 가능성을 잉태하고

그렇게 행운아가 되었다.

최선의 인내와 확신은 견고하고

고단한 날 속에 풍요로운 인연들

그 안에 넘치는 응원으로

두려움은 머물지 않았다.

인간적 호흡에 감사하며

영혼의 자유를 살았다.

그들은 지금

어디쯤에서

삶과 마주하고 있는지

모두 부엔 카미노!

나는 참 멀리 왔다

페드로우소 아르카 ~20.5km~ 산티아고 데 콤포스텔라

오.랜.꿈

목적지는
필요했지만
중요한 것은
아니었어

Santiago de Compostela-Day 1

어젯밤 우리 방 정원은 10명. 선생님과 나를 제외한 8명의 스페인
아줌마는 모두 단거리 성지순례 그룹이었다. 그들은 대략 50대 중반을
넘은 푸근한 엄마들이었다. 아침부터 화장하고 단장하는 모습이 예쁘다.
그에 반해 매일 단벌 패션으로 살아서 그런가? 오랜만에 향수가
달콤하다. 거울 속 내 모습을 꼼꼼히 살펴보니 푸석한 피부에 거뭇하게
기미도 보인다.

선생님이 부쩍 잰걸음으로 발길을 재촉한다. 그는 오늘 가족을 만난다.
그동안 그의 걸음을 걱정했던 어머니와 아내가 축하와 감사의 미사를
드리기 위해 기차를 타고 지금 산티아고로 오고 있었다. 내일이면 모든

일정을 마치고 식구들과 집으로 갈 것이다. 그 설레는 감정이 고스란히
느껴진다. 날이 좋아 다행이었다. 비라도 왔으면 이 마음 어쩔 뻔했는가.

　본격적으로 산티아고를 알리는 이정표가 나타나고, 공항이 있는
라바코야Labacolla를 지나자 산 마르코스 언덕에 위치한 몬테 도 고소에

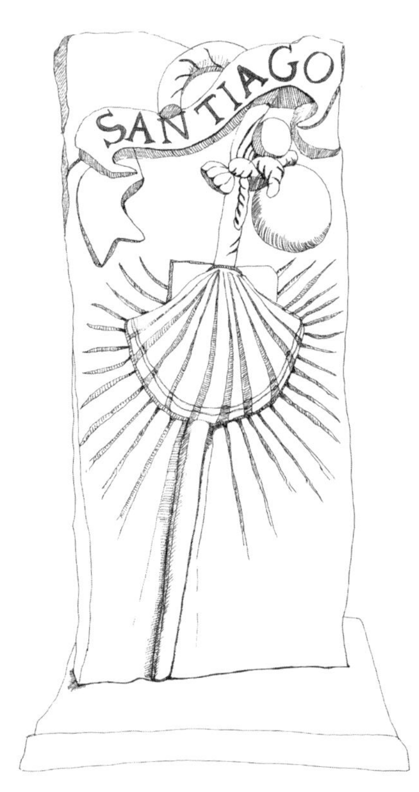

도착했다. 작은 성당과 교황의 모습이 담긴 커다란 조형물에서 많은
사람들이 기념 촬영을 하느라 분주했다. 그 뒤로 저 멀리 산티아고
시내가 아련히 펼쳐져 있었다.

몬테 도 고소는 순례자 특별 거주 구역처럼 거대한 숙박촌이었다.
500개가 넘는 숙소를 지나 내리막길 끝에 카페테리가 크고 깔끔했다.
각종 편의 시설이 마련된 순례자 특별 구역이지만 산티아고와 조금
떨어져 버스로 왕래를 해야 한다.

많은 이들의 흥분된 보폭에 이끌려 이른 시간 산티아고에 들어섰다.
세르반테스 광장Plaza de Cervantes을 지나니 드디어 대성당이 나타났다. 내
앞으로 몇 걸음 앞선 거리에 한 순례자가 다리에 붕대를 감고 걷고
있었다. 그런 그가 잠시 걸음을 멈추는가 싶더니 힘겹게 무릎을 꿇고
땅에 키스한다. 그로 인해 잠시 멈칫 뜨거움이 가슴 가득 밀려왔다. 각자
길 끝까지 최선의 걸음으로 이제 이곳에 서게 되었다.

길은 무엇이었으며, 우린 어떻게 여기에 왔을까… 그것은 모두 각자의
몫이고 또 나머지였다. 길은 하나였지만 우리는 서로 제각각의 길을 따라
걸어왔다. 그렇게 제 나름의 격정을 대성당을 바라보며 쏟아내고 있었다.

서로에게 부엔 카미노! 인사를 건네며 구시가지로 들어섰다. 광장
옆에 배낭을 맡기고, 콤포스텔라를 발급받으러 간다. 사무소에 도착한
순례자들의 줄이 길었다. 이윽고 산티아고 스탬프가 찍히고 각자 이름이
적힌 증명서를 받아들었다. 쉼 없이 걸어온 길의 열정이 되살아나 이내

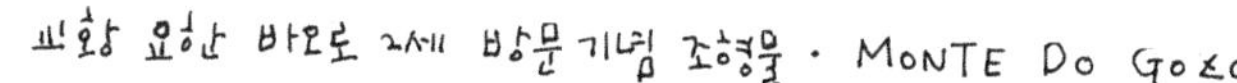

교황 요한 바오로 2세 방문기념 조형물 · MONTE DO GOZO

순례자 조각상 - MONTE DO GOZO

목젖이 뜨거워졌다. 서로를 안으며 축복의 인사를 나눈다.

오브라도이로 광장Plaza del Obradoiro에서 바라보는 산티아고 대성당Catedral de Santiago은 웅장했다. 한참을 그 앞에 숙연해졌다. 많은 순례자가 광장에서 저마다 축하 의식으로 분주했다. 모두가 서로에게 충분한 격려를 아끼지 않는다.

대성당은 산티아고(야고보) 성인의 유해 위에 세워졌다. 11~13세기에 거쳐 현재의 모습을 갖춘 대성당은 정면에는 오브라도이로 광장과, 측면에 킨타나 광장Plaza de Quintana이 대성당을 넉넉히 품고 있었다. 그리고 오브라이도 광장 쪽에는 영광의 문Pórtico de la Gloria과 킨타나 광장에는 면죄의 문Puerta del Perdon이 방문객을 맞았다.

성당 안으로 들어서니 황금빛 중앙 제단이 눈부셨다. 그 가운데 산티아고(야고보 성인)의 좌상이 있었다. 많은 사람이 길게 줄을 서, 중앙 제단의 아래 성인의 유해가 있는 곳의 참배를 기다리고 있었다. 그사이 선생님은 신부님께 고해성사를 하고 눈물을 흘렸다. 모두 각자의 그 무엇으로 차오르는 충만한 시간이었다.

가족이 도착할 시간이 되어 선생님은 기차역으로 가기 전, 대성당에서 10분 거리의 알베르게에 도착해 배정받은 침대까지 손수 확인해주었다. 그리고 내일 오전 성당 앞에서 만나기로 약속하고 배웅했다.

대성당 영광의 문에서 만나는
산티아고 성인.

숙소는 한산했다. 알베르게 세미나리오Seminario Menor la Asuncion는 시내와
거리도 가까웠다. 그래서인지 가격이 만만찮다. 10유로. 1인 1박의 제한
없이 원하는 날만큼 머물 수 있는 곳이었다. 2층 침대 없이 일대일 개인
사물함 옆에 각자의 침대를 사용하게 되어 있고, 샤워는 남녀 공용인데
칸막이와 문이 있어 다행이었다.

Albergue Seminario Menor en
SANTIAGO DE COMPOSTELA.

내 옆 침대에 독일 아저씨 에버하드가 인사한다. 그는 나흘 전에 이
곳에 도착했고 피스테라와 무시아Muxia의 해안길을 걷고 오늘 산티아고에
다시 돌아온 것이었다. 그런 그가 비닐봉지에 가득 담긴 조개를
보여준다. 많다. 정~말 많다! 내가 조개를 몇 개 들고 예쁘다 하니 그가
한 봉지 따로 담아주는데 이거 정말 대략 난감이다.

이제 나도 그 해안길을 걸어야 하는데 이 조개를 어쩌란 말인가요.
그의 진지한 성의를 거절할 수 없어 받아들고, 작은 메모지에 한글로
감사의 인사를 적어 건넸다. 그런데 맙소사! 그가 조개를 한 봉지 더
준다. 윽, 이런 뜻이 아니었는데… 처음부터 끝까지 독일어만 고수하는
그에게 설득은 어려웠다. 또 꾸뻑! 감사히 받았다. 순식간에 엄청난 조개
부자, 아니 조개 갑부가 되었다.

저녁을 먹기 위해 지하 식당에 가니 주방 옆에 작은 슈퍼도 있고,
향긋한 음식 냄새에 다급히 허기가 밀려왔다. 분주하게 요리를 하는
사람들 가운데 며칠 전 왕의 궁전 마을에서 만난 엔리코가 반가운 인사를
한다. 그는 내일부터 해안길로 출발한다. 함께 가면 좋을 텐데… 아쉽다.
그가 방금 만든 파스타를 보이며 함께 먹자고 하니 허기진 배를 쥐고
꾸뻑! 감사한 마음으로 오붓한 저녁을 함께 한다.

catedral de Santiago · SANTIAGO DE COMPOSTELA

늦잠을 자도 되는데 일찍부터 잠이 깼다. 조용히 짐을 꾸리는 이들은 또 길을 걷는 사람들이었다. 엔리코가 출발 전에 내게 와서 피스테라-무시아 해안길 정보 책을 주었다. 앗! 감동이다. 누군가를 위해 마음을 나누는 이 풍요로운 인정을 어찌할까. 고마워요, 엔리코. 부엔 카미노!

그냥 조금 더 잘까 하다 에버하드가 아침을 먹자고 해서 과일 봉지를 들고 따라나섰다. 역시 통 큰 아저씨! 저 큰 우유를 혼자 먹으려고 산 건가? 카페콘레체를 만들고 빵을 나눈다. 풍성한 아침을 먹고 나니 금방이라도 먼 길을 걸어도 좋을 만큼 느낌이 상쾌하다.

그는 오늘 말라가로 가서 일주일을 보내고 집으로 돌아간다고 했다. 그리고 그가 건네주는 부엌살림… 저렇게 덩치 큰 남자가 알뜰살뜰 챙겨 다닌 살림살이를 내게 넘겨주며, 참치 캔 3개를 얹어준다. 아, 무거운데… 이를 어쩐다지…. 남아 있는 우유까지 모두 마시고 나니 음매- 소리가 절로 나왔다.

숙소는 09:30분에 문을 닫는다. 배낭을 사물함에 넣어두고, 작게 접히는 시장바구니를 들고 나서니 등산화에 어색하다. 선생님 가족을 처음 만나는데 행색이 영 아니다. 화장품이라곤 선크림밖에 없으니 참 안쓰러운 상황이지만 어쩔 수 없다.

문을 나서자 에버하드가 숙소 근처에 무엇이 있고, 마켓과 성당 가는 길, 피니스테라 가는 길까지 친절히 알려주겠다고 한다. 그리고 다시 산티아고로 돌아와서 먹으라며 싸고 좋은 해산물 뷔페까지 안내해준다.
아, 산티아고의 감동이다. 에버하드 만세!

이윽고 도착한 킨타나 광장에서 누군가 내 눈을 가려 뒤를 돌아보니
선생님이다. 수염도 깎고 말끔히 양복까지 입었다. 어제까지 함께 걸었던
순례자 친구는 없었다. 94세 된 어머니와 아내가 그의 곁에 환하게 웃고
있었다.

에버하드의 비행기 시간이 되어 헤어지기 전, 선생님은 자신이 사는
말라가에 간다는 에버하드에게 열심히 그곳의 정보를 일러준다. 그런데
두 사람이 각자의 모국어로 이야기를 하는데, 대체 '말라가' 라는 단어
외엔 소통을 하고 있는 건지 궁금할 따름이다.

친절의 진수를 보여준 에버하드와 작별을 하고 선생님 가족과 정오
미사를 위해 성당으로 향했다. 미사가 시작되기 전 성당 안은 통로까지
사람들로 가득했다. 한 수녀님의 리드로 성가의 한 부분을 함께 불렀다.
그녀의 목소리가 평안하고 아름답다. 세상에 이런 신비롭고 청아한
목소리가 있을까… 매우 맑고 고와서 한없이 빨려들었다.

스페인어로 진행된 미사가 끝나고, 사람들의 흥분된 환호 속에
기디리던 행사기 진행되었다. 웅장한 파이프오르긴 성가와 함께 연기가
피어오르는 보타 뿌메이로Botapumeiro-향로를 8명의 수사가 순식간에
공중그네처럼 하늘로 띄웠다. 점점 크게 반경을 넓히며 높이 난다.
일제히 성당 안은 흥분의 탄성으로 가득 찼다. 사람들의 카메라 플래시가

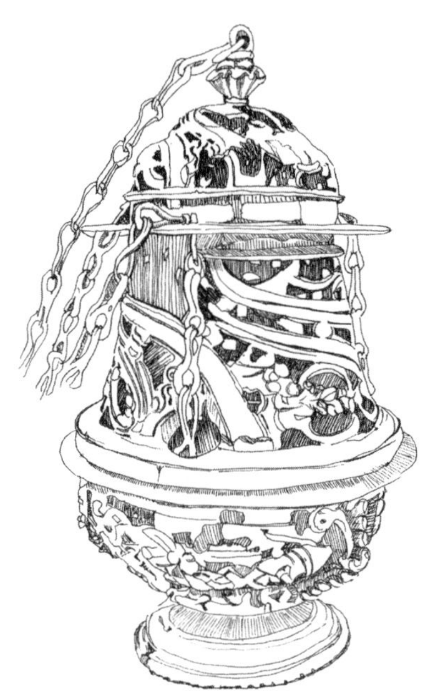

Botafumeiro

반짝이며 눈부신 별빛이 되었다. 머리와 어깨 위로 향냄새와 연기가
잔잔히 내려앉았다.

분위기에 취해서일까 눈물이 난다. 길을 마친 아쉬움과 그동안의
힘겨움, 기쁨과 회한의 감정이 솟아났다. 낯설게 잡힌 물집으로 통증을
앓던 발. 무던히 흐르던 땀방울, 진한 파스 냄새가 아프게 그리움으로
떠올랐다. 800km 걸어 이제야 산티아고에 온 것이 실감 났다. 성당
곳곳에 퍼지는 향은 웅장한 성가와 함께 모든 순례자에게 또 하나의
축복이 되고 있었다.

미사를 마치며 나의 카미노가 일단락되었다. 많은 사람 중에서
친구들은 보이지 않았다. 그런데 성당을 나와 킨타나 광장에서 반가운

얼굴을 만났으니 톰 크루즈 야르다. 그사이 피부는 검게 탔고 얼굴이
핼쑥해졌다. 그 곁에 커다란 카메라가 더욱 버거워 보였다. 유난히 내게
고맙다는 말을 하는 그의 마음을 나는 안다. 안녕! 야르… 너의 삶에 부엔
카미노!

　　산티아고에 도착하기 며칠 전부터 머릿속이 텅 빈 것처럼 멍했다.
산티아고 이후 무시아까지 5일의 여정이 남아 있었지만 그 후 내겐
아무런 계획이 없었다. 아니 계획할 수 없는 가난한 순례자였다. 집으로
돌아갈 시간까지 보름이 넘는 날이 남아 있었다.
　　그래서 나름대로의 계획은 걸어온 길을 그대로 되돌아 걷겠다는
막연한 것이었다. 떠나오기 전부터 모든 시간을 카미노만으로
채워놓았기 때문에 내겐 지금 어느 것보다 순례자의 신분이 좋았고
편했다.
　　이 길 위에서는 단 한 벌의 옷뿐이어도 좋았고 어색한 세상의 시선도
신경 쓰지 않아 좋았다. 타지에서 하루살이 경비를 따져 봐도 여기
카미노 길만큼 견딜 수 있는 경제적 여력은 내게 전무했다. 순례자의
옷은 그만큼 내게 안성맞춤이었다. 그렇게 이 길에 떠돌아도 그저 충분히
감사한 날이었다.
　　그런데 선생님과 만나고 걸으며, 어느 날 내게 뜻밖의 제안을 했다.
되돌아가는 고된 걸음일랑 하지 말고 자신의 집으로 오라는 것이었다.
그러나 길의 중반을 지나도 나는 선뜻 대답하지 못했다. 호의는 너무나

감사했지만 막연히 신세를 지는 것은 쉽게 결정할 수 없는 일이었다. 선생님은 그때마다 만나는 사람들에게 스스럼없이 말하며 나를 배려했다.

"길을 걷고… 많은 날이 남아서… 우리 집에 오라는데… 대답을 안 한다!"라며.

언젠가 안젤라가 그랬다. 훌리오의 집에 가라고, 내게 좋은 시간이 될 거라 했다. 그러나 모두에게 시시콜콜 내 속사정 이야기도 그렇고, 언제 헤어질지도 모르는 길 위의 인연이었다. 매번 그냥 그렇게 헛헛한 웃음으로 답은 없었다.

선생님은 카미노 내내, 하루의 여정을 아내와 나눴다. 매일 저녁 숙소에 도착하면 길 위의 일상을 아내에게 전화하고, 하루 일기처럼 자세히 이야기했었다.

"오늘은 꼬레아랑 어쩌고저쩌고, 오늘은 꼬레아가 이러쿵저러쿵."

그런 그녀의 아내 필리를 오늘 처음 만났다. 그런데 다소 뜻밖의 모습이었다. 그녀는 성대결절로 대화가 많이 어려웠다. 오랜 교직 생활 탓인지 퇴직 후, 그녀의 목에 이상이 왔다. 지금은 수술 후 힘겹지만 소통이 가능한 것이 축복이었다. 그런 그녀의 곁을 선생님은 유쾌한 삶으로 이끌고, 두 사람은 평안했다. 선생님의 어머니는 94세임에도 걸음이 엄청 빠르고 에너지가 남달랐다. 아마도 선생님은 어머니의 기를 받은 것 같았다.

점심을 나누며 오랫동안 만나지 못한 가족의 따뜻한 시간을 고스란히 느꼈다. 제일 먼저 필리가 곱게 포장한 선물을 내게 주었다. 그녀는 매일 선생님과 통화하며 나의 카미노를 잘 알고 있었다. 그리고 라바날에서 쓰러진 것을 이야기하며, 내일부터 혼자 걷는 길이 걱정되어 쓰러지지 말라고 준비한 선물을 내게 건넸다. 그것은 갖가지 과일 향이 가득한 초콜릿이었다. 아, 이런 무한 에너지를 받게 되다니! 진정 그 마음을 받으니 가슴이 찡하다. 정성 어린 선물 앞에 나의 빈손이 마냥 부끄럽다.

선생님과 나는 그동안 많은 추억을 그립게 떠올렸다. 나는 달팽이처럼 느림보였다. 단어를 찾고 더듬더듬 이어지는 어설픈 언어도 그랬고, 한 없이 보폭도 짧았다. 그런 나를 선생님은 꾸준히 기다려주고 보듬어 주었다. 그리고 오늘까지 인연의 끈은 정으로 깊어졌다. 나는 오늘에서야 선생님과 가족의 따뜻한 초대를 고마운 인사로 받았다. 그리고 그들의 응원을 그리움으로 떠올리며 다시 기운찬 걸음을 시작할 것이다.

이렇게
먼 길을 돌아와
풍요의 시선으로
삶을 존중하게 됩니다

　　　　　삶은
　　　선택과 최선의
　　　　집중일 뿐

　　　　돌아보면
　　　모든 걸음이
　　축복이었습니다
　　　고맙습니다
　　내게 주셔서

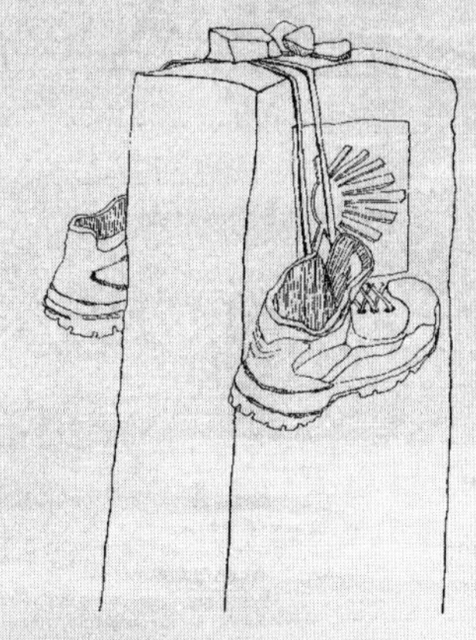

이제…삶으로

그리움에 기대어

마음 길을 걷다

산티아고 데 콤포스텔라 -120km- 무시아

1. 세상의 끝을 향해

스페인 남부에는 지중해와 맞닿은 태양의 해변Costa del Sol이 있다. 그리고 이곳 북서부 갈리시아 끝에는 대서양을 향한 죽음의 해변Costa da Morte이 있다. 고대부터 험난한 기후와 거친 해안길로 향한 길이다. 오래전부터 이어진 믿음의 걸음이 오늘까지 이어져 순례자의 최종 목적지로 남다른 종교적 의미를 지닌 곳이다. 피스테라 또는 피니스테라로 불리는 명칭은 끝(fin)과 땅(tierra)의 합성어로 대륙의 끝 또는 세상의 끝으로 불렸다.

내가 이곳으로 향한 이유는 달리 없었다. 이어진 길이 있기에 더 걸어야겠다는 것뿐. 산티아고에서 무시아까지 120km. 혹여 더 길었어도 나는 주어진 시간을 꼬박 길 위에서 보냈을지도 모른다. 선생님은 무리하지 말라며 만류했지만 길이 있는 한 마침표를 찍고 싶지 않았다.

아직 남아 있는 길이 새로운 기운으로 다가왔다. 그것은 온 마음에 기쁘게 차올랐다. 어느 날 깨이진 운명의 밍 사국이 이제 서서히 흔적을 지워가는 것이었다. 가야 할 길이 있다는 것에 감사함이 삶의 큰 기쁨의 에너지로 다가왔다.

길은 순탄치 않을 것이다. 때론 길을 잃고 갈리시아의 혹독한 빗줄기를

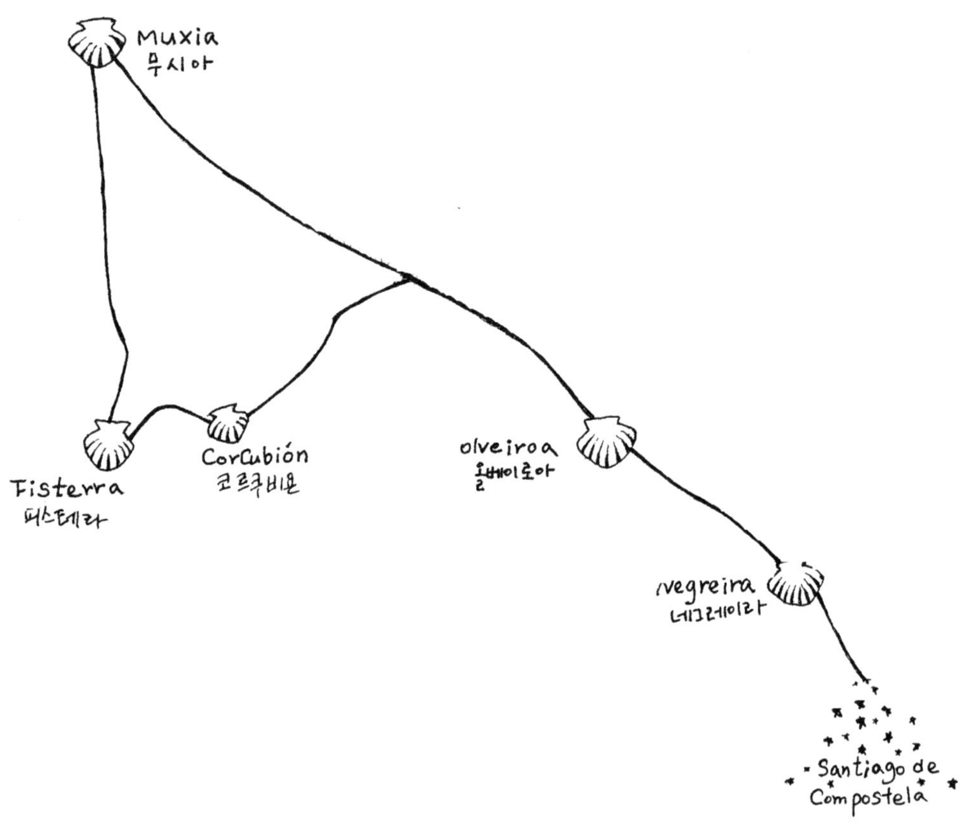

호되게 맞으며 낯익은 투정을 일삼을지도 모른다. 그러나 그 모든 것이 마지막이라 생각하니 더욱 간절하고 행복한 그리움의 시간처럼 맞이하고 싶었다.

첫 번째 순례자 숙소인 네그레이라Negreira에서 땅끝을 향한 새로운 순례자 여권을 받아들고 나니 길은 숙명처럼 분명히 다가왔다. 해안길(산티아고-피스테라-무시아) 구간은 네그레이라-22km-올베이로아Olveiroa-33.5km-코르쿠비온Corcubion-10.3km-피스테라-33km 그리고 마지막 종착지 무시아로 구분되어 있었다.

　걷는 이가 많지 않아 공용 숙소는 지정 구간에만 있었다. 총 4일의 시간이 필요했지만 나는 공용 숙소가 있는 코르쿠비온까지 5일을 길 위에 머물렀다. 갈리시아의 변화무쌍한 기후와 30개 남짓한 침대를 차지하기 위해 잠시 긴장도 해야 했다. 이 길은 정해진 거리의 길이라 첫날 만나게 된 친구들이 길 끝까지 함께 걷는 동반자가 되었다.

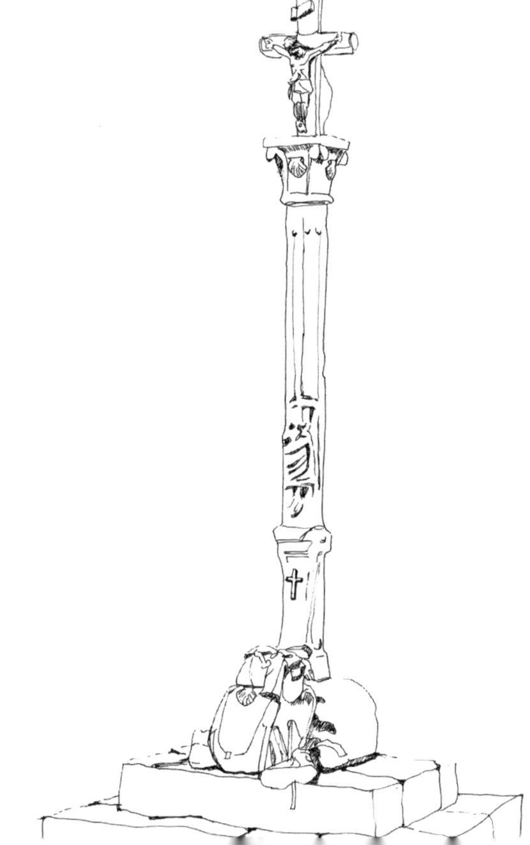

2. 길 위의 천사들

많은 사람이 버스를 타고 피스테라로 간다. 숙소에 도착하면 사람을
만나지만 길 위에선 좀체 그들을 만나기 어려웠다. 해안길을 걸으며 문득
만나게 되는 순례자는 정말 반가웠다. 때론 길을 잃어도 누군가 함께
있다는 것이 한없이 많은 위안이 되었다.

첫날 산티아고를 빠져나와 한동안 이어진 숲길에서 불안이 엄습했다.
어둑한 숲길은 뿌연 안개처럼 길을 드러내 보이지 않았다. 조급한 마음에
걸음을 재촉하니 두어 걸음 앞선 이의 모습이 환영처럼 나타났다.

한동안 바스락 숲을 밟고 그의 보폭을 따라가며 참 평안했었다. 그의
걸음은 갈림길과 흔한 돌부리 하나도 먼발치에서 조목조목 짚어주고
있었다. 뒤돌아보지 않고 묵묵한 그의 걸음을 신뢰하며 숲길을

빠져나왔다. 그런데 햇살 아래 길이 드러나자 순식간에 그가 보이지 않았다. 밭은걸음으로 길을 따라갔지만 그의 모습은 어디에도 없었다. 숙소에 도착해 나를 보살펴 이끌어준 그를 찾았으나 그의 모습은 어디에도 찾을 수 없었다.

또 첫날 네그레이라에 도착하기 전 더위에 지쳐 몸이 예사롭지 않았다. 숙소는 좀체 나타나지 않았고, 혹독한 빗줄기보다 햇살을 피해 처마를 찾아야 했다. 그 독한 햇살이 두려워지면서 한 걸음 떼기조차 힘들었다. 마을 입구에서 세 명의 여자가 다가와 숙소가 멀리 있으니 필요한 것을 미리 준비하고 가라 내게 일러줬다.

그녀들은 이르마, 카르멘, 마르가리타였다. 푸에르토리코에서 온 순례자였고 북쪽 길을 걷고 이곳 해안길을 시작하고 있었다. 나는 그날 열사병의 초기 단계인 햇살 멀미를 앓고 있었다. 뜨거워진 체온은 몸과 정신을 스스로 가누지 못하게 만들었다. 끙끙 앓는 소리가 절로 나왔다. 마르가리타가 손을 잡아주었고, 이르마와 카르멘이 이웃의 도움으로 얼음주머니를 만들어주었다. 이 모든 천사의 도움으로 나는 주저앉지 않았다.

때때로 아무렇지도 않게 무의미한 인생 따위라며 허튼 생각으로 삶이 어지럽던 지난날. 깨닫고 인정하는 마음 공부가 딕없이 부족함이었다. 아물지 않은 상처로 길을 떠나왔지만 나는 이 길에서 스스로 상처를 보듬고 안게 되었다. 그것이 얼마나 고마운 일인지 그것만으로도 길은 내게 축복이었다.

3. 다시 길로 나서며…

빽빽하게 들어선 여느 숲과 달리 듬성듬성 나무 위로 보이는 하늘이
유난히 푸른 날이 많았다. 그 안에 곧은 나뭇가지 사이를 흔드는 바람이
속삭임으로 맑은 이야기를 노래했다.

무시아 가는 길에 유난히 길을 많이 잃어버렸다. 지역 주민도 좀체
만나기 힘든 상황에서 샛길로 빠지기를 몇 번인지, 다시 되돌아온 길
위에서 뒷사람이 길을 잃지 말라고 나름의 이정표를 만들고 앞서 걸었다.

사람이 많을 때는 그들의 이야기가 쉼표가 되었지만 혼자 걷는 길의
호흡은 너무 외로웠다. 그러나 살면서 이런 호흡을 얼마나 마주하고 설
수 있을까. 편리함으로 자가용을 자주 이용하지만 그것은 빠른 속도만큼
위험도 따라 동물적 감각만을 요구하는 시간이었다.

밥벌이에 급급한 시간을 보내며, 새봄이면 무엇이 세상을 깨우고
있는지 외면하며 살았다. 만약 이 길에 차를 타고 왔다면 속도를
즐기느라 지나친 것이 더 많았을 것이다.

가끔 시원하게 길을 가르며 지나는 자전거 순례자를 보면 발걸음이
지치게 무거워지기도 했지만, 자동차보다는 조금 느린 그들의 속도는
계절의 푸른 가지 사이에서 조화로웠다. 그리고 그들의 최저속도에도 못
미치며 걷는 우리는 조금 더 많이 느긋했다.

나무 하나의 추억과 하늘에 그려지는 그리운 얼굴들까지 가장
인간다운 감성으로 세상을 볼 수 있는 시간을 갖게 된다. 핸드폰과

이메일 없는 시간을 떼어놓기란 점점 어려워지고, 멍 잡고 인터넷의 파도타기에 취하며 사고는 마비되기 일쑤였다. 이렇게 습관화된 시간의 금단현상은 초조하고 답답하게 나를 길들여놓았다.

집을 떠나온 지 40여 일이 되어 간다. 그만큼 멀어진 현재의 시간에 나는 없을 것이다. 그래도 세상은 여전히 잘 돌아가고 있다. 그런 생각을 하자니 풋 하고 터지는 웃음과 함께 밀려오는 허무한 느낌이 우습다.

아이러니하게도 지난 시간을 돌아보니 내 삶 속에도 나는 없었다. 통장의 잔고를 쌓으려 한 만큼 내 마음의 곳간도 채워야 했었다. 부재한 삶. 그저 세상 속에 존재하기 위한 모양새를 꿰맞추려 분주했었다. 세상으로부터 역할과 직무를 부여받고 살아왔지만 정작 내 스스로 삶을 향한 뜨거운 응원가 한 번 부르지 못했다. 한없이 딱하고 안쓰러운 시간들이었다.

위인전 같은 삶을 바란 것도 아니고, 인간의 굴레에서 엄청 벗어난 오류를 범한 것도 아닌데 왜 이렇게 삶은 내게 단호했는지. 그것은 세상 속의 옷을 벗고 채워놓은 시간의 몫이었다. 스스로 행동하고 마주 선 진실. 그 값진 가치의 진리가 턱없이 부족했다. 어찌 보면 그 모자람으로 고통을 앓고 넘어지고 부서진 것이었다. 그러한 영혼의 통증이 내 두려움의 실체인지도 모른다.

다시 길로 나서며 야릇한 긴장감이 밀려왔다. 이제 온전히 혼자가 된 이 길을 참 멀리도 돌아왔다는 생각과 함께 행복한 긴장감이었다. 그동안 부재한 삶과의 외로운 동거는 어설프기 짝이 없었지만 넘어져야

일어서는 법을 알아가듯, 그때야말로 삶의 풍요로운 시력을 찾을 수 있는
축복의 시간이었다.

4. 안녕, 후안

햇살 멀미를 심하게 앓고 난 다음 날, 바르셀로나에서 온 후안과 함께
길을 나섰다. 후안이 앞서고 꾸준히 뒤따라 걸으니 적당한 페이스 유지가
많이 편안했다. 후안은 내게 각별히 걱정 어린 시선으로 염려해주었다.
몸을 추스르고 일어나니 그가 기꺼이 준비한 저녁을 함께 하자고 했다.
파인애플에 빨갛게 익은 체리까지 나누어주었다.

　그렇게 충전된 몸으로 길은 순조로웠다. 그의 보폭은 크고 빨랐다.
그러나 앞서 걸으면서도 내게 "께딸? 께딸?(괜찮아?)" 안부를 물었다.
고마운 후안! 서로 많은 말이 필요한 것은 아니었다. 얼마만큼의
거리에서 묵묵히 이해해주는 그의 배려가 너무도 무던히 고마웠다.

　한낮 햇살이 거짓말처럼 새벽은 차가웠다. 후안은 내게 새벽 찬바람에
옷가지를 챙겨 입기를 권했다. 오후 햇살은 점점 살인적이었는데 중간
중간 식수를 챙기는 길동무 후안 덕분에 힘겨움은 훨씬 덜했다.

　산 능선을 따라가니 드디어 바다, 대서양이 드러났다. 이윽고 해안
길을 따라가면 땅끝 마을이었다. 그곳까지 10km 남짓 거리를 나는
더디게 아껴두고 싶었다. 그리고 그동안 마음 써준 후안에게 고마운

맘으로 점심을 함께 했다. 그는 코르쿠비온 숙소까지 나를 안내해주었고 우리는 건강을 기원하며 이별했다.

내리막길 저편으로 사라지는 그를 보내며 카미노에서 마지막 친구를 보내는 아쉬움이 크게 몰려왔다. 지나온 길 위에서 만난 모든 인연에게 유난히 나눌 것도 없이 그저 도움만 받았다. 정말 미안하고 고마운 사람들…. 그를 보내며 언젠가 나도 이 고운 세상 빛을 갚을 수 있기를 기도했다.

건강해요, 후안.

5. 진실한 가치로 끝없이 채우기를

마지막 날, 길 위엔 비바람이 거셌다. 그리고 여느 때처럼 견딤의 시간이 지나면 언제나 태양은 반색하며 나타났다. 그냥 보내기가 아쉬웠는지 깊은 인상을 남긴 날이었다. 게다가 얼마를 돌아왔는지 마지막 목적지 무시아에 닿기 전에 유난히 길을 잃고 헤맸다.

그러기를 몇 번이었을까. 턱없이 부족한 이정표 때문이라 위안했지만 아쉽게도 이런저런 생각으로 집중하지 못한 탓도 있었다. 선생님이 있었다면 괜한 생각일랑 잊으라고 했을 것이다.

나는 헛걸음에 지쳐 이정표 없는 길 위에서 누군가 나타나기를 한없이 기다리고 있었다. 그러다 문득 지나는 바람이 감미로웠다가 뜨끔하게 두려움으로 나를 몰아세우고는 사라져버렸다. 길을 잃는 것이 크나큰 과오는 아니다. 하지만 왜 길을 잃고 너는 여기에 있는지….

때론 이해하고 반성하고 견뎌야 하는 그때를 살아내야 한다. 그렇게 잠시 겸손한 성찰의 시간이 지난 후 만나게 되는 지혜는 평화롭다. 나는 이제 조금 더 배려하고 진실한 나와 남은 길을 걷고 싶다. 새삼 지금까지 무던히 스스로를 믿고 단단히 끌어안아 준 날들이 고맙다.

길을 걸으며 매번 나를 괴롭힌 또 하나는, 길 끝의 허전함을 어찌할까 걱정했었다. 성공적 결과 지향의 길들여진 시간 속에서 목표의 부재는 매번 공허하게 버거웠다. 그 조바심 가득한 마음을 어찌 메울 수 있을까 말이다. 그러나 그것은 괜한 망설임이었다.

920km. 그리 쉬운 걸음이 아니었다. 여정의 끝에서 지난 시간의 숨결이 푸르게 살아나 안겨 왔다. 그 날들 속의 사람, 풍경, 괜한 슬픔, 오기와 탄식, 후회의 시선, 가슴속 축복의 시간과 함께 모든 것이 마음에 풍요로웠다.

그 길 위의 조화로운 시간 속의 환희가 저기 깊고 눈부신 대서양 바다 빛으로 반짝이고 있었다. 그것은 내게 작지만 성취된 빛나는 선물이었다. 지나온 시간이 아름다운 영광으로 차오르며 일렁였다. 삶의 막다른 곳에서 선택한 길을 걷고 이제 마침표를 찍는다. 바다 저 너머엔 삶을 요동치게 할 무엇이 있을까? 대륙의 끝자락을 밟고 서니 설렘의 탄성과 눈물이 가슴을 적신다.

내가 만나고 싶은 나는 어떤 모습이었을까? 길을 걸으며 나는 두렵고 위태로웠다. 그렇게 차오르지 못한 허전함 속에 무던히 꺾이지 않는 신념의 발자국을 내딛었다. 그리고 나로부터 시작된 내 안으로의 여행에서 묵묵히 견디며 걷는 영혼의 순례자를 만났다. 더디게 참고, 끝없이 응원하고 위로하던 내 영혼의 순례자.

나는 오늘 삶의 물결 위에 카미노란 징검다리를 건넜다. 그곳에서 울었던 아픔은 평화로움으로, 미욱한 시선은 더욱 인내하며 자라는 지혜로 거듭나길 기도한다. 그리고 이제 선택된 일상에서 진실한 가치로 꾸준히 격려할 것이다. 내 영혼에 새겨진 이 길을 기억하며……

무시아-바르까 성모의 성소
Santuario de Nuestra
Señora de la Barca

이제 삶에 기대어

삶을 아파하는 그 모든 날이 청춘입니다.

이 길은
어느 날 우연한
만남이 아니었습니다.

삶을 탐미하는
용기 있는 자들을 위한
지혜의 길입니다.

그렇게 드러난 길을 걸었습니다.
삶도 이렇게 친절하고
순조롭다면 얼마나 좋을까요.

길은 때로 눈부신 햇살보다
차갑고 냉정했습니다.
삶이 그토록 순하지 않은 것처럼….

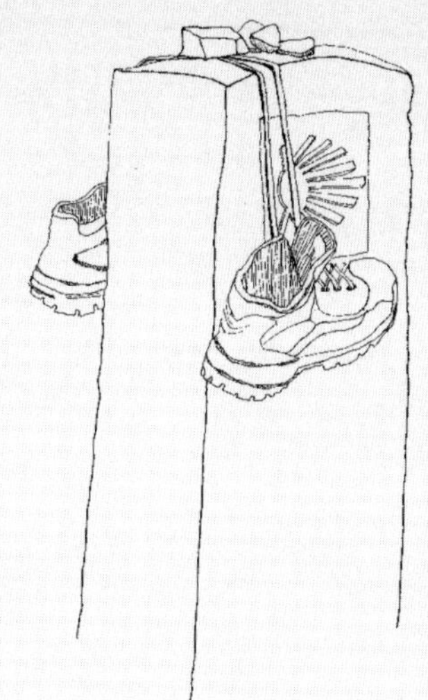

혹독한 세상에 흔들렸지만

햇살 한 줌에 반짝이는 나뭇잎은

눈시울을 뜨겁게 했습니다.

힘겨운 삶의 아픔을 그곳에 두고

사람들은 뒤돌아섭니다.

이제 조금 삶이 홀가분하기를 바라며

함께 길이 되어 고맙습니다.

따뜻한 가슴으로 안아주어 감사합니다.

당신의 미소가 건강하길 기도합니다.

묵묵히 나를 품어주고

또 다른 숨이 되어준 길

그 길에 맞닿아 다행입니다.

꿈에 대한 기대도 컸지만

그만큼 포기도 빨랐던 날을 뒤로하고

다시 삶으로 나아갑니다.

인생의 모든 시간이

눈부시게 빛날 수는 없겠죠.

그렇게 잘 견뎌왔습니다.

오늘도 길을 걷고 있습니다.

나의 간절한 꿈이

그곳에 있기 때문입니다.

삶은 속도의 문제가 아니었습니다.

나만의 성지를 향해 강건한 믿음으로

그 방향을 찾는 것일 뿐

다만 지금이 아니어도

꿈꾸기를

그것이 또 다른 삶의 축원이기에.

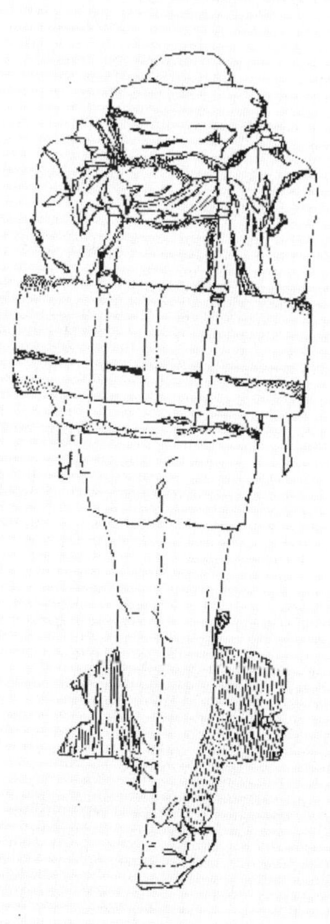

오늘 이야기

걷기를 마치고 나는 스페인 북서부에 위치한 사모라행 버스를 탔다. 감히 예상치 못한 여정에 나선 것이다. 그사이 오랜 추억이 된 것도 아닌데 함께 한 길동무의 안부가 벌써 그리웠다. 엘리자베스는 남편과 알메리아 바닷가로 떠났고, 안젤라는 지금 어디쯤 있을까? 아직 못 다한 이야기를 나누고 싶어 나는 그 길과 맞닿아 가고 있었다.

사모라는 선생님의 고향이고 아직 많은 가족이 그곳에 살고 있었다. 누군가 나를 기다리고 있다는 것만으로 그곳은 이미 낯설지 않았다. 무사히 카미노를 마친 축배의 시간을 나누기 위해 그의 대가족이 함께 했고, 내겐 보기 드문 그들의 돈독한 유대 관계로 또 하나의 가족이 되었다. 그곳에서 나는 지평선 가득한 해바라기와 밀밭 사이를 한없이 걷기도 했고, 새롭고 흥미로운 스페인 요리를 만들고 배우기도 했다.

스페인 사람들은 봄날 오후 햇살을 닮았다. 정으로 통하는 우리처럼 이성보다는 감성 코드가 더욱 넉넉했다. 스페인을 '태양의 나라' 라고 하는데 가슴으로 이해하며 사는 그들의 중심에 태양이 뜨겁게 자리하고 있기 때문인지도 모른다. 스페인의 햇살은 넓은 땅만큼이나 풍요를 느끼게 한다. 오후 10시가 되어서야 해가 어둑해진다. 하루 풍성한 일조량만 보아도 축복의 날이 아닐 수 없다.

그 가운데 태양의 해변을 자랑하는 남부 안달루시아는 지중해 온화한 기후로 거대한 올리브나무 평야가 펼쳐져 있었다. 선생님이 사는 말라가는 스페인 사람들의 낮잠 시간 시에스타처럼 달콤하고 낮잠 같은 인생 천국의 망중한을 느낄 수 있는 곳이었다.

내게 고된 카미노 길 이후의 여정은 극과 극의 체험처럼 놀라웠다. 그것은 세상으로부터 그 무엇인가를 귀하게 나누어 받았다는 것이다. 흔히 사람에게 상처받은 시간은 사람으로부터 치유된다 말하지만 그리 쉬운 일은 아니다. 그러나 많은 것을 잃고 조심스럽게 얻은 길의 치유는 내게 큰 행운이었다. 카미노를 걸으며 알았다. 내 영혼이 스러지지 않았다는 것을….

이듬해 나는 선생님과 두 번의 카미노를 더 걸었다. 이번엔 선생님이 손수 만들어준 대나무 지팡이를 가지고 길을 탐미했고, 지금 내 엄지발톱엔 나이테가 생겼다. 처음엔 검게 변한 발톱이 빠질 거라 생각했는데 쉽게 빠지지 않고 조금씩 새롭게 자라고 있다.

산다는 것은 서서히 태어나는 것이다 – 생텍쥐페리

존재의 가치는 성장의 발걸음에 있었다. 내게 책을 준비하는 것은 쉬운 일이 아니었다. 다시 그 길을 스케치북에 채우고 읽으며 많이 울고, 웃었다. 나는 꼬박 다시 그 길을 살았다. 조금 더 삶에 솔직해지고 싶었고. 세상은 성공과 대박의 결과가 아니라, 삶이 끝나는 날까지 욕망보다 그 과정과 나름의 경험치를 만들고 익히며 사는 것이라 믿는다.

아직도 미지의 어디선가 어린 왕자와 꿈의 탐험을 멈추지 않을 생텍쥐
페리의 말처럼 삶에 시간은 매번 새롭게 맞이하게 된다. 비록 한 뼘 남짓
해도 나는 이제 삶의 길이 좋다. 좁은 길이라도 온전히 내게 드러나 감사
할 뿐이다.

또 새로운 삶의 날을 앞에 두고